인간시장

5

김홍신 장편소설

황 홀 한 무 대

인간시장

| 차례 |

신판 정신대

명식이가 부탁한 처녀 장사꾼들의 루트를 추적하려면 나 혼자 힘으로는 벅찰 것 같았다. 우리나라 처녀들을 계획적으로 일본에 팔아넘길 만한 조직이라면 쉽게 꼬리를 드러낼 위인들이 아닐 것이다.

아무래도 그런 쪽에 밝은 애들이 한두 명은 필요할 것 같았다.

"여자 장사하던 애들 없을까? 좀 또릿또릿한 애면 좋겠는데."

"경식이가 그쪽에 밝지."

친구 녀석이 수첩을 뒤져가며 애들을 찾아나갔다.

"경식이하고 일본통 두어 명만 보내줘라. 나머지는 내가 구할 테니까."

"걔들 건들 땐 조심해야 된다. 잽싸게 튀는 애들이니까. 일본까지 쫓아가 잡을 수도 없고……. 여기도 꽤 거친 애들하고 손잡아서 골치 아픈 일이 좀 생길 거다."

친구 녀석은 가능하면 손대지 않기를 바라는 눈치였다. 여자 장사하는 애들이 지저분하다는 걸 알기 때문인 것 같았다. 보통 주먹 쓰는 애들과 질적으로 다른 부류임엔 틀림이 없었다. 사내로서 무슨 할 짓이 없으면 여자 팔아먹는 짓을 할까.

더구나 쪽발이에게 우리나라 처녀들을 팔아먹는 행위를 할 정도라면 알 만한 부류일 게 빤했다. 일본의 허름한 깡패조직에게 여자를 넘겨주는 애들 얘기는 들었지만 이렇게 구체적인 피해자의 사연을 알게 된 것은 처음이었다.

일본이란 나라.

어떤 나라인지 모르지만 나는 감정적으로 혼자라도 쳐들어가고 싶은 나라였다.

경식이 녀석이 약삭빠르게 생긴 애들 두 명을 데리고 왔다. 훤칠한 키에 잘생긴 녀석이었다.

"네가 걔들 통속 빤히 알겠지?"

경식이가 잠깐 머뭇거리다가 대답했다.

"손 뗀 지 이 년 됐습니다. 사내새끼가 할 짓이 아닌 것 같아서 말입니다."

나이는 나보다 두서너 살 위인 것 같았지만 말씨는 공손하게 했다. 선배들이 내게 깍듯하게 대하기 때문이었다. 이런 판에선 나이보다는 특별하게 인정되는 서열로 따지게 되는 것이었다.

"넌 어떤 일을 했어?"

"바람잡이였습니다. 제가 꼴값이나 하게 생겼던지 여자 애들 후려오는 일을 맡았었지요. 일본에 파견할 문화교류 특기자를 찾는다고 사기 치고 다니는 거죠. 춤 잘 추거나 노래를 간드러지게 하는 애들이면 훨씬 비싸게 받지만 그렇지 않은 애들이라도 안 가려요. 일본 현지에 가면 석 달간 춤과 노래를 배우고 파견된다고 사기 치면 그만이니까요."

"그래 가지고 속는 애들 있니?"

"많아요. 웬만하면 넘어가죠. 더 전문적으로 하는 애들은 사무실에서 춤을 한 달쯤 가르치는 곳도 있어요. 그리고 일본 가면 한 달에 최저 백오십만 원에서 최고는 삼백만 원까지 받게 된다고 해버려요. 떠날 때 한 달치 선금을 미리 받기 때문에 공짜로 갈 수 있다고 하죠. 그래 놓고 야금야금 옷값이니 수속비니 협회 가입비니 해서 비행기 값 정도는 뜯어내죠. 더 심한 놈들은 아예 말아먹는 놈들도 있어요. 외국에 미친 애들이 많아서 정말 말아먹기 쉬워요. 어차피 그쪽에서 초청장도 오고 비행기 표도 오는 거니까 이쪽 애들은 꿩 먹고 알 먹는 재미가 있죠."

경식이는 그들의 내막을 깊숙하게 아는 편이었다.

"쟤들은 뭐하던 애들이냐?"

경식이가 데리고 온 두 애를 가리켰다. 녀석들은 부동자세를 취한 채 경식이와 내 눈치를 살폈다.

"제가 데리고 있는 애들인데 손이 빠른 애들이에요. 형님이 필요하실 거고, 저도 애들을 데리고 다녀야 위험하지 않죠."

"그럼 네가 우선 데리고 다녀라. 그리고 이 약도에 있던 애들이 어디에서 문을 열고 시작하는지부터 알아오고. 어떤 애들인지 정확하게 파악해야 한다. 철새처럼 돌아다니는 놈들이지만 본거지가 있을 거다. 왕초의 계열이나 개들의 규모, 일본 애들은 어떤 애들이며 일본 현지의 조직은 어떤 것인지를 다 알아올 수 있을까?"

"글쎄요? 붙어봐야 알겠지만 그 속을 제대로 캐기는 어려울 겁니다. 제가 있던 곳에서도 일만 해주고 돈만 받았지 그 뒤는 안개 같았어요."

경식이는 그런 애들이 얼마나 비밀을 중요시하는지를 설명해 주었다. 철저하게 비밀을 보장하지 않을 수 없는 집단이라고 생각했다.

"어렵더라도 네가 캘 수 있는 최선을 다해라. 어려운 일 있으면 내가 직접 나설 테니까. 절대 냄새 피우지 마라. 안 되면 그만두는 한이 있더라도."

"알았습니다. 저희를 한번 믿어보세요. 형님이 저에게 일을 시켜주셔서 영광입니다."

"보수도 없다. 일 끝나면 한잔 사는 것밖에."

"압니다. 그런 걱정은 마세요. 형님을 알게 된 것만도 영광입니다."

나는 어디서부터 손을 써야 할지 난감했다. 잘못하면 일본으로 달아난다는 말이 영 가슴에 걸렸다.

"글쎄요. 애들이 워낙 지저분한 애들이라 말썽이 생기면 벌떼처럼 덤빌 겁니다. 우리 쪽이 세게 나가면 일본으로 튈 거구요."

"여권 가졌냐?"

"피래미들은 없지만 큰애들은 아예 재일교포 행세하고 다녀요."

"여권 빼내면 못 튈 거 아냐?"

"그렇죠."

경식이가 눈치 빠르게 대답했다. 그때까지 말 한마디 하지 않고 구석에 서 있던 녀석들이 입을 열었다.

"걔들은 전문가예요. 여권도 위조해서 만들기 때문에 그 정도 가지곤 못 막습니다."

"그럴 테지. 여권을 전문적으로 위조하는 애들은 어디 있어?"

"사방에 많대요. 다 뒤질 수 없잖습니까. 우선 캐 들어가보면 위조여권 대주는 애들이 어떤 애들인지 알 수 있을 겁니다. 계집애들 빼내려면 위조여권 만드는 애들이 붙지 않을 수 없을 겁니다."

"아무튼 신경들 끄지 마라. 위험하다 싶으면 나를 팔아서라도 모면하고 봐라. 도망가더라도 할 수 없다. 너희들이 다치면서까지 일을 하고 싶진 않다."

"고맙습니다. 최선을 다하겠습니다."

"그럼 가봐라. 먼저 진 치고 있던 데서 육 개월 전에 이사 갔다는데 집주인도 어디로 갔는지 모르더라."

"장소는 쉽게 찾을 수 있을 겁니다. 걱정 마세요."

경식이와 일행은 내가 있는 연락처를 확인한 뒤에 밖으로 나갔다. 처음 만난 애들이었지만 믿을 수 있을 것 같았다. 애들이 엉뚱한 녀석을 골라서 보내주었을 리가 없었기 때문이었다.

나는 하루 종일 뛰어다니며 섣불리 접근할 수 없다는 걸 알았다. 피라미 서너 명 잡는 건 당장이라도 할 수가 있었지만 왕초 녀석을 잡으려면 시간과 준비가 필요했다. 철저하게 은폐된 조직이어서 쉽사리 꼬리를 내밀지 않았다.

애들한테 신세를 지지 않을 작정이었지만 할 수가 없었다. 그래서 재주꾼들과 전문가 몇 녀석을 지원받아 경식이네 일행과 중복되지 않는 선에서 일을 나누어 시켰다.

하느님.

뿌리 좀 확 뽑아버리게 해주십쇼.

일제 치하에서 꽃 같은 여자들을 일본 군인들의 노리개로 던져주었으면 그걸로 그만 이 땅의 여자들을 괴롭힐 일이지 지금까지 신종 정신대를 편성하여 쪽바리의 노리개를 만들어주는 일이 과연 하느님으로서 합당한 처사라고 생각하시는 건 아니시겠죠.

난다 긴다 하는 우리나라의 늙은 여자들 가운데 일제 치하의 앞잡이가 되어 여학교마다 찾아다니며 아리따운 우리 처녀들을 정신대로 보내자고 주장한 여우가 어디 한둘입니까? 만약 여학생 가운데 정신대로 뽑아보내지 않으면 선생을 문책하고 학교를 못살게 군 개 같은 여자들이 지금도 이 땅의 여성지도자입네 하고 잘 처먹으며 살아 있는 사실을 하느님은 아시잖습니까.

황국신민이 되자고 떠들기만 한 여우들이라면 차라리 할 말이나 없겠습니다. 여학생들까지 정신대로 팔아먹은 계집들이 어찌하여 현재도 이 땅의 여성지도자며 정말 광복의 날을 위해 싸워온 애국자들의 고통을 딛고 둔감한 여우들이 진짜 나라를 위해 몸 바쳤거나 죽음을 무릅쓴 사람들보다 수천 배씩 잘 살고 있어야 하는 겁니까?

그렇게 쪽발이가 되고 싶었으면 제가 먼저 치마 벗어 들고 쪽발이를 위문했어야 할 게 아닙니까?

하느님.

벼락 됐다 뭣에 쓸 거요?

쪽발이들이 한국계 정신대를 얼마나 잔혹하게 다루었는지 아실 거 아닙니까. 도대체 당신이 하느님이란 말요?

에이, 똥물 같은 양반아.

이틀이 지난 밤에 경식이 일행은 은미를 일본에 팔아먹은 한일교류문협이란 그럴듯한 사기집단의 행방을 찾아가지고 왔다. 다른 애들도 유사한 단체나 개인조직을 체크해 왔다.

"수고했다. 드러난 게 이 정도뿐이냐? 생각보다 적잖아."

나는 경식이와 다른 애들이 만들어온 것을 메모지에 적으며 물었다.

"겉으로 드러나는 건 그 정도밖에 모르겠어요. 그러나 더는 파고들어갈 수가 없습니다."

경식이는 그 정도라도 캐낼 수 있었던 것은 옛날 동료를 만났기 때문이라고 했다. 이 년 전보다 훨씬 조직적이고 비밀을 유지하기 위한 장치가 더 견고해져서 뚫고 들어가기가 어려운 실정이라고 했다.

방 안엔 열두서너 명쯤 되는 애들이 모여 앉아서 각자 이번 사건을 해결할 수 있는 방법을 의논하고 있었다. 다른 조직 같으면 애들을 동원할 것도 없이 치고 들어갔을 일이었다. 그러나 일본에 여자를 팔아넘기는 이 한일교류문협이란 비밀단체는 위조여권과 유사시 튈 수 있는 만반의 준비와 철저한 비밀조직으로 한꺼번에 잡아내기는 거의 어려운 집단이었다.

"의견을 얘기해 봐라. 너희들 같은 전문가들이 끙끙 앓는 걸 보니 그 녀석들이 대단하긴 한 모양이구나."

나는 애들이 삼십여 분 넘도록 뾰족한 의견을 내놓지 않자 이렇게 말했다. 생명을 걸고 이런 여자 장사를 하는 애들의 습성을 잘 알고 있기 때문에 더 묘책을 찾지 못하는 것 같았다.

"맞서는 놈들이라면 한 방에 해내겠지만 쪽제비처럼 구멍 속으로 튀는 놈들은 어려워요."

한 녀석이 툴툴거렸다. 녀석의 말은 맞는 말이었다. 정정당당하게 덤비는 애들이 아니라 여차하면 튀는 애들을 상대하려면 도망갈 길을 미리 막아야 되는데 그 방법이 없는 형편이었다.

"쓸 만한 여자 하나만 있으면 어떻게 될지 모르겠는데요."

경식이가 궁여지책으로 한마디 던졌다.

"그건 위험해. 여자를 가담시키지 마라. 만약 도로 꺼내올 수 없는 형편이 되면 감쪽같이 팔리게 된다."

나는 경식이의 의견에 반대를 했다. 은숙이를 내가 끌어넣었다가 발가벗겨져 기둥에 묶였던 사건을 생각하면 지금도 오싹한 느낌이었다.

"산전수전 다 겪은 앤데 형님의 일이라면 무엇이든 한다는 애가 있어요. 쪽발이라면 이를 가는 앱니다."

"누군데?"

"현지처 노릇 하다가 쪽발이한테 되게 당한 앤데 의리도 있고 형님을 되게 좋아해요. 자원하는 애니까 한번 써먹어 보죠. 일본에 한 번 팔려갔다가 용케 도망나온 적도 있어요."

경식이는 미리 구해놓고 차마 말 못한 채 뜸을 들였던 것 같았다.

"나이 많잖아?"

"아주 어려 보여요. 개들이 눈독 들일 만큼 생겼어요. 만약 일이 잘못 돼서 일본에 팔려가도 도망 나올 자신이 있대요. 그 자식을 생각하면 이가 갈려서 꼭 제 손으로 파내고 싶다는 앱니다."

나는 잠깐 생각을 정리해 보았다. 이렇게 막다른 골목에서 앞장서주는 여자가 있다는 건 기회였다. 최악의 경우엔 놓치더라도 여자애만 구해내면 그만일 수도 있었다. 그러나 차마 여자를 그런 위험지대에 보낼 수가 없었다.

"형님, 한번 만나보세요. 그러면 알 거 아닙니까. 쪽발이하고 여자 장사 하는 애들 때문에 청춘을 망친 계집앱니다. 개한테 복수할 기회라곤 이번 같은 기회밖에 없어요. 생각해 보세요. 여고 졸업하고 취직하러 올라왔다가 허영에 들떴다곤 하지만 쪽발이에게 팔려간 신세를. 형님, 한번 만나라도 보세요."

경식이와 애들이 그 방법밖에 없다며 자꾸 나를 졸랐다. 나는 할 수 없다는 생각을 했다. 최악의 경우엔 여자애만 구하고 도망가더라도 할 수 없다는 각오만 한다면 쉽게 일을 꾸밀 수 있을 것 같았다.

"데려와라."

"형님, 고맙습니다. 이젠 걱정 없어요. 개가 잘할 겁니다. 그리고 옛날에 같이 있던 애를 통해서 손쉽게 그쪽으로 넘겨줄 수가 있어요."

"알았다."

애들이 이튿날 다시 모이기로 하고 헤어졌다. 경식이는 전화통을 잡고 우리가 있는 곳의 약도를 불러주고 있었다. 나는 괜히 가슴 끝이 서럽게 느껴졌다. 한번 큰 피해를 맛본 여자가 과거를 감추지 않고 사건을 해결하여 뿌리를 뽑으려는 것은 쉬운 일이 아니기 때문이었다.

얼마나 처절하게 당했으면 그런 생각을 할 수 있었을까?

그래, 그녀의 처절한 고통도 한꺼번에 풀어주자. 우리들 손으로 그런 집단을 모조리 없앨 수는 없지만 한 사람의 피해자라도 줄이기 위해선 어렵고 마음이 아프더라도 비상수단을 써보자는 생각이었다.

밤늦게 찾아온 여자. 그런 모진 꼴을 당하고도 티 없이 맑은 눈동자를 가진 여자였다. 나이는 경식이 말처럼 앳되게 보였다. 약간 노란 물을 들인 듯한 머릿결을 빼면 수수한 여자티가 났다.

"안녕하세요. 저, 윤희예요. 말씀 많이 들었어요."

"이거 반갑습니다. 경식이한테 얘길 들었습니다. 괜한 일로 폐를 끼치게 됐습니다. 난감한 문제라 궁여지책으로 만나보게 해달라고 졸랐지요."

"다 알고 왔으니 걱정하실 거 없어요. 저 혼자라도 그 일이라면 해보고 싶었어요. 저처럼 억울한 여자가 더 생겨서는 안 돼요. 거긴 지옥였어요. 감금 상태에서 말도 안 통하고 억지로 손님을 받아야 하고…… 말 안 들으면 별짓을 다하는 지옥였어요. 꼭 저를 시켜주세요. 부탁입니다."

"혹시 나를 전부터 알았습니까?"

"그럼요. 김포에 있었으니까요."

"그럼 넙치 형님……."

"그분 아니었으면 전 벌써 자살했을지도 몰라요. 제 은인예요. 그 오빠가 항상 총찬 씨 말씀을 하셔서 알고 있었어요."

"지금은 뭐하고 있어요?"

"넙치 오빠가 도와줘서 조그만 가게 하나 하고 있어요. 술가게지만 보람은 있어요."

"장사 못 하게 될 텐데……."

"괜찮아요. 저도 좋은 일 해보고 싶어요. 정말예요."

"그럼 나보다 더 잘 아실 테니까 윤희 씨가 작전을 짜봐요."

"이렇게 하면 될 거예요. 경식 씨가 우선 저를 그쪽에 닿게 몰래 신호만 보내면 그 담엔 제가 덥석 물면 돼요. 밖으로 연락하는 건 제가 어떻게 할 수 없지만요."

"그건 돼요. 이쪽에 그런 전자장치를 하는 전문가가 있으니까요. 화장품이나 목걸이 같은 걸 이용하면 되겠죠."

"그 사람들은 절대로 여자를 해치지 않아요. 상품이니까요."

"그렇다면 다행입니다. 준비를 해보죠."

모든 작전은 윤희가 짰다. 윤희는 한 번 끌려갔던 경험 때문에 처음부터 끝까지 치밀하게 계획을 짤 수 있었다.

"좋아요. 결코 윤희 씨에게 피해를 입히지 않을 겁니다. 내일부터 시작하죠. 장소를 대충 알고 있으니까 우리들이 항상 지키고 있을 겁니다. 신호는 가장 섬세하게, 말하지 않고 바늘이나 손톱 끝으로 눌러서 할 수 있게 만들게요."

"그건 어떻든 상관없어요. 전 총찬 씨의 실력을 믿으니까요."

윤희는 내일 다시 만나기로 하고 돌아갔고 나는 윤희의 목걸이를 특수하게 만들 것을 부탁했다. 열 개의 버튼을 지닌 특수장치로 내가 원하는 신호만 보내면 우리 쪽이 가지고 있는 장치로 그쪽 상황을 알 수 있게 하는 것이었다. 애들이 부산하게 부속품을 구해다가 특수 목걸이를 만들기 시작했다.

"밤 새워서라도 끝내라."

"걱정 마십쇼. 아주 근사하게 만들 테니까요. 이제 특수 소형 배터리만 가져오면 끝납니다."

애들의 작업은 상당히 빠르게 이루어졌고, 작전 명령도 제대로 짜여져 갔다.

"형님, 일이 잘 풀려나갑니다. 윤희가 잠입하는 데 성공했습니다. 지금 신호가 오고 있습니다."

경식이의 들뜬 전화 목소리가 들려왔다. 나는 심호흡을 했다.

"알았다. 절대 경거망동 하지 마라. 애들은 철저하게 숨겨라. 내가 갈 때까지 다른 사태가 없는 한 절대로 고개를 내밀지 마라."

"알았습니다. 걱정 마세요."

경식이가 옛 동료와 연결되어 윤희를 그 비밀조직에 잠입시키는 일까지는 성공시킨 것 같았다. 그들 눈에도 윤희는 좋은 상품일 수밖에 없었다. 그만한 얼굴과 몸매라면 제법 값을 쳐받을 수 있을 거라고 생각한 것 같았다.

내가 비밀 아지트에 도착하자 두 번째 신호가 왔다. 두 번째 단추를 누른 것으로 미루어 흥정이 시작되고 인물이 반반하니까 여권 수속을 정상적으로 해서 빼는 게 아니라 위조여권으로 빨리 출국시키려는 것 같았다.

"모두 정신 똑바로 차리고 대기하라. 며칠이 걸릴지도 모른다. 큰애들이 들랑거릴 때까지 기다려야 한다."

"알겠습니다. 저희들 걱정은 마세요. 단단히 각오하고 나왔으니까요."

정말 여러 날이 걸릴지도 모르는 일이었다. 윤희가 어떻게 손을 쓰느냐에 따라서 시간이 단축될지도 모른다는 건 내 바람에 지나지 않을 수도 있었다.

"애들은 제대로 준비하고 있겠지."

"걱정 마세요. 윤희한테 무슨 일은 안 생길 겁니다. 생길 수도 없어요."

내가 자꾸 조바심을 내니까 도리어 경식이가 위로의 말을 해주었다. 웬만한 일에 이렇게 조바심을 내는 경우가 없었던 나였다.

세 번째 신호가 온 것은 늦은 밤이었다. 칠 번 단추를 누른 것으로 보아 꽤 거물급이 지금 그 자리에 있는 것 같았다. 이쪽에서 윤희가 있는 곳으로 신호를 전혀 보낼 수 없기 때문에 답답한 걸 풀 수가 없었다. 그렇다고 쉽게 뛰어들어갈 수도 없었다.

계집애들이 들랑거리는 걸 보면 윤희도 한 번쯤은 나올 수 있을 것 같았다. 힘깨나 써 보이는 애들과 쪽발이 냄새가 물씬 나는 녀석들도 가끔 드나드는 게 보였다.

이튿날 아침나절에 윤희가 나왔다. 긴장한 탓인지 푸석푸석한 표정이었다.

"어땠어요?"

나는 반가운 마음에 덥석 손을 잡았다. 윤희는 밝게 웃었다.

"일이 의외로 잘될 것 같아요. 어젯밤에 벼락치기로 서류 만들기 위해 사진도 찍었고 두목인지 모르지만 꽤 큰소리치는 사내한테 면접시험도 봤어요."

"그렇게 빨리 수속을 밟아요?"

"빤하죠. 제가 상품 가치가 있다고 생각했겠죠. 아침에 보니까 여권사진이 벌써 나왔던데요. 일본에선 회원들이 벌써 도착했다는 거예요. 우리나라에서 준비가 늦은 데다가 중간에 한 여자가 집안 사정으로 빠져버리는 바람에 체면이 말 아니래요. 아버지가 갑자기 돌아가셨다나 어쨌다나 해서 할 수 없이 그냥 보내려던 참이었대요. 마침 내가 생겨서 누구한테 부탁하면 국제교류니까 여권도 지급으로 내준다나 뭐 그러면서 일주일 안에 어느 날 떠날지 모르니까 아예 거기 와서 숙식하고 일본어 공부나 하래서 그러겠다고 했어요."

"수법이 빤하군요."

"그렇죠. 제가 잡혀갈 땐 시간이 오래 걸렸어요. 지금은 안 그런가 봐요."

"일본 사람도 들랑거리는 것 같던데요?"

"명함 보니까 일본국 문부성 해외협력관인가 뭔가 씌어 있던데요. 아무래도 현지 책임자일 거예요. 웬만한 사람은 깜박 속아 넘어가겠어요. 저도 자꾸만 이번은 진짜 아닌가 하는 생각까지 들어요."

"이거 왜 이래요. 그러다가 정말 누구 죽이려고."

"그 정도로 치밀하다는 뜻예요. 그 안에 있는 여자들도 열댓 명쯤 돼요."

"경계는 어떤 것 같애요?"

"낮엔 한 열 명 돼요. 여자 직원도 있어요. 밤엔 서너 명뿐예요. 낮에 오는 애들은 바람잡이들 같애요. 나를 소개한 애도 계속 있었으니까요."

"큰애들이 한 번은 올 거 아닙니까?"

"그걸 모르겠어요."

"거기 있는 여자들은 언제 떠난대요?"

"제가 그 팀으로 가는 건가 봐요. 인원이 계획대로 된 모양이죠. 속을 수밖에 없는 것이 거기 가서는 민간외교 사절로서 이러이러한 예절과 이러이러한 국위선양에 힘써야 된다는 걸 가르치고 있어요."

"훌륭한 녀석들이군."

"그러게 말예요."

우리는 전원이 모여서 내부의 구조와 지키고 있는 애들의 자세와 무기를 소지한 애들이 있을 것에 대비한 윤희의 계획을 듣고 검토해 보았다.

"맞아, 그중에 한 놈쯤은 총을 가지고 있을지도 모른다. 그만한 대규모라면 무슨 짓이라도 할 거니까. 각자 조심하고 내 지시 없이 뛰어들면 용서하지 않겠다."

"그래요. 걔들 하는 걸로 봐서 제가 당할 때의 애들하곤 완전히 달라요. 우리 때는 일본에 도착해서야 일행이 여럿이란 걸 알았는데 쟤들은 아예 합숙훈련까지 시킬 정도니까요."

아무리 생각해도 이 조직의 뿌리를 깨끗하게 잡아챌 수는 없을 것 같았다. 두목급의 애들과 일본 녀석 정도만이라도 잡는 것이 현명할 것 같았다. 비밀조직이어서 결코 그 집단 전체가 한자리에 모이지는 않을 것 같았다. 그 장소는 일선 거점에 지나지 않을 것이고 큰애들은 결코 그 자리에 나설 것 같지 않았다.

"어쨌든 며칠 안으로 큰애들 한두 명과 일본 녀석이 올 거다. 마지막 점검을 하든지 인원 점검이나 출발 준비 때문에 올지 모른다. 그때 습격하자. 그 이상의 조직은 당장 한칼에 잡을 수는 없을 거다."

나는 윤희의 말대로 작전 계획을 바꾸었다. 애들은 처음과는 달리 긴장을 감추지 못하는 표정이었다. 보통 여자 장사꾼 애들이 아니라는 걸 눈치챈 때문이었다.

"만약 진짜 큰애들이 튀면 어쩌죠?"

경식이가 걱정이 되는지 이렇게 물었다.

"이번엔 안 놓친다. 안 되면 내가 일본으로 가서라고 끝까지 뿌리를 뽑을 테니까 너희들은 몸조심이나 해라. 무리해서 잡을 생각 마라. 위험하면 놔줘도 상관없다. 지금 팔려가는 여자들이나 우선 구했다고 자부해도 상관없다."

애들은 숙연해졌다. 일본으로 팔려가는 여자들의 신세가 어떤 꼴인지 애들은 짐작하고 있는 것 같았다.

꼬박 이틀 동안 우리를 긴장시킨 윤희는 우리가 고대하던 사 번 단추를 밤늦게 눌렀다. 아마 그 이튿날쯤 출발시키기 위해 마지막 점검을 하고 있는 모양이었다.

"자, 가자. 준비는 다 됐지?"

"됐습니다."

"애들은 제대로 배치하고 담 넘을 땐 만약을 모르니까 세 명씩 조를 짜도록 해라."

"예."

"위험할 때가 아니면 그거 쓰지 마라."

"명심하겠습니다."

경식이는 내가 건네준 물건을 조심스럽게 옆구리에 찼다. 화약을 잔뜩 넣어 소리만 요란하게 낼 수 있도록 만든 것이다. 위험할 때 소리를 내서 위기를 모면할 수 있는 물건이었다. 만약의 사태가 발생해도 사람들이 뛰어나와 구경만 해준다면 충분히 위기를 벗어날 수 있을 것 같았다.

우리는 조심스럽게 건물 옆으로 다가갔다. 큰애들과 일본 녀석이 타고 온 승용차 두 대가 문 밖에 서 있었다. 운전사도 따라 들어간 것 같았다.

"문을 따고 합선시켜 시동을 걸 수 있게 해봐라."

"두 대 다요?"

"그래."

애들은 잽싸게 연장을 꺼내 차의 문을 열고 들어갔다.

"준비하고 있어. 너희들은 이상한 낌새가 보이면 클랙슨을 눌러대."

"알았습니다."

"조심해서 들어가라."

애들은 사방으로 흩어져 담을 넘었다. 경식이가 내 뒤를 바짝 쫓아왔다. 불꽃이 환하게 비치는 유리창은 커튼으로 가려져서 안이 보이지 않았다. 현관 문은 열려 있었다.

"형님 여기 계십죠. 저희들이 해낼 테니까요."

"위험하면 튀어라."

"걱정 마세요."

나는 애들을 먼저 들여보내고 표창을 꺼내 들었다. 안에 있는 애들이 무기를 갖고 있지 않다면 애들이 쉽게 잡을 수 있겠지만 만약에 무기를 가졌다면 내가 숨어 있다가 기습을 하는 게 상책이란 생각이 들었다. 일본 녀석들이 끼여 있어서 총기류를 소지하고 있을 수도 있었다. 보나마나 일본의 삼류 깡패들일 것도 빤했다.

어디를 가도 어떤 집단이든 일류와 삼류 차이는 엄청난 것이었다.

애들이 한꺼번에 뛰어 들어갔다. 나는 현관 뒤에 숨어서 표창을 꼬나 쥐었다. 후닥거리며 맞붙는 게 보였다. 우리편 애들은 솜씨가 뛰어난 애들이었다. 내가 골라낸 애들이어서 웬만한 솜씨로 잡을 수 없는 실력파들이었다.

잠깐 사이에 우리 애들이 그쪽 애들을 꺾어 앉혀 놓았다.

"꼼짝 마라. 움직이면 다 죽인다."

예상했던 일이 벌어졌다. 일본 녀석이 악센트가 어눌한 우리말로 이렇게 지껄였다. 그 뒤엔 큰애가 확실한 사내 두 명이 냉소를 품고 서 있었다.

일본 녀석 손에 쥐어진 권총은 외국 영화에서나 볼 수 있었던 날씬하고 깜찍스럽게 생긴 총이었다.

"빨리 밖에 나가봐라. 그리고 이 자식들 빨리 묶어라."

큰애가 왕초답게 명령했다. 일본 녀석은 날카로운 눈매로 응접실을 훑어보았다. 큰애의 명령을 받은 애가 재빨리 뛰어나오고 있었다. 발을 슬쩍 당기며 명치 끝을 올려붙였다.

윽!

애가 신장 앞으로 고꾸라졌다. 나는 그 순간 표창을 연달아 세 개 날렸다.

쉬익! 쉬익! 쉭!

"됐다. 모두 잡아라."

내가 나서자 우리 애들이 재빨리 달려들어 응접실에 있는 애들을 꺾어 앉혔다.

"쟤들부터 묶어라."

경식이가 일본 녀석과 큰애 두 명을 묶었다. 바닥에 떨어진 권총을 집은 경식이가 피식 웃었다.

"이거 가짜예요. 진짜처럼 만든 모조품예요."

나는 권총을 받아 들고 어이가 없어 웃고 말았다.

"쪽발이답다."

장난감 권총으로 일본 녀석의 대갈통을 한 대 갈겨버렸다. 녀석이 바닥으로 뒹굴며 죽는시늉을 했다.

"여자애들 이상 없나 보고 윤희부터 데려와라. 애들 내보내면 안 된다. 애들 족쳐보구 보내든지 해야 한다. 이층에서 못 내려오게 해."

애들이 이층으로 뛰어 올라갔다. 나는 쓰러져 있는 큰애와 일본 녀석을 방 안으로 끌고 들어갔다.

"할 말 없나?"

"나, 일본 사람이다. 문부성 국제교류 담당관이며 외교관으로 정정당당한 치외법권이 있다. 너는 누구냐?"

일본 녀석이 명함을 꺼내 내 앞에 던지며 더듬거리는 일본식 악센트의 우리말을 했다.

"이 자식, 혓바닥이 반 토막이냐? 어디 조회해 볼까? 너 가짜면 모가지를 비틀어도 괜찮지?"

"……."

일본 녀석은 조회한다는 말에 고개를 수그렸다. 나는 발길로 걷어차버렸다. 일본 녀석이 대자로 뻗어 누웠다.

"너희들은 할 말 없냐?"

"당신 누구요?"

큰애 가운데 신사복을 입은 사내가 물었다.

"다른 꼴은 다 봐도 쪽발이한테 우리나라 처녀 팔아먹는 꼴은 못 보는 놈이다."

"형씨, 우리가 누군 줄 알기나 아슈."

점퍼 차림의 사내가 거드름을 피우며 말했다.

"알지. 뒷배경이 좀 있는 삼류 깡패 자식들이란 것쯤은."

"형씨, 이러지 말고 말로 합시다. 보아하니 우리하고 감정 있을 사람도 아닌 것 같소. 우리 형님들이 섭섭지 않게 해줄 거요."

신사복 차림의 사내가 이렇게 말하고 전화기에 손을 뻗쳤다. 나는 사정없이 걷어찼다. 사내가 일본 녀석처럼 뻗어 누웠다. 문이 열리고 윤희가 뛰어 들어왔다.

"이러면 안 돼요. 아무리 감정이 나더라도 뒤처리를 해야죠."

"이런 새끼들은 그냥 두고……."

정말 나는 뒤처리할 생각 없이 뻗게 만들기만 했다. 그 녀석들을 보는 순간부터 참을 수가 없었다.

"너도 바른말 안 하면 목을 뽑아버릴 거다. 네 형님인가 하는 자식들 어디 있냐? 빨리 대!"

"……."

"못 대겠냐?"

"난 잘 몰라요."

"그럼 누가 알아?"

"저 형하고 기시 밖에 몰라요."

"저 쪽발이가 기시냐?"

"예."

"팔아먹은 여자들이 일본에 가서 무슨 짓을 하는지 아냐?"

"예."

녀석은 기어들어가는 소리로 대답했다. 나는 볼 것 없이 갈겨버렸다. 윤희와 경식이가 말렸지만 결국 녀석은 뻗어 누웠다. 숨을 몰아쉬며 두 손을 비비고 있었다.

"야 이 개자식아. 네 여동생이라면 팔아먹겠냐? 말해 봐, 이 새끼야."

"형님 살려주세요. 제발 살려주세요."

녀석은 결국 앞의 녀석들처럼 고꾸라져 일어나지 못했다. 나는 혈을 짚어 신사복 차림의 녀석을 깨웠다. 혼미한 상태였지만 살려달라고 애걸하고 있었다.

"솔직하게 말하면 살려주겠다."

워낙 다부지게 다루니까 녀석은 무릎을 털썩 꿇었다.

"형님 살려만 주시면 무슨 말씀이고 다 드리겠습니다."

"그래, 넌 내가 안 풀어주고 한 시간만 두면 영원히 병신이 된다. 평생 장가도 못 가는 병신이다."

"다 말씀 드릴게요. 정말입니다. 제발."

"몇 명이나 팔아먹고 얼마씩이나 받냐?"

"명 수는 모릅니다. 우린 시키는 대로만 하니까요. 돈도 그래요. 형님들밖에 몰라요. 바람 잡는 애들한테 건당 이십만 원씩 주는 것밖에요."

"좋다. 믿어보마. 네 형님들이란 애들 어디 있냐?"

녀석은 한동안 고개를 숙이고 있다가 들었다. 눈물이 괴어 있었다.

"우린 죽습니다, 형님."

얼마나 무서운 집단인가를 알 것 같았다. 그만큼 철저한 비밀조직이란 걸 알 수 있었다.

"내가 책임지고 살려주마. 내가 장총찬이다. 맹세하마, 내 이름을 걸고."

"예! 형님이요? 정말입니까?"

녀석은 그때서야 사정을 상세하게 털어놓았다. 아까 이미 비상단추를 눌러 왕초는 도주했을 것이고 이곳 사정도 도청장치로 빤히 알고 있어서 일본으로 튀었을 거라고 말했다.

"그래서 날 밖으로 끌어냈냐?"

"그렇습니다."

"그럼 일본의 조직과 이곳의 연결 루트와 팔아먹은 여자들의 현주소 등을 아는 데까지 캐낼 수 있겠지?"

"형님, 전 맹세합니다. 절 살려만 주시고 보호만 해주신다면 무슨 짓이고 다 할 겁니다."

"나는 한번 맹세하면 지킨다."

나는 팔려가기 직전의 여자들을 다 돌려보냈다. 기시라는 일본 녀석도 풀어서 보냈다. 말단 하수인이어서 전혀 쓸모가 없는 건달 녀석이었다.

녀석은 비교적 상세하게 여자 장사꾼들의 정체를 털어놓았다. 일본 최대의 여자 장사꾼 패들은 동남아와 유럽, 미주 지역까지 손을 뻗쳐놓았고 우리나라 안에도 하수인 조직이 열 개쯤 된다고 했다. 더구나 이 비밀조직은 배반하기만 하면 죽음밖에 남는 게 없는 처절한 비밀결사이며 여자를 일본 안에서만 팔아먹는 게 아니라 외국에 원정판매까지 하는 집단이라고 했다.

"형님, 손 떼시는 게 형님을 위해 좋을 것 같습니다."

녀석의 충심이었다. 나는 웃었다.

"내가 가겠다. 그래서 뿌리를 빼고 오겠다. 여기에 남아 있는 비밀조직도 죄 캐가지고 오겠다."

이건 내 맹세였다. 신판 정신대 조직의 일본 뿌리와 한국의 하수인 뿌리를 아예 뽑아버릴 생각이었다.

우리들은 밤늦게까지 이번 작전의 성공을 자축하는 향연을 벌였다. 신사복의 사내와 윤희도 끼여서 우리들의 승리를 만끽했다.

나는 넙치 형을 조르기로 결심했다. 그래서 이 치사하고 이가 갈리는 신판 정신대 조직의 뿌리를 완전히 뽑아버릴 각오였다.

하느님. 일본으로 가겠습니다. 두고 보십쇼. 두 눈 똑바로 뜨고 보란 말입니다.

김포로 여러 번 전화를 했지만 넙치 형은 집에 없었다. 행방을 물어도 모르는 것이었다.

"너희들은 넙치 형을 찾아내고 너희들은 일본에 갈 수 있는 길을 찾아봐라. 가능하면 빨리 찾아봐."

내 마음은 조급해지기 시작했다. 일본이란 나라까지 찾아가려면 복잡한 여행 수속을 밟아야만 했고 미지의 나라에 가서 그들 극악한 조직과 부딪쳐야 할 두려움이 앞서고 있었다. 표창을 지니고 나갈 일도 걱정이었고 그들과 맞닥뜨렸을 때의 해결 방법도 문제였다.

넙치 형은 일본말을 잘하는 편이었다. 그래서 넙치 형과 같이 떠날 생각이었다. 일본에 두 차례나 다녀온 경력을 내가 이용하려는 수작이기도 했지만 넙치 형과 같이 떠난다면 일이 수월하게 풀릴 것 같았다. 넙치 형은 일본 애들과 친교가 있는 편이었다.

"단순한 여행은 할 수 없어요. 그쪽에서 초청장을 보내주거나 세미나든지 무슨 국제회의 같은 목적이 없이는 곤란해요."

여행사에 자주 들랑거렸던 녀석이 이렇게 대꾸했다.

"임마, 신판 정신대 놈들 때려잡으러 가는데 무슨 놈의 이유가 많아. 헤엄쳐서라도 갈 판이다."

"형, 성질대로 할 게 따로 있는 거 아녜요. 여권이 있어야 비행기를 타죠. 조금 기다려 봐요. 방법이 나서겠죠."

"내가 비행기를 만들어서라도 가겠다."

"형두 참 질겨요."

"더 이상 우리나라 여자들을 팔아먹게 내버려둘 순 없잖아. 네 계집애 동생이 팔렸다고 생각해 봐."

"그건 나도 알아요. 찾아낼 테니 조금만 기다려 봐요."

해외 여행이 까다롭다는 걸 알고 있었다. 서류 준비도 많고 여행 목적이 분명해야만 한다는 것도 알고 있었다. 물론 내가 일본으로 국제적인 여자 장사꾼들을 찾아나서는 일이 개인으로서 할 수 있는 영역을 넘어선다는 걸 모르는 건 아니었다. 법에 호소해서 될 일이 따로 있는 것이었다.

무슨 짓을 해서라도 찾아내고 말 결심이었다. 안 되면 고무보트라도 만들어 타고 들어갈 생각이었다.

넙치 형을 찾으러 나갔던 애들한테서 연락이 왔다.

"어떻게 된 거야."

"시골에 갔었답니다. 무슨 일이냐고 자꾸 묻길래 대충 얘기했습니다."

"그랬더니 뭐래."

"쓸데없는 짓 말고 가랍니다."

"알았다. 돌아와라. 내가 연락할 테니까."

전화를 끊고 어떻게 넙치 형을 꼬드겨낼지 생각해 보았다. 웬만해서 꿈쩍할 사람이 아니었다. 더구나 일본을 쳐들어가자는 데 쉽게 동의할 사람이 아니었다.

"형, 나요."

"정신 좀 차려라. 쓸데없는 짓 그만할 때 됐잖아. 일본까지 가서 어쩌겠다는 거냐?"

넙치 형은 전화를 받자마자 이렇게 말했다. 애들이 대충 얘기한 게 아니라 자세하게 말한 모양이었다.

"뿌리를 캐야 할 거 아닙니까? 우리나라를 뭘로 보는지 알아요? 순박한 처녀를 빼돌려 팔아먹는 녀석들을 그냥 두고 보란 말예요? 모를 때야 지나갈 수 있지만 안 다음에야 이대로 둘 순 없잖아요"

"네 말뜻은 안다만 이쪽에서 돈 몇 푼 때문에 붙어먹는 놈이 더 문제 아니냐. 그런 녀석만 없으면 그 녀석들이 발 붙이지 못할 텐데. 네 말대로 하자면 일본을 발칵 뒤집어야 할 거다.

개들을 쉽게 생각하면 안 된다. 여기 애들하고 다른 데가 있으니까. 나더러 어쩌라는 거냐?"

"같이 가주기만 하면 돼요. 난 지리도 모르고 그쪽 사정도 몰라요. 더구나 그 녀석들 정체도 몰라요. 형이 필요한 이유가 그겁니다."

"고작 내가 그런 데 필요하다는 거냐?"

"고작이 아녜요. 이런 사실을 알고 나면 형이 나보다 먼저 덤빌 줄 알았어요. 그런데 쓸데없는 짓이라니……."

나는 흥분하고 있었다.

"흥분하지 말고 잘 들어라. 네가 언제까지 그 성질을 못 버려야 하는지 곰곰 생각해 볼 필요가 있어서 한 소리다. 한창 나이에 네가 할 일이 고작 그런 일이어야 하느냐 이거다."

"그건 알아요. 할 일 많죠."

"그런 걸 알면서 어째서 자잘한 일에 시간을 빼앗기느냐 말이다."

"형, 이건 자잘한 일이 아녜요. 형의 여동생이 그런 꼴을 당했다고 생각해 봐요. 형이 그래도 참을 거요?"

"물론 안 참겠지."

"남의 일이라 참는 거요?"

"그게 아냐. 일이란 순서가 있잖아. 내 동생이라도 흥분만 해서 되는 게 아니다."

"나도 그건 알아요. 형이 안 도와주면 나 혼자 가겠어요. 내 성질 알잖아요. 무슨 짓을 하더라도 갈 거요."

넙치 형은 시간을 갖고 계획을 잘 세우자고 타일렀지만 나는 그럴 마음의 여유가 없었다. 한번 하자고 마음 다진 것을 미룰 수가 없었다.

"며칠 더 생각해 보자."

넙치 형은 이렇게 말했다.

"생각하고 자시고 할 일이 아녜요. 난 형이 그렇게 나올 줄 몰랐어요."

"하루만 더 생각해 보자."

"관둬요. 나 혼자 할 테니까."

넙치 형은 일본의 사정을 어느 정도 알고 하는 소리였지만 나는 그런 사정쯤 가릴 여유가 없었다. 일본 애들이 어떤 조직과 무기로 뭉쳐져 있는지 넙치 형이 얘기해 준 적도 있었다. 국제적으로 꽤 드센 애들이란 것도 알고 있었다.

"너 혼자 할 수 있는 일이면 내가 있으나 마나 아니냐. 오히려 내가 거추장스러울지 모른다."

"싫으면 관둬요."

나는 모질게 말하고 전화를 끊었다. 둘러섰던 애들도 긴장하는 눈치였다.

"넌 당장 일본 갈 수 있는 것을 만들어라. 가장 빨리 갈 수 있게 해봐. 돈은 얼마든지 들어도 좋아."

"해볼게요."

"당장 해와."

"예."

나는 할 수만 있다면 날아서라도 당장 일본으로 가고 싶었다. 남의 나라의 순진한 처녀들을 사들여 윤락가에 팔아넘기거나 다른 나라에 다시 팔아 돈을 챙겨먹는 행위의 대가가 어떤 것인지 보여주고 싶었다. 정신대로 끌려간 조선 소녀들의 비명 소리가 재현되는 것 같은 생각이 들었다. 여학교마다 돌아다니며 정신대에 들어가 황국신민으로서의 의무를 다하고 대동아단결의 기수가 되라고 외치던 소위 여성지도자들이 아직도 살아서 진짜 독립운동을 한 사람이나 그 후손들보다 훨씬 잘 먹고 잘 사는 이 판에 경제대국으로 성장한 일본의 젊은 애들 손에 또 우리의 순박한 처녀들이 농락당하는 꼴을 앉아서 볼 수만은 없는 일이었다.

하느님. 당신은 왜 그렇게 잔인한 겁니까. 도대체 우리나라와 뭐가 그렇게 감정이 많습니까. 착하게 살아온 민족입니다. 그래서 오밀조밀 모여 살면서 남을 해칠 줄 몰랐던 겁니다.

그래서 힘 없는 나라가 된 것이 죄란 말입니까? 힘 없는 게 죄라면 지금부터라도 남을 못살게 구는 나라가 되란 말 하고 뭐가 다릅니까. 하느님은 이웃을 사랑하라고 가르쳤어요.

그런데 지금 하느님은 이런 꼴을 보고도 그냥 있습니다. 하느님은 언제나 강자 편이었지 약한 자와 가난한 자의 편은 아니었습니다. 역사가 그걸 증명하고 있으며 현세가 또 그걸 증명하고 있습니다.

하느님.

정신 좀 차리쇼. 제발 정신 좀 차리쇼.

이튿날까지 뛰어다닌 애들이 일본에 가려면 시간이 좀 걸릴 거라는 얘기만 주워가지고 왔다. 초청장을 보내서 처리하는 방법이 가장 손쉬운 것이지만 그것도 시간이 필요한 것이고 국제회의나 세미나 명목을 여행사에서 만들어주어 떠나는 방법도 있지만 그것도 시간이 좀 걸린다는 얘기였다.

"밀수선이라도 구해라."

나는 화가 치밀어 이렇게 말했다.

"형, 큰일 내지 말아요. 형답지 않게 왜 이래요."

"이 자식아, 참을 게 따로 있잖아. 우리가 일제시대 당한 생각을 해봐. 쫓아가서 머릿가죽을 벗겨내든 아랫도리를 발라오든 해야 할 거 아냐."

"그건 알아요. 그러나 부정한 방법으로 떠날 필요는 없잖아요. 가서 말썽이라도 생겨봐요. 어떻게 하겠어요. 정당하게 갈 수 있는 방법이 있다는데 왜 이래요."

"이 자식아, 내가 원자탄을 만들 수만 있다면 벌써 쳐들어갔을 거다."

"그건 형 혼자뿐이 아녜요. 일본 아니라 미국이라도 먹어치

우고 싶어요. 콧대를 칵 꺾어 앉히고…… 조금만 참아줘요. 어
떻게든 만들 테니까."

외국 여행이 자유스럽지 않기 때문에 여유 있는 사람들은
갖가지 방법을 동원하여 해외 여행을 불편 없이 다니고 있는
현실이었다. 그런데 나같이 정말 꼭 해야 할 일이 있는 사람은
방법을 찾는 일에 시간을 소비해야 하는 것인가. 사실을 얘기
해도 웃어넘길 사람들에게 어떻게 하소연할 수 있단 말인가.
일본 깡패조직과 한판 승부를 하겠다고 하면 나를 미친 사람
취급을 할 게 뻔했다.

그렇다고 해서 부당한 방법으로 떠나고 싶진 않았다. 정당
한 방법을 찾아본 뒤에 여의치 않으면 부당한 방법이라도 서
슴지 않을 각오였다.

밤늦게 춘삼이 형이 전화를 걸었다.

"얘기 들었다. 그렇게 급하게 서둘다가 괜히 공항에서부터
당할 수 있다. 여기서 정보가 새어 나가면 그쪽 애들이 만반의
준비를 할 거란 말야. 정 가고 싶으면 몰래 빠져나가야 한다.
네가 하부조직을 건드렸기 때문에 벌써 그쪽 애들이 비상을
걸었을지 모르니까 우선 몸조심부터 해라."

춘삼이 형 귀에까지 내 소식이 들어간 것으로 미루어 그럴
수 있다는 생각이 들었다.

"차라리 그랬으면 좋겠어요."

"쓸데없는 소리 말고 내 말 명심해라. 그쪽 애들이 서툴지 않

다는 것만은 잊지 마라."

"형, 그쪽 애들 좀 알아요?"

"나도 말만 들었다. 이익을 위해선 무슨 짓이고 하는 애들이니까."

"한두 개 하부조직을 더 걷어차버릴까요? 그러면 구체적인 반응이 오겠죠. 제휴를 하자든지 보복을 하든지 말예요."

춘삼이 형은 한동안 말이 없었다. 내 의견이 어쩌면 쉽게 해결할 수 있는 방법인지도 모르는 때문이었다. 그들은 국제적인 여자 판매조직의 보전을 위해서 충분히 그럴 수 있는 사내들일 것 같았다.

"방법은 몇 가지 있을 수 있다. 하부조직을 건드려서 반응을 볼 수도 있고 아예 그쪽에다 도전장을 보내 초청하게 하는 방법도 있겠지. 제일 좋은 방법은 네가 일본으로 가지 않고 이쪽으로 끌어들여서 해결하는 방법일 거다. 네가 적진에 뛰어드는 건 찬성할 수 없어."

"그건 나도 알아요. 그러나 그놈들이 쉽게 달려들지 않을 텐데 어쩌죠? 웬만한 애들이면 이쪽 정보도 가지고 있을 게 아네요."

"바로 그 점이다. 우리가 신경을 써야 할 문제다. 하부조직이 부서졌는데도 지금까지 아무런 반응이 없다면 틀림없이 치밀한 작전을 짜고 있을지 모른다."

"형, 어떤 방법이든 가리지 않겠어요. 그 자식들과 빨리 부

닥치고 싶어요. 형이 어떻게 좀 해줘 봐요."

나는 춘삼이 형이라면 여러 가지 루트가 있을 거라고 생각했다. 일본 애들과 가깝게 지내는 터수여서 내게 충고할 수 있는 것 같았다.

"우선 몸조심 해라. 내가 방법을 찾아볼 테니까. 그쪽에 가서도 문제다. 말이 안 통하니까 귀신 곡하게 너를 숨어 다니게 해줄 녀석도 필요하단 말이다. 내 말 알겠냐?"

"알아요."

"하루 이틀 찾아보고 나서 얘기하자."

"나 성질 급한 거 알죠?"

"안다."

"그럼 형만 믿겠어요."

이렇게 답답할 수가 없었다. 아무리 주위에서 방법을 찾아보아도 쉽게 방법이 나서질 않았다. 내가 일본이란 나라와 일본의 못된 사내들에 대해 너무 모르면서 덤비는 것이 아닌가 하는 생각도 해보았다. 물론 아는 게 별로 없었다. 알 만한 녀석과 연결도 없었다. 어떻게 생각하면 우물 안 개구리처럼 혼자 자신만만하게 세상을 생각했는지도 모를 일이었다. 넙치 형이나 춘삼이 형이나 모두 같은 얘기뿐이었다. 두 사람은 일본에 대해 아는 게 많은 사람이었다.

어쨌든 나는 갈 것이다. 몸이 두 쪽 나서 돌아오더라도 그냥 참고 넘어갈 일이 아니었다.

다혜 그리고 유혹

다혜가 떠나는 날 아침이었다.

마음의 한구석을 떼어 바다 멀리 내던지는 기분이었다. 어느 날인가 갑자기 증발하듯 사라질 것 같던 여인이었다. 내 사랑의 주식을 몽땅 소유한 여인이 떠나버리는 날이었다. 그녀는 미국이란 거대한 나라를 선택하지 않고 프랑스 파리를 선택했다. 그녀를 떠나보내고 내가 견디어낼 수 있을지를 나는 의심하고 있었다.

기다림이 얼마나 큰 고통인지 나는 알고 있었다. 더구나 내 일생을 걸었던 여인과의 이별이었다. 만약 내가 그녀를 조금이라도 소홀하게 사랑했었다면 그녀의 의사와는 상관없이 그녀를 훔쳤을 것이다. 그녀가 혀를 깨물더라도 그녀를 몽땅 훔쳤을 것이다.

나는 그녀를 훔칠 수 없었다. 그녀가 스스로 옷을 벗을 때까지 기다리기로 작정한 것은 바로 내 사랑의 징표였다. 며칠 동안 밤마다 우리는 붙어 앉아서 사랑을 확인하기에 바빴다. 입맞춤 이상을 허락하지 않았다. 우리들의 미래는 어떻게 될지 모른다. 우리는 결코 헤어지지 않기로 맹세했지만 세상의 숱한 맹세들이 어떻게 변할 수 있었는지를 우리는 짐작하고 있었다. 지리라는 건 사랑을 접근시키기도 하지만 사랑을 내팽개쳐주기도 하는 묘한 역할을 하는 것이기 때문이었다.

사랑은 문서로 확인되는 게 아니었다. 나는 그런 우리들의 사랑을 육체로 확인해 두려고 했지만 다혜는 마음으로 확인하기를 고집했다.

밤 아홉 시 이십 분 파리행 대한항공. 그것이 우리들의 작별의 신호인지도 모른다. 우린 결코 헤어지기 위해서 손을 흔드는 게 아니라 만나기 위해서 손을 흔드는 일을 시작한 것이었다. 잠시 헤어지는 아픔이 우리들의 미래를 아름답게 장식할 것인지는 미지수였다. 그러나 우리는 우리의 미래를 믿고 있었다. 믿지 않고는 견딜 수 없었기 때문이었다. 그리고 이렇게 된 이상 믿는 것밖에 우리들에겐 할 일이 없었다.

사랑한다는 일은 고통스러운 일이었다. 다혜가 떠나고 나면 허공에 뜬 내 갈증을 어떻게 가누게 될지 모르겠다.

공항 대합실, 다혜를 둘러싸고 있는 사람들 사이로 나는 천천히 돌진해 들어갔다. 그것은 돌진이었다. 나를 싫어하는 다혜네 식구들 속으로 주책없이 끼어드는 것은 돌진일 수밖에 없었다. 다혜 아버지의 근엄한 얼굴이 보였다. 나는 허리를 꺾었다.

"오랜만이네."

손을 내밀었다. 나는 다혜 아버지의 손을 잡았다. 다혜가 피식 웃었다.

"그동안 괴롭혀 드려서 죄송합니다."

나는 차마 떨어지지 않는 말을 했다. 다혜를 사랑한 것이 다혜 아버지를 괴롭힌 거라곤 생각지 않았다. 오히려 내가 진실로 사랑했기 때문에 복을 받는 거라고 생각하고 있었다.

"우리 아이가 철이 없어서 자넬 괴롭혔었지. 이젠 공부하러 떠나는 애니까 자네가 많이 도와줘야 되네."

"네."

"서로 자제하고……."

"네."

그것은 다혜가 공부할 수 있도록 방해하지 말라는 압력이었다. 나는 다혜 아버지를 한 대 갈겨주고 싶었다.

다혜가 다가왔다. 하얀 원피스와 재킷이 그렇게 어울릴 수가 없었다. 청바지 차림의 보통 때 다혜 모습이 아니었다.

"가서 매일 편지 쓸 거야."

다혜가 먼저 말했다.

"공부 잘해."

"우리 아버지 같은 소리만 해."

"다혜 아버지가 나한테 한 말이거든."

"우리 아버질 이해해 봐. 아버지가 되면 그렇게 될 수밖에 없을지 몰라."

"난 아버지가 안 될 거니까."

"후훗."

다혜가 입을 가리고 웃었다. 다혜의 친구들이 나를 둘러싸고 있었다.

"이별을 축하합니다."

"남의 불행은 나의 행복."

다혜 친구들이 짓궂게 다혜와 나의 이별을 축하하고 있었다. 짐을 부치고 난 다혜네 식구들의 눈언저리가 붉어오고 있었다.

어쩐지 객쩍은 기분이었다. 오늘의 주인공이 다혜인데도 내가 나타나자 주위 사람들의 시선은 모두 내게 쏠렸다. 다혜가 파리 유학이란 복잡한 과정을 겪게 된 것도 나 때문이란 걸 그들은 알고 있었을 것이다. 시집갈 나이의 다혜가 뒤늦게 공부를 하겠다는 것부터가 다혜네 식구들을 긴장시켰다.

공항에 나오지 않을 생각이었다. 그러나 다혜는 한사코 나와달라고 했다. 내가 공항에 나오지 않으면 완고한 식구들이 승리감을 느낄 것이고 그녀 자신이 더 참담해질 것 같다고 했다. 그리고 사랑했다면 더 당당하게 공항 대합실에서 이별이란 걸 느껴보자고도 했다. 우리들의 사랑을 거부하는 가족들에게 뜨끔한 기분을 남겨주자는 것이었다.

"오기로라도 나와야 돼. 그래서 우리들의 사랑이 장난이 아니라는 걸 보여줘야 돼. 우리 식구들에게 소름 끼치도록 사랑을 가르칠 필요가 있어."

다혜가 며칠 전부터 강조한 말이었다. 비행기 출발 시간보다 한 시간쯤 일찍 나가게 될 다혜와 나의 마지막 장면은 이제 불과 얼마 남지 않았다.

"나 먼저 들어갈까?"

다혜가 불편할 것 같아서 이렇게 말했다. 다혜는 눈을 곱게 흘겼다.

"오기도 없어?"

"왜 없겠니. 너희 식구들의 따가운 눈초리가 싫어서 그래. 내가 구걸하러 온 놈도 아니고……, 큰 죄인도 아닌데 너무들 하잖아."

그건 사실이었다. 나를 두려운 듯, 또는 사랑을 구걸하는 못난 놈 쳐다보듯 했다.

"얘야, 일찍 들어가거라."

다혜 이모가 한 말이었다. 아무래도 내가 공항 대합실에 있는 게 불편한 모양이었다.

"시간 넉넉해요, 이모. 얘기 조금 하고 나갈게요. 내가 미우니까 빨리 갔으면 좋겠어요?"

다혜가 모진 소리를 했다.

"얘는……."

다혜 이모가 얼른 자리를 피했다. 다혜의 친구들도 우리 두 사람만의 시간을 만들어주려는 속셈인지 가까이 오지 않았다.

"불안해서 저런다니까. 찬이가 힘으로 저지시키거나 나를 납치해 갈까 봐 저렇게 안달을 하는 거야."

다혜가 키득거리며 말했다.

"사실대로 잘 봤어."

"날 납치하고 싶어?"

"어제부터 계속 그 생각이었다. 감쪽같이 납치해서 어디론가 숨어버릴까 궁리만 했지."

"정말 납치할 거야?"

"그럼 안 되니?"

"지금 난 찬이한테 납치당하고 싶어. 공부하기도 싫고 이렇게 반강제로 헤어지는 것도 싫고."

"그럼 납치하래?"

"그랬으면 좋겠어. 난 떠나기 싫어. 찬이가 원망스러울 때도 있었어. 내가 파리 유학 결정했다면 당연히 나를 납치해서 잠적해 버릴 줄 알았거든. 그런데 지금 비행기 타러 온 사람에게 자꾸 먼저 간다니……."

"제길…… 넌 내 맘을 너무 몰라. 난 패배자처럼 매일 밤 복수를 꿈꿨어. 납치 정도가 아니라 죽이고 싶었어."

나는 다혜가 떠난다는 사실이 이렇게 가슴을 답답하게 할 줄을 몰랐다. 더구나 결혼 상대자로는 실격이 되어버린 신세였다.

"지금이라도 늦지는 않았어. 찬이 정도면 날 납치하는 건 쉽잖아."

"그러고 싶어. 그러나 난 결코 납치하진 않겠어."

"왜?"

다혜는 도전하듯 물었다.

"정말 사랑하니까."

"알아."

다혜는 그 한마디에 눈물이 글썽였다. 마음이 여린 소녀처럼 고개를 숙이고 있었다.

"힘 내. 내가 찾아갈 테니까. 지구 끝이라도 찾아갈 테니까."

나는 어울리지 않게 이런 말을 해버렸다. 다혜가 피식 웃었다.

"기억나니? 훼드라. '죽어도 좋아'라는 거 말야. 나갈 때 웃으며 손을 흔들어야 돼. 그래서 우리 두 사람이 어른들 생각처럼 철딱서니 없는 사랑이나 하는 부류가 아니라는 걸 보여줘야 돼."

"나는 지금 이 순간까지도 납치당하길 바래."

다혜가 시큰하도록 짜릿한 말을 했다. 그건 그녀의 진실인 것 같았다. 나는 그녀가 그런 말을 하지 않으면 오기로라도 납치하고 싶었을지 모른다. 그녀가 떠나고 없는 이 땅에서 내가 어떻게 견디어낼지 걱정이었다.

"우리한테 오기가 있잖니. 우리 참아낼 수 있을 거야. 그리고 우리들의 미래를 위해 고통을 감수할 힘도 길러질 거야."

"이럴 줄 알았으면……."

다혜가 아쉬운 듯 말꼬리를 흐렸다.

"뭔데?"

"찬이가 하자는 대로 해버릴 걸 그랬어. 내가 무슨 맘 먹고 그랬는지 몰라. 그까짓 육체가 뭐가 그리 대단하다고 말야."

"이미 글렀어."

"지금이라도 둘이 도망갈 수 없을까?"

"그것보다 더 귀중한 걸 우린 알고 헤어지잖아."

"그건 그래."

다혜가 왠지 추레해 보였다.

하느님 잔인하십니다.

우릴 결국 이렇게 만들 바에야 어째서 만나게 하셨습니까? 이렇게 되길 바라셨겠죠. 그리고 즐기고 있겠죠.

하느님.

그러나 한 가지 사실을 잊지 마세요. 우린 끝까지 헤쳐 나갈 겁니다. 하느님의 장난에 놀아나진 않을 거라 이겁니다.

사람들이 출구로 모여들었다. 나와 다혜는 먼 빛으로 손을 혼들었다. 다혜네 식구들이 모여서 다혜와 아쉬운 작별을 나누고 있었다.

다혜는 손을 흔들고 걸어갔다. 그러나 그녀는 갑자기 뒤돌아섰다. 그리고 뛰었다.

다혜는 울고 있었다. 눈물 가득 괸 눈빛이 너무나 안쓰러워 보였다.

다혜는 많은 사람을 뚫고 내게로 뛰어왔다. 나를 얼싸안았다. 뜨거운 입술로 나를 끌어당겼다. 짭짤한 그녀의 눈물이 입 속으로 들어왔다. 우리는 아무것도 가리지 않았다. 그저 길고 뜨거운 입맞춤에만 우리의 생애를 건 것처럼 들떠 있었다.

"사랑해. 우린 이길 거야."

다혜가 먼저 손을 풀었다.

"그래, 우린 이기고 말 거야."

"사랑한다고 큰 소리로 큰 소리로 말해 줘."

"그래."

"갈게. 큰 소리로 나갈 때 말해 줘."

"알았어."

그녀는 바닥에 팽개쳤던 가방을 들고 경쾌한 걸음걸이로 다시 출구로 나갔다. 모든 사람들이 나와 다혜를 번갈아 보고 있었다. 다혜네 식구들은 나를 원망하는 눈초리였다.

다혜가 출구를 빠져나가 자동문 앞에 섰다. 그리고 손을 높이 들었다.

나는 악을 쓰기 시작했다.

"사랑한다. 사랑해."

목소리가 얼마나 컸던지 공항 대합실 사람들이 모두 나를 쳐다보았다.

"어떤 놈이 뭐라든 사랑할 거다!"

또 악을 바락바락 썼다. 다혜가 손을 흔들고 자동문 안으로 사라졌다. 나는 갑자기 약이 오르기 시작했다.

"사랑한다아! 사랑하고 말 거다아! 어떤 놈이 뭐라든 넌 내 꺼다아! 사랑한다아!"

아까보다 더 악을 써댔다. 다혜네 식구들이 재빨리 흩어졌다. 사람들이 내 곁에서 물러났다.

"사랑한다아. 사랑하는데 무슨 잔소리가 필요하냐아! 젊은 놈은 사랑이라도 하자아! 사랑한다아!"

나는 입에서 나오는 소리를 가리지 않고 악을 쓰며 내뱉었다. 워낙 큰 소리로 악을 쓰니까 구경꾼들도 슬금슬금 도망가 버렸다.

제복 입은 사내가 다가왔다.

"뭐요?"

조심스럽게 물었다.

"내가 사랑한 여자가 떠났습니다. 그래서 악 좀 썼습니다. 그녀의 부모들 들으라고 더 악쓴 겁니다."

"그렇다고 여기서 떠들면 어쩝니까?"

"사랑도 내 맘대로 못해서 무슨 재미로 삽니까?"

"그건 잘했소. 그러나 여긴 국제공항입니다. 나가서 실컷 소리 지르시오."

"이제 그만 갈랍니다. 미안합니다."

나는 괜히 눈물이 솟구치는 걸 느꼈다. 눈물을 훔치며 밖으로 나왔다. 다혜네 식구들은 한 사람도 보이지 않았다. 다혜 친구 두 명이 서성거리고 있다가 화들짝 놀라서 뛰었다.

나는 피식 웃고 말았다. 차가운 밤 하늘에 별빛이 유난히 밝았다. 나는 주차장에 앉아서 아홉 시 이십 분이 넘도록 담배만 연신 피우고 있었다.

지금이라도 쫓아 들어가 다혜를 훔쳐올까? 소란해지겠지. 그럼…….

그런 생각뿐이었다.

아홉 시 이십 분을 지나 아홉 시 반도 넘었다. 나는 자동차 시동을 걸고 무섭게 흡뜬 눈으로 공항을 빠져나갔다. 어둡고 차가운 공항을 흘낏 뒤돌아보며 내 젊음까지도 송두리째 놓아두고 온 기분이었다. 다혜는 내 축소된 분신이었다고 하는 편이 옳을 만큼 내 가슴 안에 자리 잡고 있는 여인이었다.

다혜.

처절하고 애절하게 불러보고 싶은 여자였다. 그녀는 내 앞에서 한 번도 여자가 되려고 하지 않았다. 그저 소녀로 남아 있으려고 몸부림치는 것으로 사랑을 남긴 여인이었다.

다혜.

그녀는 떠났다. 기약은 했지만. 그녀의 동경과 현실을 이겨내려는 의지로 이별의 고통을 흘려놓고 떠났다. 프랑스 파리가 어떤 곳인지 나도 그녀도 잘 알지 못한다. 그녀의 영어실력은 인정하지만 그녀의 불어 실력은 미지수라는 생각이 자꾸 뇌리를 건드리곤 했다.

그녀의 의지라면 무엇이든 해낼 수 있을 것 같았다. 마지막 헤어지며 그녀는 아무 짝에도 쓸모 없는 육체를 왜 벗어던지지 못했는지 모르겠다는 푸념을 했다.

떠나기 전날 밤까지도 그녀는 옷 벗기를 거부했다. 그녀는 끝까지 육체를 지킬 수 있는 여자라는 게 내 솔직한 즐거움인지도 모른다.

쾌속으로 달렸다. 희미한 가로등과 차량의 불빛 속을 비집고 달렸다. 어둠 저쪽에 다혜가 서 있기라도 한 것처럼 마구 달렸다.

뒤를 흘낏 쳐다보았다. 백미러 속으로 검은 승용차 한 대가 쫓아왔다. 헤드라이트 불빛 때문에 짐작할 수 없는 차형이었다. 속력을 늦춰 신호대기 앞에 서서 유심히 뒤차를 살폈다. 세 명의 사내들이었는데 낯선 일본인 냄새가 나는 것 같았다. 복장이나 머리형이 어쩐지 낯설어 보였다. 구석 자리에 하얀 모자를 쓴 여인도 직감에 일본인 같았다. 브레이크 등의 붉은 빛 때문에 확실하게 생김새나 표정을 집어낼 순 없지만 내게 관심을 가지고 있다는 느낌을 받았다.

춘삼이 형과 넙치 형 말이 갑자기 떠올랐다.

일본 애들의 보복 작전이 시작되었는지도 모른다는 생각이 들었다. 일본 애들의 작전은 어떤 것일까? 점잖게 협상을 제의해 올까? 일본 애들의 속성은 강한 자에겐 비굴함을 감수하고서라도 실리 있는 협상을 하지만 약한 자에겐 무자비한 보복만 갚아나간다고 들었다.

액셀러레이터를 힘껏 밟았다. 뒤차는 일정한 거리를 유지할 뿐 따라붙는 기색이 아니었다.

이럴 줄 알았으면 그 뒤에 애들이 따라붙게 만들걸. 나는 은근히 긴장을 감추지 못했다. 그렇다고 눈치채게 내달릴 순 없었다. 거리 한복판에서 총질까지 할 애들은 아닐 것 같았다. 우리나라 실정을 알기 때문에 그런 식의 무모한 앙갚음을 하진 않을 것 같았다.

어쨌든 기분은 나빴다. 차의 방향을 잠시 생각해 보았다. 은주 누나네 집으로 방향을 잡아 괜히 집 안이 시끄럽게 하고 싶진 않았다. 어떻게 하든 뒤쫓아오도록 유도하여 내가 유리한 위치에서 결판을 내는 게 좋을 것 같았다.

성산대교를 건너 시내 쪽으로 파고들어갔다. 뒤차는 조금 바싹 따라붙는 것 같았다. 얼핏 머릿속에 떠오르는 것은 사람들 눈이 비교적 많은 H호텔이었다.

호텔 마당으로 차를 회전시켜 세웠다. 멀찍이 검은 승용차가 들어서는 걸 확인하고 커피숍으로 들어갔다. 창가 쪽에서 비교적 입구 쪽이 잘 보이도록 자리를 잡았다. 나는 근처에 있는 애들을 불러들여 일본 애들의 동태를 관찰하고 싶었다. 상대를 전혀 알지 못하기 때문에 불안한 마음을 감출 수가 없었다.

차 한 잔을 다 마시도록 아무도 접근하는 사람이 없었다. 내가 호텔에서 나가기를 기다리는 것인지도 모른다는 생각이 들었다. 자동차 안에 무선전화기라도 있다면 좋을 것 같았다. 대책 없이 호텔을 나가긴 싫었다. 일본 애들이 어떤 애들인지 짐작조차 할 수 없었기 때문에 선뜻 나서기가 망설여졌다.

정정당당하게 판을 벌여만 준다면 두려울 게 없지만 보통 일본 애들답게 치사한 방법으로 나온다면 내가 먼저 기선을 잡히게 될 것 같았다.

그렇다고 마냥 앉아서 상대의 반응을 기다릴 수만은 없었다.

깔끔하고 예쁜 여자가 걸어 들어오는 모습이 보였다. 흰 모자를 보는 순간 일본 애들의 행동이 개시되었다는 어떤 두려움과 부딪쳐본다는 흥분이 나를 감싸고 돌았다. 하얀 털모자의 여자가 내 옆으로 다가왔다. 나는 창가를 쳐다보며 관심이 없는 척했다.

"안녕하세요."

여자는 스스럼없이 인사를 하며 옆자리에 앉았다.

"누구시죠?"

나는 주위를 매섭게 훑어보고 물었다.

"어머 절 모르세요?"

낯이 그렇게 설지 않아 보였지만 기억엔 없었다. 잘생긴 여자여서 누구에게나 한 번쯤 어디선가 스쳐 지났던 여자라고 착각할 만했다. 크지 않은 몸매와 밝은 웃음이 친근감을 주었다.

"장총찬 씨 아니세요?"

"그럴 거요."

"어머, 저 다혜 친구예요."

내가 한껏 긴장한 탓인지 그녀를 어디서 만났었는지 기억할 수가 없었다.

"우리가 어디서 만났었나요?"

"공항에서요."

"그 전에는요?"

"말만 많이 들었죠, 다혜한테서. 오늘도 멀찍이서 두 사람의 뜨거운 모습을 잔뜩 질투 품고 쳐다봤죠."

"이름이……."

"슬아예요."

"김슬아요?"

"예."

"이름은 들었습니다. 한 반였다죠?"

"다혜가 그 정도밖에 얘기 안 해요?"

"아뇨. 어떤 병원엔가 들어갔다가 나왔다는 것도 알죠."

"다혜를 사랑하세요?"

"그럴 겁니다."

"그런 대답이 어디 있어요?"

"우린 보다시피 헤어졌습니다."

"그래서 슬프신 거예요."

"슬픈 척이라도 해야 할 거 아닙니까."

"그건 그렇죠. 제가 술 사드릴까요?"

"왜요?"

"다혜 친구니까요."

"술 사주라고 합디까?"

"아뇨. 이건 순전히 제 생각예요. 슬픈 남자에게 술쯤은 사는 여자가 되자, 뭐 그런 거죠."

김슬아란 여자에 대해 아는 게 별로 없었다. 다혜 입에서 어쩌다 학교 다닐 때 동료들 얘기가 나오면, 끼여 있을 정도였지 가깝게 지낸 사이는 아니었다. 다만 학생 때 빼어난 인물값을 하느라고 조금 시끄럽게 학생시절을 보냈다는 것과 어떤 의사와 연애하다 헤어져 복수극을 꾸미고 있다는 정도의 얘기로 그녀 이름을 기억하고 있었다.

처음 만난 슬아가 내게 술을 사겠다고 하는 이유가 있을 것 같았다. 그녀가 일본 애들의 접근 대상자가 될 수도 있었을 것이고 다혜와 무언의 경쟁자로 내 파멸을 구경하고 싶은 잠재적 욕망이 있을지도 모른다는 생각이 들었다.

뒤차에서 본 그 하얀 모자가 아니었다면 다혜의 유학길을 배웅하고 우연히 마주친 친구의 호의로 받아줄 수도 있었다.

"난 술이 조금 센데요."

"나도 보통내기는 아니란 소릴 들어요."

나는 슬아라는 여자의 뱃심이 무엇인지 알아낼 필요가 있었다. 뒤에 보이지 않게 도사리고 있을 일본 애들 생각을 하면 그 자리에서 당장 머리채를 잡아 앉히고 싶었다.

그러나 내 예민한 느낌이 잘못된 것일 수도 있었다. 거리낌 없고 밝은 표정 속엔 그런 흉계가 도사리고 있을 것 같지 않았다. 슬아란 여자가 대학가에서 미모를 자랑하여 시끄럽게 했을 만한 여자라는 걸 나는 인정하고 싶었다.

"좋은 데가 있어요."

그녀의 티 없는 표정을 읽으며 나는 웃었다.

"나를 유혹하는 겁니까?"

그녀의 반응을 보기 위해 이렇게 물었다.

"유혹하면 안 돼요?"

슬아의 대답은 의외로 경쾌했다.

"난 유혹에 약해요."

"난 유혹하는 데 강해요."

슬아는 어느 말이나 거침이 없었다. 다혜 또래의 나이인데도 훨씬 세련된 차림새와 가꾼 흔적이 역력한 모습은 부유한 티가 나는 것 같았다.

"차라도 한잔 들고 일어납시다."

나는 주변의 눈치를 살피기 위해 이렇게 말했다.

"누구 만나러 오신 것 아녜요?"

"내가 너무 늦게 와서 가버린 모양입니다."

"전 여기 자주 와요."

"젊고 예쁜 여자가 왜 호텔엘 자주 옵니까?"

"어머머, 이상하셔라."

다혜 같으면 주먹이 날아올 말이었다. 슬아는 이런 식으로 얼버무린 채 차를 조심스럽게 마셨다.

"전화 잠깐 하고 올게요."

"설마 도망가시는 건 아니겠죠?"

슬아는 역시 보통내기가 아니었다.

"이런 미인 두고 도망갈 사내는 아니올시다."

"다혜한테 안 이를게요."

"우린 헤어졌다고 했잖아요. 다혜 얘긴 이제 그만 합시다."

"좋아요. 우리들 얘기만 해요."

나는 동전 두 닢을 꺼내들고 전화기가 있는 곳으로 나왔다. 주위를 재빨리 훑어보았지만 내가 찾고 있는 사내들은 보이지 않았다.

"나다."

전화를 받은 녀석이 잠이 가시지 않은 목소리로 말했다.

"형, 웬일이유?"

"벌써 자냐?"

"어제 밤샜어요."

"임마 몸 좀 아껴라. 뭣 좀 부탁하자."

"하죠, 머."

"지금 나 H호텔 커피숍에 있다. 내 차 알지?"

"알아요. 한판 신나는 것 있어요?"

"아직 모른다. 내 뒤를 좀 따라댕겨라. 눈치채지 않게. 내 뒤에 날 미행하는 놈이 있으니까 세심하게 살펴보고 나하고 연락해야 한다."

"어떤 놈이 형을 미행해요. 죽여달라고 빽 쓰는 놈도 다 있네."

"급해. 바로 나와서 대기해라."

"지금 나갈게요. 십 분 내로 갈 수 있어요. 참 애들 데리고 나갈까요?"

"시간 없다. 혼자 해. 눈치채면 안 돼."

"어떤 애들예요?"

"내가 알면 뭐러 널 불러내겠냐?"

"일본 애들이 시작한 거 아녜요?"

"그럴지도 모른다. 지금 미인계 테스트 중이다."

"신 나겠는데요."

"빨리 서둘러."

"지금 나가요."

녀석은 H호텔에서 가까운 곳에 살기 때문에 금세 나올 수 있는 녀석이었다. 눈썰미가 있어서 재주 부리는 게 많은 녀석이었다. 안심하고 무슨 일이든 맡겨도 실수하지 않았다. 마음 잡고 외국인을 상대로 장사를 해서 재미를 톡톡히 본다고 했다. 학교라곤 초등학교도 다니다 말았는데 외국인들과 장사하며 거칠 게 없을 만큼 능숙한 회화술도 가지고 있었다.

슬아는 담배를 피우고 있었다. 요즘 담배 못 피우는 젊은 여자가 없다는 말이 있지만 그녀에겐 어울리지 않는 모습이었다.

"담배도 핍니까?"

"남 하는 짓은 다 하고 싶어요."

"욕심이 많군요."

"맞아요. 총찬 씨 같은 남자들이라면 다 갖고 싶어요."

"날 어따 쓸데가 있겠습니까?"

"아직 몰라서 그렇지 쓸데가 많을걸요."

"그럼 좀 써보슈."

"연구 중예요."

우리는 그런 식의 대화를 계속 나누었다. 나는 시간을 벌기 위해서였고 그녀는 즐기기 위해서인지도 모른다는 생각이 들 만큼 거침이 없었다.

"가죠."

"가봅시다."

나는 따라 일어서며 그녀의 세련된 옷매무새 사이로 재빠르게 몸을 읽었다. 속살도 예쁠 것 같았다. 그녀 주변에 사내가 떠나지 않았을 것 같은 생각도 들었다. 그녀의 행동은 유혹이 분명했다. 그녀가 나를 유혹해야 할 이유는 달리 없었다. 계산된 유혹이라면 몸조심을 하는 수밖에 없었다.

그렇다고 미리 포기할 수는 없었다. 김슬아란 여자 뒤에 있는 보이지 않는 조직이 어떻게 다가오는지 관찰하고 싶었다. 위험부담이 따르는 일이지만 부딪혀보지 않고 그들의 정체를 캐낼 수는 없을 것 같았다.

밖은 찬 바람이 내리꽂히듯 불어오고 있었다. 그녀의 가벼운 차림새가 불안해 보였다.

"내 차가 있어요."

"실업자신 걸로 아는데요?"

"요샌 실업자가 자가용 몰고 다니는 시댑니다."

"태워주시겠어요?"

"얼마든지."

자동차 열쇠를 찾아 문을 열며 재빠르게 훑어보았다. 녀석이 멀찍이 보였다. 내가 움직이는 걸 철저하게 감시할 녀석이었다.

"향내가 좋네요."

"내 차가 아니라 누나 차 빌려 타는 겁니다."

사내 자식이 차 안에 향내나 피우고 다닌다는 소리를 듣기 싫어서 이렇게 말했다.

"알아요."

"어떻게 알아요?"

"다혜한테 얼핏 들었어요."

"별소릴 다 하고 다녔네."

이렇게 말하며 눈치를 살폈다. 다혜가 그런 소리를 하고 다닐 여자가 아니었기 때문이었다. 더구나 슬아와는 가깝게 지낸 친구가 아니었다. 슬아는 내게 관심이 많은 여자라는 걸 알 수 있었다. 그것이 순수한 동기가 아닌 일본 애들에게서 나온 정보라면 바짝 긴장할 필요가 있었다.

시동을 걸고 호텔을 빠져나왔다.

슬아는 옆자리에 앉아 다리를 포겠다. 쭉 뻗은 종아리와 얇은 치맛단 사이로 보이는 살결이 매끄러워 보였다.

"세검정 쪽으로 가죠."

슬아가 먼저 말을 꺼냈다.

"좋은 데 있나요?"

"분위기가 좋아요."

"그런 델 자주 가십니까?"

"더러요. 왜요? 젊은 여자가 그런 델 다니는 게 이상해 보여요?"

"그런 셈이죠."

"늙은이 같은 소릴 하시네."

"내가 늙었나 봅니다."

"팔팔하신 걸 알아요. 가장 남성적이란 것도."

"이거 왜 이래요."

보통 여자가 아니라는 건 짐작했지만 노골적으로 접근하는 여자일 줄은 몰랐다.

세검정으로 꺾어들자 그녀는 높은 곳을 가리켰다.

"호젓해서 좋아요. 총찬 씨 유혹하기 십상이지요."

나는 그녀가 가리킨 쪽의 호화주택을 올려다보며 말했다.

"어디 유혹당해 봅시다. 여자한테 유혹당하긴 첨이니까."

"그래요. 나도 유혹하긴 첨예요."

우리는 언덕으로 천천히 올라갔다. 조그마한 간판과 안내등
뿐이었지만 첫 느낌에도 고급 요정 같은 생각이 들었다.

"조금 떨립니다."

"생각보다 싼 집예요. 술은 내가 살 테니까 걱정 마세요."

슬아는 자꾸 내 비위를 건드리고 있었다. 얼굴 예쁘고 놀아
나 본 여자들 특유의 자신만만한 말투 그대로였다. 대개 그런
여자들은 못난 사내 녀석들이 기를 승하게 키워놓아 건방지기
쉽고 제 잘난 맛이 들어 사내에게 함부로 말해도 된다는 배짱
을 보이게 마련이었다.

"이보슈, 김슬아 씨."

"네?"

"나 유혹하고 싶으면 말투부터 고치쇼. 내가 술배 곯아 얻어
먹으러 다니는 놈인 줄 알아요? 뭐하는 여자인지 모르지만 남
자들이 떠받드는 꼴만 본 모양인데 나한테 그러지 마슈. 차라
리 내 돈 내고 소주 먹겠소."

나는 그냥 따라 들어가기 싫어서 이렇게 말했다. 순간 슬아

64

는 놀란 듯 나를 쳐다보았다. 그러나 이내 그녀는 웃음이 가득한 얼굴로 표정을 바꾸었다. 그녀는 능숙한 감정의 연기자였다. 그런 여자들의 특징일지도 모르는 일이었다. 이 여자를 무릎 꿇게 할 방법을 생각했지만 어떤 방법이든 쉽사리 굴복시킬 순 없을 것 같았다.

"미안해요. 괜히 그래 본 거예요. 총찬 씨가 멋져서 괜히 다혜가 밉고 그래서요. 여잔 다 그렇잖아요."

얼버무려 넘어가는 순간의 기교도 보통은 아니었다.

나는 뒤를 흘낏 바라보고 안으로 들어갔다. 아무도 보이지 않았다. 슬아는 성큼성큼 안으로 들어갔다. 널찍한 대청을 지나 뒤채와 연결되는 문을 열고 들어섰다. 안내하는 종업원이 슬아에게 아는 체를 했다.

"앉으세요."

겉보기엔 한옥인데 안의 치장이나 구조는 양식이었다. 소파에 기대앉은 그녀는 조명을 받아 퍽 선정적이었다. 갑자기 나는 그녀를 덮치고 싶은 생각이 들었다.

술상이 들어왔다. 슬아는 내 잔을 가득 채우고 술병을 내밀었다. 나도 그녀의 빈 잔을 가득 채웠다.

"우리들의 미래을 위해."

슬아가 먼저 잔을 내밀었다.

"그럽시다."

나도 잔을 내밀어 부딪쳤다. 그녀의 눈빛은 매혹적이었다.

웬만한 사내라면 스스로 빨려 들어가고 말 것 같았다. 하얀 모자를 벗은 그녀의 긴 머리카락은 윤기가 곱게 흐르고 있었다. 다혜와 전혀 다른 자태라는 걸 알 수 있었다.

슬아에겐 관심만 가지고 보면 색정이 흐른다는 걸 알 수 있었다. 몸 전체에서 교태가 묻어날 것 같은 여자였다. 선천적으로 그렇게 태어난 여자이거나 그렇게 될 수밖에 없는 환경에 적응해 나간 흔적일지도 모른다. 여자에겐 흔적이 남는 법이었다. 철저하게 숨기려는 여자에게선 흔적을 발견하기 어렵지만 흔적을 대수롭지 않게 여기는 여자에겐 과거를 읽을 수 있는 것이었다.

"이 정도로 날 유혹할 수 있다고 생각해요?"

나는 그녀의 속셈을 짚어보기 위해 이렇게 말했다.

"초반전은 탐색전 아녜요?"

"유혹에도 탐색이 필요합니까?"

"기본이죠."

"난 성질이 급해요. 할 얘기도 있을 법도 한데요?"

"다혜도 그런 식으로 다뤘나요?"

슬아는 다혜를 물고 들어갔다. 그편이 그녀를 유리하게 할 거라고 믿는 거 같았다.

"난 예쁜 여자에겐 더 급해요. 우리 본론으로 들어갑시다."

이 여자 뒤에 도사리고 있는 사내들의 흉계를 느끼면서 마냥 앉아서 술을 마실 수만은 없었다.

"워밍업 좀 하구요."

그녀는 내게 술만 자꾸 권했다.

"술 많이 마시면 재미가 없으실 텐데."

"술 마시는 걸로 난 남자를 평가하는 버릇이 있어요."

슬아가 교태스럽게 말했다. 올려진 치맛단을 쓸어내릴 생각도 하지 않았다. 나는 뒷일 걱정이 없이 만난 사이라면 그녀의 노골적인 유혹에 빨려 들어갔을 것 같았다. 슬아는 확실히 남자의 마음을 설레게 하는 마력을 지니고 있는 여자였다.

"난 술보다 우리 김슬아 씨를 마시고 싶은데."

이왕 나서는 김에 아예 내 쪽에서 적극적인 방법으로 유도를 해나갈 결심을 했다.

"나를 마셔요?"

"그래요, 아주 홀딱."

슬아는 쾌활하게 웃었다. 그녀의 웃음 뒤에 무엇이 도사리고 있는지 모르지만 속이 터진 여자라는 걸 알 수 있었다. 그 나이에 그 정도의 배포가 있다면 한번 부딪쳐볼 만한 여자임에 틀림이 없었다.

내가 만난 여자들 가운데 가장 다루기 쉬우면서도 가장 어려운, 어여쁜 여장부를 만난 것 같았다.

"서둘지 마세요. 서둘지 않아도 즐거운 밤일 텐데요."

슬아는 내게 바짝 다가앉았다. 한 손으로 내 허리를 감싸 안으며 촉촉한 입술로 내 볼을 가볍게 빨았다.

"날 어쩌자는 거요."

"훔치고 싶어요. 다혜한테서 훔쳐낼 기회가 없었어요. 오늘 공항에서 다혜와 둘이 멋진 쇼를 할 때 저 남자라면 채뜨려볼 도박을 할 가치가 있다고 생각했죠. 더 자신을 얻은 것은 그 사람 많은 공항 대합실에서 사랑한다고 악을 쓸 때였어요. 저런 남자라면 내 노예로 삼고 싶다는 생각였죠."

"뭐라고요? 노예요?"

"그래요. 노예요."

"말 잘 듣게 생겼습디까?"

"아뇨. 그러나 우린 진실을, 솔직한 걸 위장하진 말아요. 젊다는 핑계로 우린 사랑이니 뭐니 떠들지만 사실은 성이 다른 노예를 한 명씩 갖고 싶은 거예요. 그렇지 않아요? 다른 사람은 어떤지 모르지만 난 그래요. 쓸 만한 남자를 내가 하라는 대로 할 수 있게 만들고 싶어요. 사랑은 주는 거라고들 싱거운 소릴 하죠. 그러나 난 안 그래요. 솔직하고 싶어요. 주는 것보다는 많이 받고 싶어요. 그게 뜻대로 안 되는 게 물론 세상사겠죠. 내가 사랑을 주지 않아도 상대방 남자는 나 없이 죽고 못 사는 그런 걸 원해요."

슬아의 거침없는 말을 잠시 생각해 보았다. 그리고 속으로만 끄덕거렸다. 그녀의 말은 원색적이었지만 크게 틀린 말 같지는 않았다.

"그래서요?"

나는 슬아란 여자가 참 기특하다고 생각했다.

"그래서 따라간 거예요."

"어쩔 셈입니까?"

"아까 말했잖아요. 훔치겠다고."

"훔쳐질 것 같애요?"

"열 번쯤 찍을 수 있어요."

"대단한 여자한테 걸렸네."

"나한테 걸린 건 행복한 거예요. 나를 훔치려는 사내들이 많아요. 무슨 말인지 알아요?"

슬아는 짓궂게 내 입술을 살짝 훔쳤다. 술 내음과 그녀의 교태가 같이 묻어왔다.

"알 만하죠. 그만한 생김새라면 나라도 빠지겠어요. 그러나한 가지 사실을 잊고 있어요. 우린 장난하려고 만난 게 아니고서로 목적이 있을 것 같애요. 슬아 씨는 내게 원하는 게 있을거요. 까놓고 말하지 않겠어요?"

나는 그녀가 어떤 목적으로 나를 유혹하고 있는지 캐내고싶었다. 슬아는 가볍게 내 등을 때렸다.

"잔인하지 말아요. 여자의 진실을 그런 식으로 받는 게 아네요."

"믿어봅시다."

우리는 짙은 농담으로 술좌석을 끌고 나갔다. 그녀는 남자의 심리를 웬만큼 꿰뚫어 보는 여자였다.

"슬아 씨, 내가 첨은 아니죠?"

단수 높은 여자에게 적극적으로 나갈 수 있는 유일한 방법은 그녀의 자존심에 상처를 주는 일이었다.

"그래요. 난 좋아하는 남자에게 옷 벗기는 수고를 끼치는 여자가 아녜요. 그까짓 게 뭔데요?"

나보다 한술 더 뜨는 슬아였다. 웬만한 일로 당황해 본 적이 없던 나도 그녀의 당돌함에 기가 꺾였다.

들어온 술을 거의 비울 때쯤 나는 화장실을 가려고 밖으로 나왔다. 건넌방 문이 비죽 열리면서 종이쪽지가 한 장 밖으로 나왔다. 나는 얼른 챙겨 넣고 화장실로 들어갔다.

녀석이 만든 쪽지였다. 밖에서 기다릴 수가 없고 눈치채지 않게 하려고 따라 들어왔으며 자동차 바퀴의 바람을 뺀 사내들이 건너 빌딩에서 야간 망원경으로 살피고 있다는 내용이었다. 내가 슬아를 태우고 달리는 동안에도 낯선 애들은 야간 망원경으로 계속 내 뒤를 추적했고 중간에 슬아가 그 패들과 메모를 주고받은 것 같다는 내용도 적혀 있었다.

나는 쪽지 뒤에 밖으로 나가 애들을 두어 명 더 불러내어 멀찍이에서 감시해 달라고 썼다.

화장실에서 나오자 녀석이 엉거주춤하고 다가왔다.

"수고했다. 뒤는 네가 책임져라."

"형, 아예 잡아챌까요?"

"아직 일러. 계속 뒤를 잘 봐라."

"몸조심 해요. 애들이 만만치 않아 보여요."

"알았다."

나는 시치미를 떼고 들어왔다. 슬아는 흐트러진 채 비스듬히 누워 있었다. 꽤 호기 있게 마시는 체했지만 그렇지도 않은 것 같았다. 젖가슴 끝이 여리게 보이는 슬아에게 다가갔다.

"날 벗겨줄래?"

음험한 눈길이었지만 밉지 않았다.

속살이 보이는 허벅지와 흐트러지는 그녀를 나는 끌어당겼다. 난 그저 사내이고 싶었다.

슬아의 몸은 따뜻했다. 나는 이 엉큼한 계집애를 그냥 놔두고 싶지 않았다. 계획적으로 나를 유혹한다면 아무것도 모르는 체 유혹에 말려들어가 그들의 계획대로 움직여주고 싶었다. 그편이 훨씬 내 신변이나 그들 조직과 부딪치는 데 유리할 것 같았다.

더 솔직히 말하자면 이 여자를 그냥 놔두고 싶지 않았다. 내가 아는 어떤 여자보다도 짙은 여자 내음을 풍기고 있었다. 여자라는 생각이 들었다. 남자를 녹여낼 수 있는 특수한 물질을 하나쯤 더 소유한 여자 같았다.

가슴은 팽팽했다. 겉옷 이외엔 아무것도 걸친 게 없어서 내 손이 비집고 들어가기 쉬웠다. 적당하게 긴장한 가슴을 쥐고 그녀의 흐트러진 아랫도리를 쳐다보았다.

꿈틀거리는 요정이라고 하는 편이 옳을 것 같았다.

"벗겨줘."

슬아는 이글거리며 타 들어가고 있었다. 짧은 호흡이 단절되었다가 이어지고 길고 흐느적거리는 비음이 다시 잘게 부서지곤 했다.

"일어서."

나는 그녀의 허리를 잡아 일으켜 세웠다.

"그냥 벗겨."

코 먹은 소리였다. 단 두 꺼풀만 벗기면 되었다. 그녀가 걸친 것이라곤 그것뿐이었다. 가난뱅이라면 그렇게 간편한 옷차림으로 나돌아 다닐 수가 없을 것 같았다. 적어도 성능 좋은 승용차 한 대는 있어야 움직일 수 있는 차림새였다. 취한 체하는 것인지 내 혼을 빼앗기 위한 수작인지 구분할 수 없게 슬아는 무너져버렸다.

나는 슬아를 천천히 벗겨 내려갔다. 눈부시게 흰 속살이었다. 군살이 없어서 빼어난 조각 한 점을 연상케 하기도 했다. 그녀에게 남아 있는 것은 앙증스런 헝겊 쪼가리 한 개뿐이었다.

"날 사랑해 줘."

슬아는 금방이라도 까무러칠 것처럼 흐느끼듯 말했다.

마지막 헝겊 쪼가리 한 개, 더 흐트러지거나 무너질 게 없는 여자, 더 열락을 아는 듯이 꿈틀거리는 여인의 육체. 한 꺼풀만 벗겨내면 내 잠자던 욕망을 한껏 불사를 수 있는 여인.

건드리기만 해도 자지러질 것 같았다. 손가락 끝으로 가볍게 그녀를 건드렸다. 그녀는 엉덩이를 들지 않았다. 흐트러져도 육체에 자신이 있는 여자들의 마지막 자존심은 그런 것이었다. 너무 쉽게 무너지는 슬아의 육체였지만 추하게 느껴지지 않았다.

일본 애들의 꾐에 빠지지 않은 여자였다면 얼마나 좋을까? 그리고 육체를 내던진 여자가 아니라면……

"날 갖고 싶어?"

슬아가 물었다.

"그래."

"우리들의 첫날밤이 너무 시시하지 않아?"

"괜찮아."

나는 그녀를 자꾸 무너뜨리고 있었다. 그녀는 마지막 자존심을 지키느라고 엉덩이를 올려주지 않았다.

"난 우리들의 첫날밤을 황홀하게 보내고 싶어."

슬아가 반쯤 허리를 들고 말했다.

"황홀하게 해줄게."

"여기선 싫어. 신경 쓰여서."

"괜찮아. 내게 맡겨."

"아이 싫어. 우리 호텔로 가. 응!"

애원하듯 말했다. 그러나 내 마음은 그럴 만큼 여유가 없었다. 그녀를 마시고 싶은 생각뿐이었다. 이 호젓한 음식점에 있는 것이 차라리 안전하는 생각도 들었다. 나를 지켜주는 애들도 있고 일본 애들이 문제를 일으킬 만한 장소가 아니라는 생각도 들었다.

"그렇게 급해?"

"난 모든 게 급한 놈야."

"밤은 한없이 길잖아. 난 자기 거야. 이게 우리들 숙명일 거야. 나 착한 여자 될 거야."

"넌 내 거시."

"응."

"벗어."

"여기선 싫어. 불안하잖아?"

"정말 싫어?"

나는 다그치듯 물었다.

"호텔로 가자니까. 어서."

그러나 그녀는 내 손을 뿌리치지 않았다. 그렇지만 그녀의 표정이나 움직임은 거부의 몸짓이었다. 여자가 몸짓으로 거부하면 결코 육체의 잔치를 벌일 수 없다는 것을 나는 잘 알고 있었다.

나는 슬아를 놓아주었다. 그런 행동이 그녀의 계획이라면 내가 고집부려서 해결될 일은 아니었다. 팽팽하게 경직된 내 아랫도리가 아팠다. 그녀는 그걸 아는지 갑자기 내 가슴에 얼굴을 묻었다. 가벼운 마찰로 내 흥분을 확인하기도 했다.

그녀는 옷을 입었다. 당당하게 서서 부끄러움 없이 옷을 입었다. 머리를 매만지며 슬아는 생긋 웃었다.

"가요."

한 꺼풀을 걸치면 여염집 처녀처럼 변하는 것도 여자들만의 혜택인지 모른다. 그녀는 단정하고 차가운 여자로 환원된 듯했다. 호텔로 들어가 조금 아까처럼 초조하게 젖어드는 여자가 될 것 같지 않았다. 유혹하기 위해선 대담할 수 있어도 육체를 나누어 갖기 위해선 수줍을 것 같기도 했다.

밖으로 나와 모른 체하고 시동을 걸었다. 그녀는 앞자리에 올라앉았다. 전진 기어를 넣고 차가 움직이자 바람 빠진 바퀴가 더 내려앉았다.

"왜 이래?"

나는 혼잣소리처럼 말하고 시동을 껐다. 한쪽 바퀴의 바람이 완전히 빠져 있었다.

"펑크 난 모양인데."

나도 시치미를 떼고 말했다. 슬아가 차에서 내렸다.

"어떻게 하지?"

"택시 타요. 가까운데, 멀."

"차는 어쩌고."

"내가 전화해 놓을게요. 내 차 운전사한테 고쳐놓으라고 하면 돼요."

나는 망설였다. 스페어타이어를 갈아 끼울 수도 있었다. 그러나 슬아는 내게서 자동차 열쇠를 빼앗듯이 받았다.

"걱정 말아요. 내가 알아서 차질 없게 호텔 앞에 갖다 놓으라고 할 테니까."

슬아는 열쇠를 쥐고 다시 들어갔다 나왔다.

"다 일러놨어요. 좀 좋은 차 타고 다니면 이런 일 없잖아요."

"그래서 성질나면 좋은 차 한 대 사주쇼."

"정말요?"

"괜히 농담 따먹기 하는 사람인 줄 알아요?"

"그까짓 거야 쉽죠. 대신……."

슬아는 덥석 팔짱을 끼고 말끝을 흐렸다.

"대신 자지러지게 사랑해 주면 될 거 아뇨."

"하는 것 봐서 결정하죠."

슬아는 생긴 것처럼 자신만만하게 말했다. 어차피 그들 집
단의 계획대로라면 내게 차를 한 대쯤 기증할 수 있거나 차를
사주기 전에 감쪽같이 없애버릴 수 있기 때문에 손쉽게 대답
하는 것인지도 모를 일이었다.

하느님. 알려드립니다. 육체로 공격하면 육체로 막을 것이며
정정당당하게 주먹을 휘두르면 주먹으로 대결할 겁니다. 그러
나 비열하게 대들면 그냥 두지 않을 겁니다.

하느님.

이번 일만은 잔소리 해선 안 됩니다. 내가 무슨 짓을 하든
방관자여야 합니다. 도와주지 않아도 좋습니다. 어차피 하느님
은 강자의 편이었고 잘사는 나라 편이었으니까요.

쪽발이 애들이 휘젓고 다니며 온갖 추태를 다 부려도 하느님은 그들 편이었습니다.

하느님이 편 드는 잘사는 나라의 녀석들이 어찌 되는지 하느님은 두 눈 똑바로 뜨고 보셔야 합니다.

정말 말똥말똥하게 뜨고 계십쇼.

왜놈 앞잡이들

O호텔의 아담하게 꾸며진 객실로 들어섰다. 따뜻한 기분이 들었다. 넓은 방 안은 산뜻하게 꾸며져 있었고 방 안의 온도는 쾌적할 만큼 따스했다. 슬아가 앞장서는 대로 따라다니기만 했다. 어차피 그들의 계획에 철저하게 말려들 결심이었다.

"샤워해."

신혼여행 온 여인처럼 슬아가 말했다. 나는 그녀를 끌어당 겼다.

"같이 하자."

그녀의 대답을 기다릴 필요가 없었다. 대답하기 전에 벌써 내 손이 그녀의 보드라운 속살 거머쥐고 있었다.

"살살 다뤄줘. 아프단 말야."

"어차피 오늘 밤 기절할 텐데."

"그땐 그때고."

"들어가."

그녀를 벗겼다. 아무리 보아도 빼어난 몸매였다. 내가 나신을 본 것 가운데 이처럼 빼어난 여자는 없었다.

슬아는 옷을 하나씩 벗겨주었다. 슬아가 먼저 욕실로 들어가길 바랐지만 그녀는 철저한 감시자의 역할을 하는 것 같았다. 숨기고 다니던 표창을 한 개쯤 손쉬운 머리맡이나 발치에 감추어두고 싶었다.

"문 잠갔어?"

나는 슬아가 벗기는 대로 내버려둔 채 부끄러움을 삭이듯 이렇게 물었다.

"별 걱정 다 해. 호텔 첨야?"

"난 순진하니까."

"쑥맥인가 봐. 다혜가 그렇게밖에 대접해 주지 않았어?"

나는 그냥 웃기만 했다. 다혜는 한 번도 나를 남자로 받아들여준 적이 없었다.

두 사람은 모두 나신을 드러냈다.

"멋져."

감상하듯 말했다. 나는 더 이상 말할 수 없게 그녀를 번쩍 안았다. 욕실의 따스한 물은 두 사람의 욕정만큼 철철 넘치고 있었다. 아늑한 욕망의 방이라고 해야 옳을 그런 욕실이었다. 그녀는 비누칠한 몸으로 자꾸 장난을 걸었다. 나도 짓궂게 굴었지만 긴장을 감출 수는 없었다. 바깥에서 무슨 소리가 들린 것 같았다. 이렇게 발가벗은 채 욕실에 들어 있다가 공격을 받으면 꼼짝없이 당할 수밖에 없었다.

슬아는 대담한 여자였다. 남자를 다룰 줄 안다고 표현할 수밖에 없었다. 어찌 보면 짓궂은 소녀 같기도 했고. 달리 보면 육체의 신비를 깊숙하게 터득한 여자 같기도 했다.

"넌 보통이 넘어."

"피이, 자기는."

"나야 순진 빼면 고슴도치지."

"난 고슴도치가 좋아."

"여러 사내 잡았겠구나."

"내가 점찍어서 못 먹어본 사내는 없어."

"지금 나도 식사 중이냐?"

"내가 먹히는 중이잖아."

간드러질 줄도 아는 여자였다. 그리고 남자를 다루는 재주가 뛰어난 여자이기도 했다. 이런 탐욕의 현장을 넘나들었지만 이만큼 세련되고 분위기를 만들어나가는 여자는 처음이라고 해도 지나친 말은 아니었다.

"이만하면 우리나라에서 눈 뜬 여자들이 눈독 들일 만하겠는데?"

슬아는 서슴지 않고 나를 들뜨게 만들었다. 그녀는 마술 부리듯 나를 다루었다. 나도 사정없이 그녀를 다루었다. 그녀는 동물처럼 교성을 질렀다.

하느님.
뭘 보슈?
빤히 알면서.

우리는 수건 한 장도 걸치고 나오지 않았다. 그녀를 침대 위에 내던졌다. 율동했다. 슬아의 육체가 흐느적거렸다. 감미로운 음률처럼 율동했다. 그녀의 육체가 흐트러지기 시작했다.

나는 담배를 꺼내는 척하며 재빨리 허리띠를 만져보았다.

깜짝 놀랐다. 방문이 잠겨 있는데도 내 표창은 감쪽같이 없어져버렸다. 웃옷 안주머니에 넣어두었던 비상용 표창도 없어졌다.

나는 시치미를 떼고 담뱃갑과 라이터를 꺼냈다.

"무슨 담배야?"

그녀는 칭얼거렸다. 그래도 밉지 않았다.

"내가 너무 흥분했나 봐. 좀 식혀야지."

"남자가 뭐 그래?"

"널 기절시키려면 준비 좀 해야지."

"불을 끌까?"

"난 끄는 게 싫은데."

"부끄럽잖아."

"몸뚱어리야 다 마찬가진데, 머."

그녀는 여전히 투정을 부렸다. 우리는 침대 모서리에 앉아 나신을 드러낸 채 담배를 피웠다.

그녀는 담뱃갑 사이에 감추어놓은 두 자루의 표창과 라이터, 볼펜과 옷에 붙어 있는 단추가 비상용으로 사용하는 무기라는 걸 알지 못하는 것 같았다.

슬아는 담배를 피우면서도 계속 나를 그냥 두지 않았다. 그녀의 손가락은 마법사의 손가락 같았다. 손가락만 가지고도 나를 무너뜨릴 수 있는 여자였다. 머리맡에 손길이 쉽게 닿도록 담뱃갑을 올려놓고 불을 껐다.

"불을 끄고 무슨 재미야? 난 자기 걸 다 보고 싶은데."

슬아가 한 말이었다. 불을 끄지 못하게 하는 것도 그들의 작전인지 모른다는 생각이 들었다.

마음의 준비를 끝낸 나는 슬아를 덮쳐 눌렀다. 대번에 숨이 가빠지는 여자였다. 어둠 속에서도 우리는 익숙하게 상대를 녹일 수 있는 몸놀림을 그치지 않았다. 그녀의 육체는 금방이라도 문풍지처럼 울 것 같았고, 내 아랫도리는 활화산처럼 치솟아 오를 것 같았다.

우리는 마라톤 선수처럼 숨 가쁘게 달렸다. 언덕을 기어오를 땐 금방 쓰러질 것 같았다. 숨 가쁜 경주였다.

그러나 결승점은 길었다. 나는 슬아에게 지고 싶지 않았다. 그녀가 무너지지 않으면 나도 무너지지 않으려고 안간힘을 썼다. 그녀를 몇 번이고 거꾸러 쓰러뜨릴 때까지 나는 침몰당하지 않으려고 자꾸 다른 생각을 했다. 그녀에게만이라도 이 세상에서 가장 남자다운 육체를 가졌다는 걸 보여주고 싶었다. 금방이라도 일본 애들이 뛰어올 것 같다는 생각만 하면 치닫던 열정의 꽃이 시들듯이 흥분이 가시곤 했다.

나는 결코 질 수 없었다.

슬아는 비명을 질렀다. 견딜 수 없는 침몰의 순간에 그녀는 나를 쥐어뜯었다. 짐승의 소리였다.

그녀는 축 늘어졌다.

그러나 난 멈추지 않았다. 슬아를 다시 깨어나지 못하게 하고 싶었다. 남자를 사냥하는 것이 아니라 노예로 전락하게 만들고 싶었다.

"살려줘, 제발."

숨 넘어가듯 그녀가 애원했다.

"내가 기절시킨다고 했지?"

"알아. 내가 졌어. 기절할게."

"안 돼. 넌 지금 이 세상에서 가장 행복하게 죽어가고 있는 거야."

"제발 살려줘. 정말 죽겠어."

"정말 죽인다니까."

나는 멈추지 않았다. 그녀는 목 졸린 사람처럼 숨을 탁탁 끊었다. 이 여자를 이렇게 다룰 수밖에 없다는 것이 내 오기일지 모른다. 내 육체의 노예를 만들어버리고 싶은 강력한 욕구가 나를 계속 충돌질하고 있었다.

"살려줘, 제발. 제발…… 아아……."

땀으로 범벅이 되어 그녀는 늘어져버렸다. 나는 그때서야 내 욕망, 사내다운 욕망을 한순간에 쏟아버렸다.

"아아…… 아아……."

그녀는 말할 힘조차 없었는지 길고 여린 비명으로 숨을 끊었다.

온통 수분이었다. 땀과 수액과 욕망의 분비물뿐이었다. 슬아는 아예 침대 밑으로 굴러떨어져 뒹굴었다. 나는 승리자처럼 이제 막 전쟁터에서 돌아온 승리자처럼 담배를 빼어 물었다.

담배가 다디달았다. 쾌락의 꼭지점을 점령한 내 육체도 기진맥진해 있었다.

그러나 승리감을 지울 수는 없었다. 어쩌면 다혜에게 풀지 못한 욕정의 한을 슬아에게 풀어버렸는지 모른다. 아니, 다혜와 슬아를 한꺼번에 정복하고 싶었는지 모른다.

한참 만에 슬아는 흐느끼듯이 말했다.

"정말 날 죽일 셈였어?"

"그래."

"지독한 남자."

"세상엔 이런 남자도 있다는 걸 알아둬."

"난 죽는 줄 알았어."

"죽이려다 봐준 거다."

"……."

그녀는 말을 하지 않았다. 엉금엉금 일어나 물병을 들어 정신없이 마셨다.

"날 데려다줘."

슬아는 욕실을 가리켰다. 나는 벌떡 일어나 다시 그녀를 침대로 던졌다.

"또?"

"널 기절시키겠어."

"조금만 봐줘. 정말 좀……."

슬아가 애원하듯 말했다. 나는 사실 그녀가 두려웠다. 그녀의 기를 꺾어놓고 싶었다.

"봐주래?"

"응. 제발……."

나는 그녀를 안아다 욕실에 넣고 샤워기를 틀었다. 그녀가 벌렁 누었다. 나는 거품을 마구 일으켜 닦고 재빨리 밖으로 나왔다.

몸을 감싼 대형 수건의 감촉이 싫지 않았다. 나는 재빨리 방 안의 분위기를 훑어보았다. 문고리를 눈여겨봐도 이상이 없었지만 뭔지 모르게 변했다는 예감이 들었다. 벗어놓은 옷가지도 그대로 있었고 흐트러진 침대도 그대로였다. 만약 사람이 몰래 들어와 숨을 만한 곳이라면 침대 밑 뿐이었다.

일본 애들이 마음만 먹었다면 정신없이 슬아와 뒹굴 때 공격하는 게 최선이었을 것 같았다. 그러나 그들은 그 순간에 공격하지 않았다. 함부로 덤벼들지 않으려는 조심성이었을지도 모른다. 아까 들어왔을 때 눈치채지 않게 침대 밑에 발을 넣어보고 유리창의 커튼을 점검했기 때문에 안심하고 쾌락의 늪을 헤매었다.

나는 잠시 망설였다. 침대 밑을 일찌감치 손댈 생각도 들었고 끝까지 두고 지켜볼 배짱도 생겼다.

담배 한 대를 빼어 불을 붙이고 침대를 유심히 살펴보았다. 전혀 변한 게 없었다. 그러나 침대 밑이 자꾸 불길해 보였다.

"개운하지?"

슬아가 물었다. 수건 한 장으로 사람이 훨씬 아름다워질 수 있다는 걸 느낄 수 있었다. 물기가 남아 있는 그녀의 몸은 내게 또 욕망의 사슬을 던졌다. 욕망이란 주체할 수 없는 일에 열중하고 나면 작은 후회의 덩어리가 쌓이는 것인데 슬아는 전혀 그렇지 않았다. 묘한 흡인력을 지닌 여자였다.

"여러 남자 잡았겠다."

나는 정말 그녀의 몸을 칭찬하고 싶었다.

"여러 여자 녹였겠는데, 뭘."

슬아도 지지 않고 말했다. 그녀는 침대 모서리에 앉아 머리칼에 묻은 물기를 닦아냈다.

"널 갖겠어."

나는 이렇게 말했다.

"아주 말야?"

"그래."

"다혜는?"

"헤어졌잖아."

"정말 헤어진 거야?"

"네가 필요해."

나는 그녀의 입술을 힘주어 빨아들였다. 슬아도 꿈틀거리며 받아들였다. 나는 지금의 내 기분이 거짓말이란 생각이 들지 않았다. 육체를 그녀에게 팽개쳤다는 사실이 조금은 서글프기도 했다. 그리고 그녀가 내가 원하던 처녀를 팽개쳐버렸다는 것과 육체의 유희를 터득했다는 사실, 내 육체를 통해서가 아니라 다른 사내들에게서 터득했다는 일종의 질투심이 남아 있었다.

"다혜와 헤어질 수 있어?"

"이미 헤어졌어."

"왜 날 선택하지?"

"내가 좋아하니까. 논리적으로 설명할 수 없다. 그냥 내 기분이니까."

나는 반쯤은 의도적이지만 나머지 반은 진실일지도 모른다는 사실에 오싹해졌다. 누굴 좋아한다는 게 장난일 순 없지만 내가 슬아를 미워하지 않는 것은 묘한 내 이중성이었다.

슬아를 손아귀에 넣고 싶었다. 그녀가 나를 해치기 위해 나를 선택했다는 걸 알면서도 나는 그녀를 미워할 수가 없었다. 슬아를 완벽하게 잡아끄는 방법도 일본 애들과 교묘한 싸움에서 기선을 잡는 것인지도 모른다는 생각이 들었다. 다혜를 버릴 수는 없었다. 그러나 이 여자에겐 완전한 결별을 강조할 필요가 있었다.

이다음에 어떤 낯으로 다혜를 쳐다볼 수 있을까?

하느님.
별로 할 말이 없습니다.

나는 다시 불붙는 육체를 끄고 싶었다. 악착같이 육체를 지킨 다혜에 대한 가증한 복수심이기도 했지만 슬아를 그냥 두고 싶지 않았다.

육체에 있어선 어느 경우도 자신 있다고 생각하는 슬아에게 상처를 주고 싶었다. 그녀의 일생을 통해 가장 기억에 남는 장면을 남겨주고 싶었다.

이게 사내들이 갖는 못된 자만심인지도 모른다.

두 번째의 격렬한 몸짓은 처음의 몸짓과는 달랐다. 침대 밑에 숨어 있을 낯선 사내를 자극하고 싶었고 그런 사내를 숨겨놓고도 육체의 잔치를 재촉하는 그녀에게 상처를 남기기 위한 몸부림이었다.

"이러다 죽으면 어떻게 해?"

슬아는 가쁜 숨을 끊으며 말했다.

"이 세상에서 가장 행복한 여자겠지."

"미워."

"노래하는 거야?"

"몰라."

코 먹은 소리였다. 그렇다고 내 격정이 멈추진 않았다. 슬아를 실험동물처럼 다루고 있었다.

슬아는 고통스러운 비명을 질렀다. 그러나 나는 그녀를 무자비하게 다루기만 했다. 발치 끝으로 금세 칼날이 삐져나올 것 같았지만 슬아를, 육체에 눈뜬 여자를 그냥 놔둘 수는 없었다. 이건 쾌락이 아니라 고통을 감수하는 것에 지나지 않는 행위였다. 그저 승부욕뿐이었다.

슬아의 숨을 멈추었다. 끊어졌다 이어지는 숨소리 끝엔 그녀의 처절한 신음이 묻어 나왔다.

슬아는 흐트러졌다. 결승점에 도착한 장거리 선수가 쓰러지듯 그렇게 쓰러졌다. 목이 타는지 물병을 가리켰다. 나는 누워 있는 그녀에게 물병을 쏟았다. 침대가 흠뻑 젖도록 그녀는 조금씩 조금씩 물을 마셨다.

그리고 침묵이었다. 우리는 영원히 말하지 않을 것처럼 누워 있었다. 그녀는 어떻게든 나를 탈진시켜 그들 계획대로 처치할 생각을 할 것이고 침대 밑과 밖에서 기다리는 녀석들은 내가 잠들기를 기다릴지 모른다.

"날 사랑해?"

한참 만에 슬아가 내 가슴에 얼굴을 묻으며 물었다. 망설일 필요가 없었다. 내 가슴속엔 준비된 대답이 있었다.

"아직 이걸 사랑이라고 얘기할 순 없잖니. 좋아한다는 건 확실하지만."

"그럼 내 곁에 있어줄 수 있어?"

"살아 있는 동안이라면."

"금방 죽기라도 하는 것처럼 왜 이래?"

"요즘 꿈자리가 뒤숭숭해. 너 같은 여자와 즐기다가 죽는 게 소원였지만."

"그러니까 만났잖아."

"하느님은 참 묘하단 말야. 어떻게 남자와 여잘 요렇게 정교하게 만들어놨는지 몰라. 딱딱 들어맞게 만든 걸 보면 장난꾸러기 아니면 잔인한 마술사 같애."

"샤워할까?"

슬아가 땀투성이인 내 가슴을 입술 바람으로 불며 물었다.

"샤워할 힘도 없어."

"짓궂더라."

"자고 싶어."

"끈끈해서 어떻게 자려고. 내가 닦아줄게."

나는 마지못해 따라 일어섰다. 당장이라도 침대 밑을 확인하고 싶었지만 참기로 했다. 어떤 녀석인지 침대 밑에서 여러 가지 고통을 참느라고 애를 썼을 것 같았다.

물의 온도를 맞춘 슬아가 내 귀를 잡아당겼다.

"날 끝까지 책임질 수 있어?"

"책임져야지."

"맹세할 수 있지?"

"맹세한다."

슬아는 내 눈을 응시했다. 나도 지지 않고 슬아를 노려보았다.

"일본 애들이 뒤쫓는 거 알아?"

"침대 밑에 한 놈 들어 있을 거야."

"뭐?"

"날 속이지 마."

"어떻게 알았어?"

"네가 날 유혹할 때부터 알았지. 그 뒤를 우리 애들이 또 쫓고 있으니까."

"미안해. 난 돈이 필요했었어."

슬아는 솔직하게 시인했다. 감추거나 비굴하게 도망갈 생각을 하지 않았다.

"얼마나 필요해서 이런 짓을 맡았니?"

"그건 묻지 마."

"좋다. 그럼 지금부터 내가 어떻게 되는 거냐?"

"나도 잘 몰라. 걔들이 알아서 할 테니까 어떻게든 힘 빼서 재우기만 하랬으니까."

"수면제 작전은 없니?"

"민감해서 안 될 거라고 하던데. 약은 없었어."

"빨리 씻는 체해."

우리는 대충 몸을 씻었다.

"미안해. 이럴 생각은 아녔는데. 내가 일본 애들 앞잡이가 된다고 생각하니 한심한 생각도 들었어. 그러나 난 일본에 가서 공부하고 싶었어. 날 이해할 수 있지?"

"좋아. 이해할 수 있어. 그러나 한 가지 명심해라. 나를 해치우고 나며 반드시 증거를 없애기 위해 너를 해치우는 건 그런 세계의 원칙이라는 걸."

"무서워 죽겠어."

"내 말대로 해. 너도 살아나고 싶으면 내가 잠든 체하고 있을 테니까 빨리 신호를 해서 걔들이 맘 놓고 나타나게 해야 돼."

"날 지켜줘야 돼."

슬아는 나약한 여자였다. 어떤 제안을 받았는지 아직 알 순 없지만 그런 조건에 나를 유혹해 놓고 후회하고 있는 게 확실했다. 그녀가 후회하기를 기다리기 위해 나는 쓸데없는 육체의 승부를 걸었던 것이다.

우린 밖으로 나왔다. 나를 감시하고 있는 일본 애는 한 명뿐이고 나머지는 그들의 하수 조직에서 제법 악명을 떨치는 애들이란 것만이 내가 알고 있는 전부였다.

슬아는 눈짓으로 옷을 입으라고 했다. 나는 재빨리 옷을 입었다.

"왜? 가려고 그래?"

"가야지. 누나가 기다려."

"왜 이래? 그럼 난 어떻게 하라는 거야."

슬아가 매달려 떼를 쓰는 시늉을 했다.

"집에 가야 돼. 어서 옷 입어."

"싫어. 가려면 혼자나 가. 이 밤에 어딜 가라는 거야?"

슬아가 앙칼지게 대꾸했다. 그녀는 배우처럼 굴었다. 침대 밑에 있던 녀석이 당황하고 있을지 모를 일이었다.

"참, 정말 안 갈래?"

"우리 오늘 밤은 여기서 자. 난 지금 돌아갈 수도 없단 말야."

"참, 대신 아침에 일찍 나가야 된다. 약속이 있어."

"그러지, 머."

나는 옷을 벗는 시늉을 했고 슬아는 그사이에 재빨리 옷을 입었다. 그리고 우리는 태연하게 침대 위에 누웠다. 그녀는 의식적으로 말을 시켰다. 침대 밑에 있는 녀석을 안심시키기 위해서인 것 같았다.

잠들 때까지 침대 밑의 사내를 기다리게 하고 싶지 않았다. 지금까지 참은 것도 내 성깔에 안 맞는 짓이었다. 나는 정면 대결을 원하는 놈이지 뒤통수를 갈기는 짓은 싫었다. 슬아가 잠자코 있으라고 손을 잡았지만 내 의지를 꺾을 순 없었다.

"어이, 침대 밑에 있는 친구. 그만 나와 침대에서 편히 주무시는 게 어떨까?"

잠잠했다. 슬아가 내 뒤에 바싹 붙어서 겁먹은 표정을 감추지 못했다.

"웬만하면 나오쇼. 사내가 쩨쩨하게 숨어 있어서야 쓰겠소. 술이나 한잔 합시다."

침대가 흔들렸다. 사내가 불쑥 튀어나왔다. 왼손에 날 선 칼 한 자루가 쥐어져 있었다. 듬직한 체구에 긴 머리였고 청바지 주머니가 불룩했다.

"왼손잡이시군. 과일은 준비가 안 됐으니 치우시지그래."

사내가 슬아에게 눈짓을 했다. 비키라는 신호 같았다. 슬아가 두어 발자국 옆으로 비켜섰다.

"과일 없다고 했잖아. 거기 얌전하게 앉아서 침대 밑에서 느낀 얘기나 하지."

사내는 말이 없었다. 표정이나 자세가 보통 칼잡이는 아닌 것 같았다.

"가만 있어봐. 할 얘기가 있을 거 아닌가. 침대 밑에 있으면 그렇게 희한한 얘깃거리가 있었을 거 아닌가, 이 사람아."

사내는 그래도 말이 없었다. 칼 든 손이 유연하게 움직였다. 나는 그 순간에 소름이 오싹 끼치는 걸 느꼈다. 우습게 넘길 칼잡이가 아니란 생각이 들었다. 웬만한 녀석이라면 일어서지도 않겠는데 녀석의 동작이나 눈빛은 전문가 같았다.

나는 재빨리 허리띠를 풀었다.

"몸조심 하게."

녀석이 칼을 휘둘렀다. 매서운 바람 소리가 일었다. 공격의 심도로 미루어 살상의 뜻보다는 체포의 뜻이 숨어 있는 것 같았다.

두 번째 칼날을 피하며 나는 허리띠로 사내의 무릎을 감아내던졌다. 칼을 쥔 손목의 급소를 뒤꿈치로 때렸다. 칼날이 바닥에 누웠다.

뒤꼭지를 잡아 앉혔다.

"으으윽 으으으……."

사내의 신음 소리가 절규처럼 들렸다. 급소를 맞고도 버둥대는 걸 보면 보통 단련된 사내는 아니었다.

나는 사내가 벙어리라는 걸 눈치챘다. 급소를 누르고 물었다.

"애들 어딨어?"

고개를 저었다.

"으으으으 으으윽!"

동물처럼 신음했지만 말을 할 수 없는 사내였다. 혈을 지그시 눌렀다. 고통으로 일그러졌지만 고개는 연신 흔들었다. 이 정도면 입을 열 만도 한데 그렇지 않은 걸 보면 벙어리가 확실했다.

사내는 조정하는 애들이 어디 있는지도 몰랐고 나를 묶어서 어떻게 처리할지도 모른 채 숨어들어 온 것 같았다. 이 사내를 보낸 것은 일본 애들의 치밀한 작전 같았다.

어떠한 상황이 벌어지든 뒤를 캐나갈 수 없게 하겠다는 전술 같았다. 몇 번 드세게 다루었지만 이 벙어리 사내에게서 알아낼 수 있는 게 하나도 없다는 결론을 얻었다.

"한국인이냐?"

사내는 고개를 끄덕였다.

"일본 놈을 위해 칼잡이 노릇을 한 번만 더 하면 그땐 손목을 아예 못 쓰게 하겠다. 알았지?"

사내는 고개를 끄덕거렸다. 나는 사내의 왼팔 혈을 조금 더 풀어주었다. 괘씸한 생각을 하면 한동안 손목을 못 쓰게 해주고 싶었지만 가엾다는 생각이 들었다. 돈 몇 푼에 팔려야 하는 사내가 안됐다 싶었다.

그리고 사내는 내 동족이었다.

비록 일본 측의 앞잡이 노릇을 하곤 있지만 내 동족이며 같은 피를 나누어 가진 사내였다. 더구나 동족의 언어마저 잃어버리고 살아야 하는 벙어리였다.

"가라. 그리고 명심해라. 굶어 죽더라도 일본 놈 앞잡이는 하지 마라."

사내는 왼팔을 쥔 채 고개를 숙였다. 문을 열어주자 뒤돌아 꾸벅 절을 하고 복도를 뛰어갔다. 알아들었을지 모른다. 일본 애들의 사주를 받아 동족을 괴롭힌 자신의 죄를.

"이제 어떻게 하지?"

슬아가 저질러놓은 일이 크다 싶었는지 질린 얼굴로 물었다.

"내가 먼저 공격하는 수밖에 없다."

"보통 애들이 아닌 것 같은데."

"특별하면 특별하게 해줘야지."

우리는 옷매무새를 고치고 복도로 나왔다.

"내 차는 제대로 왔겠지?"

"왔을 거야."

"당분간 숨어 있을 생각해."

"무서워 죽겠어."

"내가 숨겨줄 테니까 걱정 말고. 너 하나 책임 못 질 수야 없잖아."

슬아는 팔을 낀 채 따라왔다. 엘리베이터 앞에서 슬아는 귓속말처럼 말했다.

"어디선가 숨어서 우릴 볼 것 같애."

"걱정 말고 따라와."

호텔 로비를 빠져나왔다. 차가운 바람이 몰려드는 깊은 밤이었다. 한 녀석이 지나가는 것처럼 다가섰다.

"애들 찾았냐?"

"예."

"몽땅 잡을 수 있겠지?"

"그럼요."

"한 놈도 놓치지 마라."

"삼선동 벙어리패도 끼여 있어요."

"어느 쪽이냐?"

"오십삼 호하고 커피숍."

"내가 아래를 맡을 테니까 너희들은 위를 맡아."

"예."

녀석은 신이 났는지 뛰어갔다. 우리 애들이 부산하게 움직이는 모습이 보였다. 생각보다 많은 숫자를 풀어놓은 것 같았다. 내 신변이 위험하다고 느꼈는지 애들을 많이 동원한 것 같았다.

나는 안내하는 녀석을 멀찌감치 따라 들어갔다. 슬아가 자꾸 몸을 웅크렸다.

"이 여자를 내 차로 데려가라. 잘 지켜줘라."

한 녀석이 슬아를 데리고 차가 있는 쪽으로 걸어가는 걸 확인하고 커피숍으로 들어갔다. 나는 세 명의 사내가 앉아 있는 차탁 옆으로 가 무조건 앉았다.

"내가 장총찬요. 얘기 좀 합시다."

놀란 듯 벌떡 일어나는 녀석들의 옷을 잡아 앉혔다. 우리 애들이 옆으로 모였다.

"당신들이 찾던 사람이 제 발로 걸어왔소. 그러니 얘길 해봅시다."

겁먹은 듯하던 사내들이 주위를 훑어보고 안심이 되는지 엷게 웃었다.

"너희들은 나가 있어라."

나는 그들을 안심시키기 위해 몰려든 애들을 내보냈다.

"반갑습니다. 난 아베요."

손을 내미는 사내는 복장이나 용모가 단정한 일본 애였다. 우리말 발음이 제법 똘똘했다.

"그럼 당신들은 누구요?"

나는 그 옆에 있는 사내들을 가리켰다. 사내들이 머뭇거렸다.

"내 친구들입니다."

"한국인요?"

"그래요."

"주먹깨나 쓰게 생기셨군그래."

"이거 왜 이러십니까?"

한 사내가 점잖게 말대꾸했다. 커피숍엔 사람이 우리들뿐이었다.

"나가실까요? 아베 선생."

"왜요?"

"여기서 시끄럽게 굴고 싶지 않소. 당신도 마찬가지겠지."

"어딜 가자는 거요?"

"조용한 데 가서 술이나 한잔합시다."

"할 얘기 있으면 여기서 합시다."

아베란 사내가 제법 당당하게 나왔다. 옆에 있는 사내들도 기죽지 않으려고 어깨를 폈다.

"아베 선생. 여기서 까불지 않는 게 좋아. 따라와."

나는 녀석의 멱살을 잡았다. 옆에 있던 사내가 차탁 밑으로 권총을 내밀었다.

"까불면 어떻게 되는지 알아?"

나는 피식 웃었다.

"임마 너 한국 놈이지?"

권총 내민 사내가 코트를 벌리며 일어섰다. 권총 끝이 조금 보였다.

"한번 쏴볼래? 이 넋 떨어진 새끼야."

나는 그 순간에 차탁을 밀었다. 그리고 뛰어 일어나며 세 녀석을 차례로 쓰러뜨렸다. 카펫 바닥에 길게 뻗어 누웠다. 애들이 달려들어 권총과 칼을 빼앗았다. 커피숍 직원들이 눈을 동그랗게 뜨고 지켜보기만 했다. 순식간에 일어난 일이어서 사내들은 소리 한번 지르지 못했다.

애들이 재빨리 커피숍 직원들을 잡고 뭐라고 말했다. 사복 경찰관인데 범인을 잡는 거라고 거짓말 했을 게 빤했다.

애들은 세 사내를 밖으로 끌어내 차에 나누어 태웠다. 조금 뒤에 두 명의 사내가 피투성이가 된 채 끌려 나왔다. 우리 애들한테 제대로 당한 것 같았다.

"저쪽 계곡으로 끌고 와라."

나는 슬아만 태운 채 앞서 차를 몰았다. 애들이 급하게 O호텔 마당을 빠져나갔다. 꾸물거리다가 시끄러운 일이 생길지 모르기 때문이었다. 슬아는 입을 다문 채 아무 말도 하지 않았다. 할 말이 없는 것인지 벌어진 일이 너무 엄청나서 그러는지 말이 없었다.

"할 말 없어?"

나는 짓궂게 한마디 던졌다.

"미안해. 정말……."

"그런 것, 이제 잊어버려."

나는 뒤차와 거리를 맞추며 속도계를 보았다. 오르막길이어서 속력을 더 낼 수 없었다. 계곡의 좁은 비포장도로를 따라 끝까지 올라갔다. 인적이 뜸한 곳이었다. 여름철엔 피서객들이 있겠지만 이런 겨울철엔 올라올 사람이 없는 곳이었다.

하느님.

본때를 보여주겠습니다. 일본 애들이 우리나라에 와서 철없는 소녀들 빼다 팔아먹는 꼴을 더 이상 두고 볼 수야 없잖습니까.

벌써 하늘이 진노했어야 옳을 일인데도 하느님은 잠자코 있었습니다. 악착같이 그런 신판 정신대를 막아야 할 내 동족들은 방관자가 되었으며 앞잡이 노릇을 하는 사내들도 많습니다. 돈이라면 무슨 짓을 해도 좋다는 이 썩어빠진 사내들을 그냥 둘 수야 없잖아요.

원수를 사랑하라 하셨죠.

그래서 하느님은 그런 악머구리 같은 녀석들까지 사랑하고 있는 겁니까?

이 땅의 처녀들이 팔려가 육체를 농락당하는 게 그렇게 재미있습니까?

벼락 맞아요.

다섯 명의 사내들은 땅바닥에 주저앉아서 낑낑거리고 있었다.

슬아는 차창으로 얼굴을 내민 채 우리들 분위기에 주눅이 들어 있었다.

"이봐, 아베 선생. 이래도 바른대로 대지 않을 거야?"

"하겠다고 했잖습니까. 제발 이러지 마십쇼. 할 테니까요."

"그럼 읊어봐라."

아베는 잠깐 뜸을 들였다. 다른 녀석들이 당하는 꼴을 보았기 때문에 혼이 빠진 것 같았다.

"나는 내가 아는 것만 말씀 드릴 수 있습니다."

"잔말 더 하면 불알을 뽑아버릴 테다. 네 조상 놈들이 이 땅에 들어와 어떻게 했는지 넌 알겠지."

"전 그런 감정 하나도 없습니다."

"나도 없다. 그러나 너 같은 놈만 보면 피가 끓는다. 패 죽이고 싶지만……."

"우린 다른 건 몰라요. 다만 우리 조직만 압니다."

"지금까지 네 손으로 팔아먹은 처녀들이 몇 명이냐?"

"삼백 명도 안 됩니다. 다 자원해서 갔습니다. 물어보세요."

"그렇다 치자. 일본으로 데려다가 어따 파냐?"

"파는 게 아니라 취직시킨다고 했잖습니까."

"그것도 좋다. 어째서 일본에 가면 술집이나 창녀촌에 넘기냐?"

"……."

"개새끼들……."

나는 또 사정없이 아베 녀석을 쥐어박았다. 데굴데굴 구르며 살려달라고 애원했다. 무릎을 꿇고 코가 땅에 닿도록 빌기만 했다.

"옷 벗겨."

애들이 달려들어 다섯 명의 옷을 다 벗겼다.

"박아버려."

사내들 다섯 명은 어스름 달밤에 계곡 물속으로 처박혔다. 몽둥이 든 애들이 목까지만 물 밖에 나오도록 사정 두지 않고 갈겼다.

"살려만 주세요. 다 말합니다. 정말입니다. 믿어주십쇼."

아베가 이빨을 덜덜 떨며 무릎을 꿇고 울었다. 나머지 녀석들도 덩달아 무릎을 꿇었다.

"너희 네 놈은 쪼그려 앉아. 아베 이 자식은 무릎을 펴지 못하게 해라."

나는 내 동족이 아무리 밉더라도 무릎 꿇고 비는 꼴을 쳐다볼 수가 없었다.

아베 녀석이 먼저 쓰러졌다. 그리고 뒤따라 사내들이 주저앉았다.

"건져내서 주물러줘."

"뒈지게 냅두죠."

애들은 중얼거리면서도 아베와 사내 녀석들을 꺼내 물기를 닦아주고 주물러댔다. 옷을 겨우 입혀놓자 아베는 다시 무릎을 꿇었다.

"살려주시면 뭐든 말씀 드리겠습니다."

이빨까지 딱딱 부딪치며 말을 제대로 하지 못했다. 다른 사내들을 먼저 차에 태우게 한 뒤에 아베 녀석을 일으켜 세웠다.

"여기 두목은 너냐?"

"예."

"조직은 몇 개 파냐?"

"세 갭니다."

"다른 팀도 있지?"

"있다는 소리는 들었지만 잘 모릅니다."

"파는 가격은 얼마씩이냐?"

"대중 없습니다. 현지에서 결정하니까요. 그쪽 형님들이 정하니까요."

"여기 데리고 있는 애들은 몇 명이냐?"

"한 육십 명쯤 됩니다."

"뭐해서 먹고사냐?"

"……."

"너 뒈지고 싶지?"

"아닙니다. 말씀 드린다고 했잖아요. 제발 저 좀 따뜻한 데로 데려가주세요. 죄다 말씀 드리겠습니다."

"좋다. 수틀리게 나오면 넌 영광스럽게 시체로 돌아갈 거다."

"제발……."

나는 녀석을 차에 태웠다. 훈훈한 기운이 있어도 녀석은 계속 떨었다.

"춘삼이 형 있는 데로 와라."

나는 먼저 출발하며 일렀다. 애들이 모두 차에 올라탔다. 오늘 시작한 김에 조직의 뿌리를 아주 캐낼 참이었다. 슬아는 시무룩해서 차창 밖만 쳐다보았다. 밤이 깊어 차량의 행렬이 많이 줄어든 거리였다.

"아베 말고 또 있지?"

"저 친구 말도 더 있어. 누군지 모르지만 저 친구가 쩔쩔매는 사람야. 덩치도 크고 미끈하게 생겼는데 만날 때마다 데리고 다니는 여자애가 달랐어."

"내 일이 끝날 때까지 피해야 돼. 내가 알아서 숨겨줄 테니까."

"괜찮을까?"

"믿어도 돼."

"다혜한테 미안해."

순박한 계집애처럼 말했다.

"다혜 얘기 그만해."

나는 화난 듯이 소리 질렀다. 한참 열정에 사로잡혀 있을 때
는 몰랐지만 호텔 밖으로 나오는 순간 아직도 비행기를 타고
있을 다혜 얼굴이 문득 떠올랐다.

춘삼이 형은 자리에 없었다. 나는 애들을 돌려보내고 몇 명
만 자리를 지키게 했다.

탈진 상태가 된 아베와 사내 녀석들이 체념한 듯 줄줄 쏟아
놓았다.

일본의 지시를 받는 총두목은 사사키란 친구였고, 아베는
한국말과 실정을 잘 알기 때문에 실무 책임을 맡고 있는 정도
였다. 그들이 나를 노린 것은 한 개의 조직이 무너진 뒤였다.
삼선동 애들을 돈으로 매수하여 세력 다툼인 것처럼 위장한
것도 그들의 치밀한 계획이었고, 다혜 친구인 슬아를 매수한
것도 일본 유학과 경제적 도움을 미끼로 나를 유혹하게 한 뒤
에 삼선동 애들에게 인계할 작전이었다는 걸 알았다.

일본 조직은 내가 상상했던 것보다 큰 것 같았다. 아베도 점
조직에 불과해 사사키 이상의 조직과 규모는 알지 못했다.

답답한 건 나였다. 아베 일당을 잡았지만 철저한 점조직이어
서 사사키란 총두목의 정체나 소재지조차 알 수가 없었다. 다
행인 것은 아베가 유일하게 연락할 수 있는 일본의 연락처가

후쿠오카[福岡]에 있다는 사실이었다.

"그럼 후쿠오카에 연락할 수 있겠지?"

"당장이라도 할 수 있습니다."

"사사키는?"

"그건 어렵습니다."

"좋다 연락해라. 내가 너희들 한국 내의 조직을 풍비박산냈다고."

"지금 연락하겠습니다."

아베는 전화를 붙잡고 수첩에 적힌 대로 전화를 연결했다.

일본말이라 알아들을 수 없지만 이곳에서 벌어진 상황을 대충 설명하는 것 같았다.

"직접 통화하고 싶답니다."

아베가 전화기를 내밀었다. 나는 망설이지 않고 전화를 받았다.

"임마 한국말로 해."

나는 소리를 꽥 지르고 전화기를 아베에게 넘겨주었다. 그쪽 녀석은 한국말을 할 줄 몰랐고 나는 일본말을 알아듣지 못했다.

"제가 통역해 드리겠습니다."

"그래, 너희들 조직의 씨를 말리겠다고 해."

아베가 일본말로 지껄였다. 그리고 난처한 얼굴로 돌아섰다.

"저쪽에서 끝까지 복수를 하겠답니다."

"개자식들. 정정당당하게 붙어보자고 해라. 뒤통수치는 놈들 하곤 상종도 하기 싫으니까."

"그럼 초청하겠답니다."

아베가 메모지를 내밀고 말했다.

"날 오란 말이냐?"

"사사키 형님을 만나시랍니다. 그러면 아주 정중하게 모시겠답니다."

"좋다. 가겠다고 해라."

아베가 한동안 일본어로 메모를 끝내고 나더니 씨익 웃었다.

"안부 드립니다."

"고맙다 쪽발이들아. 이렇게 전해라."

아베가 씨익 웃더니 몇 마디 전하고 전화를 끊었다.

"사사키는?"

"내일 제게 연락하도록 하겠답니다."

"그럼 돌아가라."

"저만요?"

"빨리 꺼져 임마. 그리고 내일 이곳으로 연락해."

아베는 문을 열고 나갔다. 부석부석한 얼굴이 가련해 보였다. 남은 사내 녀석들은 겁먹은 얼굴을 풀지 않았다.

"이젠 무릎 꿇어라."

사내들이 재빨리 무릎을 꿇었다. 기운 빠진 표정이었다.

"이 속 없는 자식들아. 무슨 짓을 못해서 우리나라 처녀를 쪽발이들한테 팔아 처먹는 짓을 해야 되는지 생각해 봐라. 일제시대에 정신대로 끌려간 여자들이 그만큼 당했으면 됐지 더이상 어쩌라는 거냐? 네 여동생이 팔려갔다고 생각해 봐, 이쳐 죽여도 시원치 않을 놈들아. 쪽발이는 그렇다 치자. 너희들은 네 동족을 팔아서 어쩌자는 거냐? 차라리 피를 팔아 목구멍을 지킬 일이지."

"형님, 다시는 이런 짓 않겠습니다. 한 번만 용서해 주세요."

한 사내가 이렇게 말했다. 나는 녀석의 턱을 올려붙였다.

"전부 엎드려라."

사내들은 엎드렸다. 몽둥이로 화가 삭을 때까지 때렸다. 사내들이 쭉 뻗은 채 거품을 쏟았다.

그들은 그동안 처녀들을 팔아먹던 수법을 죄다 털어놓았다. 방법도 여러 가지였다. 고전 무용하는 여자들을 정당한 해외 취업이란 명목으로 불러내어 수속과 취업 알선비란 명목으로 돈을 착취한 뒤에 팔아먹는 수도 있었고, 아예 처음부터 바람난 계집애들을 모아서 몸 파는 걸 전제로 보내는 수도 있었다. 일본의 여자 값이 비싸다는 데서 한국 여자의 수입이 톡톡한 재미를 붙여주는 건 확실한 것 같았다. 어쨌든 속아서 넘어가는 여자들이 대부분이었다. 일본의 여자 장사꾼들은 걸러치기 수법으로 한국 여자를 다른 나라로 다시 넘기는 릴레이 판매도 한다고 했다. 동남아 지역에 손을 뻗쳐 여러 가지 형태로 여자 장사를 하는 애들이기 때문에 조직력은 대단한 것 같았다.

"그 정도로 대식구가 먹고살진 못할 거 아니냐? 다른 짓 하는 게 있다는 것도 안다."

사내들은 처음에 버티다가 못 견디겠는지 마약 밀매와 밀수행위까지 하고 있다고 실토했다. 아베 녀석은 끝까지 밀수와 마약 밀매를 숨겼었다. 그들이 끝까지 지키지 않으면 안 될 사업의 극비라는 걸 쉽게 눈치챌 수 있었다. 어쩌면 마약 밀매와 밀수를 위장하기 위해 여자 장사를 법망의 교묘한 탈출과 조직력으로 이끌고 가는지도 모를 일이었다. 돈을 벌 수 있는 일이면 극악한 일까지 서슴없이 해치울 수밖에 없는 애들이었다.

그러나 하수인에 지나지 않아서 자잘한 심부름이나 폭력의 전위부대로 그들의 방패 구실밖에 하지 못하는 애들이었다. 중대한 밀수나 마약 밀매를 다루는 건 사사키의 개인조직이나 비밀조직들이 한다는 것도 짐작할 수 있었다. 증거를 잡으려면 상당한 조직력으로 대응하는 방법이나 그들의 패거리가 되어 비밀을 캐내는 방법밖에 없을 것 같았다.

사내애들을 야무지게 다루어서 보냈다. 엉금엉금 기어 나가는 애들을 쳐다보며 쪽발이들에게 더 증오심이 복받쳐 올라왔다. 경제적으로 여유가 있다는 걸 과시하면 사람 값이 싼 우리나라에 들어와 쾌락을 맛보는 게 부족해 이젠 아예 비밀조직을 이용해 처녀들을 사가는 짓까지 서슴지 않고 있는 것이다.

순진한 처녀들이 얼마나 큰 고통을 겪는지 보지 않아서 알수는 없지만 아베 녀석과 사내애들이 주절거린 것만 가지고도 얼마나 굴욕적인 생활을 하는지 알 수 있었다.

　사사키와 마주 앉았다. 단정한 용모와 차림새가 일급 신사
였다. 아베가 그 옆에 앉아서 통역을 해주었다. 사사키도 한국
말을 조금씩은 하는 것 같았지만, 끝까지 일본말로 나를 상대
했다.

　"당신을 이 자리에서 한 방에 없애줄 수 있지만 참는 거요.
이유는 단 하나요. 당신을 없앤다고 해서 그 조직이 없어지지
않기 때문이오."

　나는 모질게 말했다. 사사키는 껄껄 웃었다.

　"우리도 당신을 감쪽같이 없앨 수 있었소. 우린 당신이 필요
하기 때문에 살려두는 겁니다."

　아베가 내게 전한 답변이었다. 나는 한 대 올려붙이려다 참
았다.

　"형님들이 뵙잡니다. 초청장을 갖고 떠났답니다."

　아베의 설명에 의하면 일본 애들은 나와 결전을 벌이지 않
고 타협하기 위해서 정중하게 초청하겠다는 것이었다. 일본 애
들이 우리나라에 들어오지 않는 이유는 두려움 때문이란 것
도 알 수 있었다.

　"가겠소."

　나는 무서운 결심을 했다.

일본 침략

김포공항.

수속을 마치고 찻집으로 올라갔다. 조그만 가방 한 개와 여권, 외환은행에서 바꾼 몇 푼의 엔화와 여행자 수표 그리고 춘삼이 형이 만들어준 크레디트 카드 한 장이 내 전재산이었다. 표창을 숨겨가지고 들어갈 수 없다는 게 신경 쓰이는 일이었다. 대신 옷 안에 플라스틱 단추를 여러 개 달아두었고 라이터를 개조해 만든 응급 무기와 손톱깎이를 개조한 무기 정도는 휴대하고 있었다.

"마음 놓으세요. 우리 일본 야쿠자는 결코 비겁하지 않습니다. 비겁하느니 차라리 할복자살하는 게 우리의 신념입니다."

사사키가 이렇게 말했다.

"두고 보면 알겠죠. 비겁한 꼴은 나도 못 보는 놈올시다. 당신 모가지를 걸 수 있겠소?"

"걸겠소."

사사키 목소리는 침착했다. 보통 사내는 아닌 것 같았다. 우리 애들이 좌악 깔려 있는데도 눈빛에 기죽는 기색이 없었다. 여차하면 뼈가 으스러질 신세인데도 당당하려고 애쓰는 눈치였다. 야쿠자의 근성을 지키려는 것 같았다.

"좋습니다. 나도 목을 걸겠소."

그동안 사사키와 나는 여러 차례 정정당당한 자리를 만들어왔지만 막상 비행기에 오르려니 다시 한 번 확인해 두고 싶었다.

사사키는 악수를 하고 사라졌다.

"저 새낄 인질로 잡아둘까요?"

한 녀석이 사사키 뒤통수를 가리키며 물었다.

"놔둬라. 절대 건들지 마라. 우린 비겁할 수 없다. 설사 내가 죽는 한이 있더라도."

애들은 대꾸하지 않았다. 나는 애들의 마음을 누구보다도 잘 알고 있었다. 내 신변이 어떻게 변할지 알 수 없는 상황이란 것도 애들은 짐작하고 있었다. 일본은 내 마음속에 언제나 적지(敵地)였다. 굳이 역사책을 들먹이지 않더라도 나는 혼자라도 일본을 쳐들어가고 싶은 마음였다.

더구나 한국의 처녀들이 몸을 뜯어 먹히는 꼴을 더 이상 두고 볼 수는 없었다.

하느님.

갑니다. 만약 내가 죽거든 당신도 할복자살해야 할 겁니다. 하늘의 뜻이 무엇인지 이번에 보여주십쇼.

하느님. 난 살아남아야 할 놈입니다. 악착같이 살아남아서 물어뜯어야 합니다. 살아 있어야 하고말고요.

안내 방송을 듣고 짐을 챙겨 일어섰다. 계단 아래에 넙치 형이 부동자세로 서 있었다. 가죽 반코트에 깊숙이 손을 찔러 넣은 채 빙긋이 웃었다.

"형, 웬일유?"

"그냥 왔다."

"끝까지 고집부려서 미안해요."

"정말 몸조심 해라. 이건 급할 때 써라. 도움이 필요할 때 뒤에 전화번호도 있다."

"고마울 때도 다 있수, 형이."

"비행기 안에서부터 신경 좀 써라. 옷 함부로 벗어두지 말고."

"겁주는 거요?"

"좀 주면 안 되겠냐?"

"명심할 테니 염려 마요. 장총찬이가 시체로 돌아오진 않을

114

겁니다. 쪽발이한테 죽느니 차라리 자살하고 말지요."

나는 후쿠오카행 아홉 시 사십 분발 비행기를 타기 위해 넓은 복도를 걸어 나갔다. 바로 얼마 전에 이 자리에 서서 다혜와 뜨거운 입맞춤을 했고 사랑한다고 악을 쓰기도 했었다.

악수를 나누었다. 새벽부터 나를 배웅하기 위해 나온 애들의 표정이 하나같이 긴장되어 있었다.

"이 새끼들아 힘 내. 살아올 테니까."

나는 버럭 소리를 지르고 안으로 들어섰다. 태어나서 처음 타보는 외국행 비행기였다. 가슴이 설레기도 했고 일본에 도착했을 때 벌어질 상황이 불안하기도 했다.

보안 검사대 앞에 섰다. 자꾸 손톱깎이가 마음에 걸렸다.

"이게 뭡니까?"

보안 검사하던 남자가 손톱깎이를 집어 들었다.

"외국 간다고 손톱 길지 말란 법 없잖아요?"

"발톱도 물론 길겠죠."

검사 요원은 씨익 웃으며 이렇게 말했다. 보통 손톱깎이보다 크지만 그 안에 무기로 사용할 만한 것이 들어 있으리라곤 생각지 못할 것 같았다.

"이건 좀 곤란합니다."

감쪽같으리라고 생각했는데 검사 요원은 정확하게 칼끝이 들어 있는 부분을 손으로 잡아당겼다. 날카로운 칼이 불쑥 삐져나왔다.

"손톱 다듬는 겁니다."

내가 얘기해 놓고 보아도 좀 옹색하고 궁상맞아 보였다.

"좋습니다. 열심히 다듬으십쇼."

검사 요원은 여전히 웃고 있었다. 기분이 나쁘지 않았다. 딱딱한 일을 하는 사람들이어서 농담 같은 걸 하리라곤 생각지 않은 것이었다.

출국 수속을 마치고 면세점이 늘어선 상점을 주욱 훑어보았다. 내가 상상했던 것만큼 물건이 많지는 않았다. 더구나 내게 필요한 물건은 담배뿐이었다. 무기가 될 만한 것은 눈을 홉뜨고 찾아도 없었다. 거북선 열 갑을 사 넣고 넓은 대기실 한쪽 구석에 앉았다. 누군가 내 행동을 관찰하고 있을 거란 생각이 들자 괜히 온몸이 가렵기 시작했다. 감시받는 건 괴로운 일이 분명했다. 쪽발이들이 출발지점에서부터 따라붙을 거란 넙치형 말에 온 신경이 곤두서는 판이었다. 담배를 꼬나 물고 눈치를 채지 않게 주위를 훑어보았다. 모두 감시자 같기도 했고 모두 방관자 같기도 했다.

일본 사람은 쉽게 구분이 되었다. 머리가 짧았고 아무래도 하중이 빠른 듯한 느낌을 받게 마련이었다.

게이트 넘버 3. 사람들이 우르르 몰려들었다. 나는 맨 뒤쪽에 처졌다. 쓸데없는 짓인 줄 알면서 잠깐이라도 감시받기 싫었다. 이제 일본 땅에 도착하면 숨 한번 크게 쉬기도 어려울지 모르기 때문이기도 했다.

비행기는 땅을 차고 올라섰다. 내가 살던 땅이 내려다보였다. 공중에서 내려다보이는 서울은 건물이 다닥다닥 영글어 붙은 것 같았다. 남쪽으로 갈수록 아직도 산은 헐벗은 채였고 사람 살 곳은 무한하게 많아 보였다.

담배를 피워도 좋다는 신호가 떨어졌다. 나는 오래 참았다는 듯이 담배를 피워 물었다. 옆자리는 비어 있어서 편했다. DC 10기의 가운데 자리는 다섯 명이 붙어 앉는 자리였다. 건너편 좌석에서 신바람 나게 떠드는 녀석이 눈에 들어왔다. 옆에 앉은 늙은이에게 말을 시키는 것이 일본을 한두 번 드나들었던 사내 같았다.

"일제시대에 겪어보셔서 아시겠지만 정말 일본 사람들 잘살 수밖에 없다는 생각이 들었습니다."

비행기 소음 속으로 또렷하게 들여오는 목소리였다. 늙은이가 사내 녀석에게 긍정하듯 고개를 끄덕였고 사내 녀석은 더 신바람이 나는 것 같았다.

"우리나라 사람들 정신부터 확 뜯어고쳐야 돼요. 제가 서너 번 들랑거렸지만 근면하고 친절한 건 언제 봐도 변함이 없었어요. 그러니 자연 자주 가게 되고 그쪽 물건 사들고 올 수밖에 없죠. 물건 한 개라도 보시면 알잖아요. 가보지도 않고 욕만 하는 친구들 보면 한심해요. 이번에 들어오실 때 보면 알지만 우리 공항 얼마나 빡빡한지 아세요? 여건이 안 돼서 그렇지 일본서 살 수만 있다면 거기서 살고 싶어요."

사내 녀석은 점점 꼴을 볼 수 없게 말을 해나갔다.

"이봐, 대한민국 친구!"

나는 버럭 소리를 질렀다. 녀석이 눈을 치떠 나를 쳐다보았다.

"그래 너 말이다."

나는 녀석을 가리켰다.

"……"

"너, 한번 더 그따위 아가리 놀리면 비행기에서 내던져버릴 테니까 지금부터 숨도 쉬지 말고 가라."

"당신 누구야?"

삼십 대 중반쯤 돼 보이는 사내가 반쯤 일어서며 물었다. 나는 후다닥 벨트를 열고 일어나 녀석의 뒷목을 한 대 갈겼다. 앞좌석으로 대가리를 푹 파묻었다. 옆에 있던 늙은이가 겁먹은 듯한 표정으로 나를 올려 보았다.

"아저씨. 저런 새끼가 헛소리하거든 따귀라도 한 대 올려붙여야 할 거 아닙니까."

"……"

늙은이가 아무 말 없이 눈길을 내렸다.

"이 자식아, 너 같은 놈만 없으면 우리나라 괜찮은 나라라는 거 알아?"

사내는 아픈 목을 쥔 채 허리를 세웠다. 사람들이 나를 쳐다보고 있었다. 다시 정강이를 걷어찼다.

"그런 게 아닙니다."

워낙 다급했는지 사내가 내 손을 잡았다.

"잔소리 말고 일어나서 큰 소리로 노래 한마디 불러라. 수틀리게 나오면 정말 그냥 안 둘 테니까."

나는 혈을 지그시 누르며 이렇게 말했다.

"제발 놔주세요. 할게요. 한다니까요."

다급했던 사내는 두 손을 싹싹 비볐다.

"일어나!"

사내는 일어섰다.

"태극기 불러."

"태극기요?"

"태극기가 바람에 펄럭입니다, 라는 거 있잖아."

사람들이 키들키들 웃는 소리가 들렸다. 우리나라 사람들이 많이 타고 있어서 말을 알아들은 것 같았다.

"잘했소, 젊은 양반."

중년 신사가 걸걸한 목소리로 이렇게 말했다. 사내 얼굴이 붉어지고 있었다.

"더 다부지게 다루쇼. 젊은 녀석이 저 모양이면 나라 꼴이 어떻게 되겠소."

중년 신사 옆자리에 앉았던 사람도 이렇게 말했다. 사내가 고개를 푹 수그린 채 일어나서 입술에 침을 발랐다.

"앉아!"

사내가 털썩 주저앉았다.

"쪽발이들만 없으면 노래를 시키겠다만, 참는 거다. 정신 바짝 차리고 네 혼이나 뺏기지 마라. 알았어?"

"네네."

나는 내 자리로 돌아왔다. 가슴 한쪽이 아팠다. 내 동족을 쪽발이들 앞에서 창피스럽게 만들긴 싫었다. 일본이 잘사는 나라라는 건 알고 있었다. 그러나 정신을 빼앗기는 꼴을 그냥 두고 볼 수는 없었다. 사내는 고개를 돌린 채 창밖만 쳐다보고 있었다. 내가 너무 심했다는 생각도 들었다.

기체가 착륙 준비를 하기 위해 하강하기 시작했다. 귀가 멍멍하기 시작했다. 기압의 변화가 몹시 기분 나쁘게 얽혀오기 시작했다.

바다를 끼고 비행기는 내리꽂히고 있었다. 후쿠오카공항의 모습이 보였다. 해변으로 줄지어 펼쳐진 시가지 모습은 사람 사는 땅이 어디든 그렇듯 잘 정리되었다기보다는 차라리 빈한한 마을 같았다.

비행기가 착륙했다. 시계를 들여다보았다. 한 시간이 채 걸리지 않은 시간이었다. 아침 아홉 시 사십 분발 후쿠오카행 비행기를 탔는데 한 시간도 걸리지 않아 일본 땅을 밟은 것이다. 혼자라도 쳐들어오고 싶었던 나라 일본. 역사적으로 수없는 찬탈과 욕된 과거를 얽어놓은 일본 땅.

비행기에서 내려 입국 수속하는 창구 앞에 섰다. 외국인 대열에 끼여 있는 내 모습을 생각해 보았다. 내가 일본 땅에 온

이유도 생각해 보았다. 이렇게 악착같이 달려들 수밖에 없는 내 신세를 또 생각해 보았다.

매섭게 생긴 출입국 관리가 나를 훑어보았다. 앞머리를 퍼머넌트해서 얼굴이 더 길쭉해 보였고 하관이 빨라 만화책에서 보던 얼굴처럼 생겼다고 생각했다.

뭐라고 물었다. 일본말이라 단 한마디를 알아들을 수 없었다. 나는 그의 눈만 똑바로 쳐다보았다. 또 뭐라고 물었다. 이번엔 영어였다.

"한국말로 말해!"

나는 소리를 빽 질렀다. 뒤에 섰던 한국인들이 웃었다. 관리는 또 뭐라고 물었다.

"이봐 쪽발이, 한국말 안 배웠냐?"

일본 관리는 투덜거리며 표정 없이 도장을 찍었다.

"고맙다."

밖으로 빠져나가며 나는 이렇게 말했다. 말을 알아듣는 사람들의 웃는 소리가 뒤통수에 남아 있었다.

문을 열고 나섰다.

장총찬 선생 환영.

한글로 또박또박 쓴 푯말이 눈에 띄었다. 눈매가 크고 짧은 치마를 입은 계집애들이 푯말을 들고 있었다. 그 옆엔 콧수염 기른 가죽점퍼의 사내들과 한눈에도 신사다워 보이는 복장의 사내들이 주욱 서 있다.

나는 말없이 그 옆을 스쳐 지나갔다. 대합실의 긴 의자에 앉아서 담배를 피워 물었다. 나를 기다리는 사내들은 사람들이 빠져나오는 곳에 시선을 준 채 좌우를 훑어보곤 했다. 한눈에도 썩 세련되어 보이는 중년 사내가 구석 자리에 앉아 있었고 그 옆에 부동자세로 서 있는 것으로 미루어 공항에 환영 나온 패들 가운데 두목급처럼 느껴졌다.

계집애들도 여러 명이었다. 두목처럼 느껴지는 사내는 다른 사내들에게 푯말을 더 높이 들고 있으라는 지시를 내리는 것 같았다. 계집애가 더 높이 들었다. 사람들은 거의 다 빠져나온 것 같았다. 두목인 사내가 자리에서 일어났다. 나는 그쪽으로 걸어갔다.

스쳐 지나면서 한 방 갈겼다.

사내가 풀썩 주저앉았다.

"내가 장총찬이다."

사내들이 우르르 달려들었다. 쓰러졌던 사내가 손을 내저었다.

"장총찬 선생이십니까?"

앞으로 썩 나서는 사내의 목소리는 유창했다.

"그렇다."

"언제 나오셨습니까?"

"환영을 이따위로밖에 못하겠어? 나오는 것도 모르고 말야. 임마, 푯말이 뭐야? 플래카드, 대형 플래카드 하나쯤은 내걸어야잖겠어?"

"죄송합니다."

"저 친구가 왕초냐?"

"그렇습니다."

"넌 우리말 꽤 잘하는데 일본 놈이냐?"

"아닙니다. 한국 사람입니다."

"그런데 얘들 밑 닦아주는 거냐?"

"아닙니다. 특별히 통역해 달라고 해서 나왔습니다."

"재일교포냐?"

"그렇습니다."

"그럼 인사 시켜라."

일본말로 뭐라고 한참 설명하던 녀석이 내게 말했다.

"환영식을 크게 하겠답니다. 인사하시죠. 이쪽은 이시하라 유지로[石原裕次郎]입니다. 하카다[博多]의 지도자입니다."

나는 손을 내밀었다. 이시하라가 손을 잡았다. 그 순간 이시하라가 왼쪽 주먹을 날렸다. 나는 돌아서며 손목을 어깨 위로 걸어 내던졌다. 비행장 대합실 바닥으로 나뒹굴었다.

"임마, 그게 일본식 환영이냐?"

둘러섰던 사내들이 일제히 공격 자세를 취했다. 이시하라가 손을 내저으며 뭐라고 지껄였다.

"미안하답니다. 실력을 테스트해 보고 싶었답니다. 다시는 이런 일이 없을 거랍니다. 나가시죠."

"그런 식으로 까불면 목을 비틀어버린다고 해라. 분명히 그렇게 전해라."

"예"

나를 앞세우고 밖으로 나왔다. 대합실에서 느낄 수 없었던 신선한 바람이 불어오고 있었다.

"네 이름이 뭐냐?"

"황병규입니다."

"쟤들 한국말 알아듣냐?"

"몇 마디는 아는 사람이 있을 겁니다. 며칠 전부터 저한테 배웠으니까요."

"준비 단단히 했구나. 어떤 상황이든 넌 내 옆에 붙어 있으라. 너만은 탈 없이 해줄 테니."

"알았습니다."

까만 차가 미끄러져 들어왔다. 벤츠, 캐딜락. 우선 눈에 뜨인 것이 그랬다.

문이 열렸다.

"타시죠."

내 옆엔 이시하라가 앉았고 그 앞엔 황병규가 앉았다.

"여긴 야쿠자들이 최고급 승용차를 탑니다. 그래서 택시 같은 것들이 고급 승용차가 지나가면 눈치 보며 피합니다. 골치 아프니까요."

"훌륭한 나라다."

"호텔은 뉴오타니 호텔이랍니다."

"부하가 몇 명이나 되느냐고 물어봐라."

"정식으로 결단식을 치른 부하가 이백여 명 되고 기타 다른 부하도 많답니다."

"뭐해서 먹고사느냐고 물어봐라."

"그냥 그렇답니다. 이곳도 요즘은 경기가 안 좋아서 벌이가 다른 때 같지 않답니다."

"나를 이제 어쩔 작정이냐?"

"아름다운 관광이 되도록 최선을 다하겠답니다."

자동차는 뉴오타니 호텔 앞에 멎었다. 이시하라가 문을 열고 깍듯하게 손을 내밀었다. 심호흡을 하며 내렸다.

이시하라가 미리 예약한 방으로 들어섰다. 풀 짐도 없었고 피곤해서 쉬어야 할 이유도 없었다. 한 시간도 채 안 되어 도착한 곳이지만 긴장이 풀린 것은 물론 아니었다. 이시하라 일당이 마음만 먹으면 무슨 짓이고 할 수 있는 적지에 왔다는 생각 때문에 마음이 편치 않았다.

"샤워하시고 식사하러 가시잡니다. 아래층 로비에서 기다린답니다."

이시하라가 정중하게 인사를 하고 나갔다. 인사성은 꽤 밝은 애들인 것 같았다. 일본인들의 비굴하리만큼 철저한 인사성은 쉽게 외국인들에게 우월감 같은 걸 주어 일본의 상품을 사게 하거나 일본인의 친절을 기억시키는 작용을 하는 것 같았다.

이시하라를 따라왔던 기모노 입은 계집애가 무릎을 꿇은 채 엽차를 따랐다. 자태가 퍽 고와 보였다. 공항에서부터 쭈욱 눈여겨보았지만 일본 계집애들의 미모는 형편이 없었다. 괜찮은 생김새라고 생각해 줄 만한 애들은 이시하라가 데리고 온 애들뿐이었다. 차라리 사내애들이 나아 보였다. 골격 생김새로 보아 일본 애들은 못생긴 민족인 것 같았다.

"애는 뭐냐?"

"계시는 동안 특별히 모시기 위해 데려온 애라고 합니다."

"우리말 할 줄 아냐?"

"전혀 못합니다."

"그럼 어떻게 모시겠다는 거냐?"

"전 잘 모릅니다."

"그럼 물어봐라."

병규가 무릎 꿇고 얌전히 앉아 있는 계집애에게 뭐라고 물었다. 계집애는 조아린 채 사근거리는 목소리로 대꾸했다. 자태가 빼어나 보였다.

"아까 푯말 들고 서 있던 애랍니다. 이시하라 두목이 무엇이든지 원하는 대로 천황처럼 모시라고 일렀답니다. 모시는 게 섭섭하거나 불편하다면 당장 바다 위에 시체로 떠오를지 모른답니다. 부족한 게 있으면 물리치지 마시고 하명을 해달랍니다. 아마 잘못 모시게 되면 저 여자가 죽게 될지도 모릅니다. 두렵답니다."

병규도 이렇게 말하며 두려운 표정을 감추지 못했다.

"너는 어떤 임무냐?"

"비슷한 소릴 들었습니다. 통역이 잘못되거나 장총찬 선생님을 부담스럽게 해드리면 병신이 될 정도로 녹초가 될 걸로 압니다."

"이 자식아, 선생이 뭐냐?"

"그렇게 부르라고 했습니다."

"스물두어 살 됐겠지?"

"스물둘입니다."

"그럼 형이라고 불러라. 너까지 나를 선생이라고 부르는 건 간지러워서 못 듣겠다."

"그래도 되겠습니까?"

"나는 두 마디 이상 하기 싫은 놈이다."

"명심하겠습니다, 형님."

녀석은 붙임성이 있었다. 생기기도 귀여워서 나이에 비해 어려 보였다.

"넌 얘들하고 어떤 관계냐?"

"이시하라 두목의 부하는 아닙니다만 우리 대화단(大和團)의 식구이기 때문에 파견 나온 겁니다."

"그럼 너도 야쿠자냐?"

"그렇습니다."

"한 가지 묻자. 여기 도청장치했냐?"

"안 했을 겁니다. 우리 대화단은 그런 짓을 결코 하지 않습니다."

"좋다. 그럼 얘기 나온 김에 묻자. 왜 야쿠자가 됐냐? 넌 아까도 자랑스럽게 한국인이라고 했다. 쪽발이 밑에서 빌붙어 사는 게 자랑이냐?"

"언젠가는 그 말씀 해주실 줄 알았습니다. 일본엔 한국계 야쿠자가 많습니다. 그건 얼마나 뼈저린 서러움과 핍박을 받았는지를 보여주는 겁니다. 취직도 안 되고 먹고살기도 힘들며 무엇을 하려고 해도 제대로 되는 게 없습니다. 저처럼 한국인 학교를 철저하게 다니고 공부를 열심히 한 놈들의 말로는 빤합니다. 일본인들에게 증오가 생길 수밖에 없습니다."

"야쿠자들이 그걸 노리겠군. 일꾼으로선 제일 적격일 테니까."

"그런 것도 없잖아 있습니다. 배반하지 않고 한번 시키면 물불을 가리지 않게 되니까요."

"대화단은 크냐?"

"다섯 손가락 안에 들어가는 큰 단쳅니다."

"나를 어떻게 할 것 같으냐?"

"제가 알기론 협상을 할 것 같습니다. 형님이 한국에서 제일 센 분이라고 알고 있습니다. 아까 공항에서 보고 놀랐습니다. 도쿄의 우리 본부에서 온 분도 혀를 차며 갔습니다."

"내가 협상에 응하지 않을 걸 알 텐데. 한국의 처녀들 속여서 팔아먹는 꼴을 나보고 묵인하라고 한다면 너까지도 박살을 내고 말겠다."

"……."

병규는 아무런 대꾸 없이 담배를 피워 물었다. 착잡한 심정
인 것 같았다.

"샤워하시죠."

병규가 눈짓하며 일어나자 기모노 입은 계집애가 무릎으로
기어와 두 손을 받쳐 들었다.

"애 이름 뭐냐?"

"다나카 미사코[田中美佐子]라고 꽤 유명한 탤런트입니다.
현재 NHK 텔레비전 연속극에도 나오고 CF 모델도 합니다."

나는 미사코란 풋내 나는 계집애를 찬찬히 뜯어보았다. 탤
런트라고 해도 손색이 없을 정도의 미모인 건 확실했지만 아
무리 턱이 높은 야쿠자라고 해도 현재 활동 중인 탤런트를 내
몸종으로 보내주진 않았을 것 같았다.

나는 피식 웃었다. 병규 녀석이 나를 속이는 거라고 생각했다.

"웃기지 마라."

"사실입니다 형님. 저도 놀랄 정도의 대우입니다. 이시하라
두목이 그런 꼴을 당하고도 참는 거나 이런 유명한 탤런트를
보내 모시게 하는 걸 보면 형님이 얼마나 대단한 분인지 짐작
이 갈 정돕니다."

"정말 그렇다면 다른 꿍꿍이가 있겠지. 네 말을 믿어야 할지
모르지만."

"형님, 좋습니다. 잠깐만 기다리세요."

그러더니 전화를 들어 프런트에 뭐라고 말을 전했다.

"뭐야?"

"이번 주 잡지 좀 가져오라고 했습니다. 믿질 않으시니까요."

"이 애가 나왔단 말이냐?"

"보시면 압니다. 전 거짓말을 못합니다."

병규 녀석의 말이 사실이라면 이건 굉장한 대우였다. 야쿠자의 거물이 아니면 감히 이런 대접을 받을 수 없다는 소리를 들은 터였다. 그렇다면 나를 불러들인 뒷면에는 신판 정신대에 대한 흥정 말고 다른 음모가 도사리고 있을지도 모른다는 생각이 들었다.

"형님이 한국의 제일인자인가요?"

병규가 물었다.

"난 조직도 족보도 없는 떠돌이다. 한국에선 가는 곳마다 깨지는 형편없는 실력이지."

"그럴 리가……."

"한국의 일인자 앞에 서면 눈빛만으로도 나 같은 건 쓰러진다."

"믿어지지 않아요. 정말……."

"네 조국이 어떤 나라인지 알면 너도 이 땅에서 살고 싶진 않을 거다."

바로 그때 노크 소리가 들렸다. 병규가 문을 열어주자 주간지와 여성지를 한 아름 들고 들어오는 사내가 눈에 띄었다.

병규가 이 책 저 책 열심히 뒤적거렸다.

"이걸 보세요."

녀석이 펴준 주간지와 여성지엔 미사코의 선명한 컬러사진이 돋보이게 드러나 있었다. 어떤 사진은 젖가슴까지 완전하게 드러낸 것도 있었고 어떤 것은 완전 나체로 옆모습을 보인 것도 있었다. 사진 설명에서도 현재 NHK의 연속극의 주인공이란 한자 설명을 주섬주섬 읽을 수 있었다.

"알았다. 치워라."

"형님, 이렇게 대접하는 건 한국인으로선 사상 처음일 겁니다. 이런 대접이 더러 있다는 소리는 들었지만 보기는 첨입니다."

"그래서 어쩌라는 거냐?"

"가능하면 살아서 돌아가셔야 할 거 아닙니까? 정 타협하기 싫더라도 살아 돌아가는 최선의 길을 선택한 뒤 돌아가서 포기하는 수도 있을 수 있습니다. 이건 일본 야쿠자 단원으로서가 아니라 한국의 피를 타고 난 놈의 부탁입니다."

피를 속일 수는 없는 것인지도 모른다. 짧은 시간이었지만 병규에게서 진한 동족의식을 느낄 수 있었다.

"묻진 않겠다. 그리고 살려고 발버둥치진 않겠다. 다만 내 피를 나눈 처녀들이 팔려와서 치욕의 나날을 보내는 꼴만은 더 보지 않겠다. 네가 도와주고 싶을 때 나를 도와주길 바랄 뿐이다. 난 말도 통하지 않는다. 더구나 이곳 지리는 깜깜하다. 그리고 저들의 음모가 무엇인지도 모른다."

"무슨 말인지 압니다. 전 어딜 가도 떳떳하게 한국 사람이라고 말하는 놈입니다. 당분간은 안심해도 됩니다. 형님은 한일 합작회사의 준비 요원으로 파견 근무하러 온 사람처럼 되어 있으니 여기에 충분히 머무를 수 있습니다."

잠시 침묵이 흘러갔다. 미사코가 우리 두 사람의 대화를 열심히 듣고 있었지만 알아들을 수 없어서인지 눈만 깜박거리고 있었다.

"형님, 삼 일간은 이 여자가 형님 겁니다."

"난 사나워."

"압니다."

"일본 계집이라면 짓뭉개버리고 싶어."

"알아요. 저도 그랬으니까요. 그러나 부질없다는 걸 알았습니다."

"사랑했었구나."

"그렇습니다. 비록 부모가 나를 조센징이라고 거절했고 계집애도 결국은 돌아서버렸지만 말입니다."

"자아식."

나는 병규 녀석의 어깨를 쳐주었다. 병규는 씨익 웃었다.

"형님, 샤워나 하십쇼. 일본 계집이 어떤지도 알아두실 필요가 있습니다."

나는 녀석의 말을 새겨듣고 싶었다. 야쿠자의 일원으로 나를 안심시키는 중대한 일을 수행하려는 것인지 아니면 동족을 만난 기쁨으로 들떠 있는 것인지 아직 명확하게 알 수는 없었다.

어쨌든 기분 나쁜 녀석은 아니었다.

"그러자. 호랑이 굴속이 어떤지 알아야 하니까."

"적선하는 뜻도 됩니다. 미사코가 나중에 경을 치지 않으려면 형님이 데리고 있는 동안만이라도 사랑해 줘야 합니다. 미사코는 죄 없는 여자 아닙니까. 형님의 환심을 사기 위한 제물 아닙니까."

"알았다."

"전 내려가 있겠습니다."

병규는 미사코에게 뭐라고 일본말로 지껄이고 나갔다. 나는 넙치 형이 준 성냥갑만큼 작은 기구를 문고리에 붙여두었다. 문을 몰래 열고 들어오거나 하면 소리를 낼 수 있는 장치도 들어 있는 물건이었다.

"샤와?"

미사코의 발음은 일본식 영어였지만 애교가 뚝뚝 떨어질 것처럼 간드러졌다. 나는 고개를 끄덕이며 웃었다. 미사코는 샤워기를 내려놓고 온도를 조절하고 있었다. 물을 만져보라는 시늉을 했다.

"오케?"

내게 물었다. 물의 온도가 괜찮냐는 것 같았다. 나는 고개를 끄덕였다. 서로 말은 달라도 몸 시늉으로 상대의 뜻을 알 수 있었다.

미사코는 손가방을 열고 비누와 수건을 꺼냈다. 목욕탕 안에 있는 비누와 수건을 써도 충분할 텐데 특별히 마련해 온 것 같았다. 유리창 바깥으론 학교 운동장이 내려다보였다. 방음장치가 잘 되어선지 소음마저 들리지 않았다. 서울의 호텔에서 내려다보이는 시가지에 비하면 형편없이 초라한 도시였다.

미사코는 기모노를 모두 벗었다. 고리만 벗기면 나신이 될 수 있는 얇은 수영복 차림이었다. 젖가슴 끝이 보일 정도로 가슴은 풍만했다. 주간지의 나신보다 훨씬 소담한 몸매라는 생각이 들었다. 미사코는 무릎을 꿇었다. 내가 벗어 던지는 옷을 차곡차곡 받아 옆자리에 개어놓았다. 부끄러워하지 않으려고 허리를 꼿꼿하게 세운 채 옷을 벗었다. 아름다운 몸매를 가진 여자 앞에선 누구라도 부끄러움을 느끼는 것인지도 모른다.

미사코는 내 손을 잡고 욕탕으로 들어갔다. 김이 피어오르는 샤워기를 들고 미사코는 생긋 웃었다. 뭐라고 말을 하고 싶었지만 알아듣지 못할 거라는 생각 때문에 입을 다물었다.

거울에 부옇게 김이 서렸다. 내 벌거벗은 모습을 보지 않는 것만도 위로가 되었다. 미사코는 내 몸에 물을 뿌렸다. 처음엔 따가운 물줄기였지만 차츰 적당한 느낌이 드는 물줄기였다. 그녀는 비누거품을 내어 내 몸 구석구석을 칠해 나갔다.

내 몸의 부분부분이 일시에 경직되기 시작했다. 태연한 육체이기를 바랐지만 그렇게 되질 않았다.

나는 그녀의 손길이 으슥한 곳을 스칠 때마다 가늘게 몸을 떨었다. 팽창하는 내 육신은 젊디젊었다.

고리를 풀었다. 두 개째 고리를 풀자 그녀는 수줍은 듯 몸을 꼬았다.

말이 통할 수 있었으면…….

나는 그 생각뿐이었다. 비누거품을 다 씻어낸 미사코가 가볍게 수건질을 시작했다. 그리고 대형 수건으로 내 몸을 감쌌다.

미사코는 물기 젖은 몸으로 따라 나왔다. 생각 같아서는 그녀의 깊은 곳을 빼앗고 싶었다. 욕심껏 미사코를 농락하고 싶었다. 그런다고 해서 욕된 생애를 보낸 조선 처녀들의 한이 사그라들 수는 없겠지만…….

이시하라 일당에게 허겁지겁 여자나 탐내는 놈으로 보이고 싶지 않았다. 그들이 미사코란 여자 탤런트를 붙여준 것은 그런 걸 노렸을지 모른다.

옷을 입었다. 미사코는 말없이 무릎 꿇은 채 옷을 받쳐 들었다. 이것이 일본의 힘일까? 도가 넘을 정도의 친절이랄 수도 있었고 계획적인 굴욕성일 수도 있었다. 아무리 프로권투 선수의 챔피언 결정전이라고 해도 무릎 꿇고 애원의 몸짓을 하는 상대를 칠 수는 없는 것과 같다고나 할까. 그러다가 상대가 돌아서면 뒤통수를 갈겨 쓰러뜨리고 무자비하게 짓밟는 민족성일지도 모른다고 생각했다.

미사코의 행동은 노예의 자세였다. 그들의 핏속에 철저한 노예근성이 도사리고 있는지도 모른다. 그들의 근면성은 그래서 생겨난 것인지도 모른다.

내가 옷을 다 입고 손가방을 들자 미사코는 얼른 문을 열어주었다. 나신이 햇살을 받아 더욱 팽팽하고 선정적으로 느껴졌다. 몸의 물기를 닦을 생각도 않은 채 그녀는 시중을 들었다.

문을 닫고 복도를 따라 나갔다. 엘리베이터 앞에 병규와 또 다른 미니스커트의 계집애가 서 있었다. 일본엔 미니스커트의 유행 바람이 불고 있다는 걸 곳곳에서 볼 수 있었다. 볼우물이 깊게 패인 계집애가 허리를 깊숙하게 숙였다. 병규도 가볍게 목례하듯 인사를 했다.

"오래 기다렸지?"

"아뇨."

"내려가자."

엘리베이터 문이 열렸다. 내가 들어서자 병규와 계집애가 따라 들어왔다.

"식사를 하시고 구경을 좀 하시죠."

"협상인지 흥정인지 그것부터 하자고 해라."

"형님, 급하게 서두르는 게 안 좋습니다. 저쪽에서 먼저 얘길 꺼낼 때까지 기다리는 게 좋아요. 형님이 조급해 보이는 건 제가 싫어요."

"언제까지 기다리란 말이냐?"

"그렇진 않을 겁니다."

엘리베이터가 로비를 가리켰다. 문이 열리자 이시하라 얼굴이 정면으로 보였다. 나는 웃으며 내려섰다.

까만 승용차 뒷자석에 올라탔다. 장식용처럼 생긴 일본도한 자루가 꽂혀 있었다. 날이 새하얗게 서 있어서 살상용 무기의 면모를 나타내고 있었다.

"식사는 이쪽에서 마련한 걸로 하시잡니다. 일본식이랍니다."

"좋다고 그래라."

"피곤하시면 하루 이틀 푹 쉬신 다음에 얘길 해도 좋답니다."

"난 성질이 급해. 차 치고 포 치는 식으로 나를 다룰 생각은아예 하지 말라고 일러라."

"결코 그런 생각은 품지 않았답니다."

"그렇게 신사도를 강조하는 대화단이 어째서 외국 처녀들을속임수로 사들여 비참한 생활을 만드는지 물어봐라. 적어도일본의 야쿠자라면 그런 짓은 하지 말아야지."

한동안 이시하라와 말을 주고받던 병규가 약간 난처한 듯이고개를 돌렸다.

"얘길 하자면 길답니다. 요점만 말하자면 본래는 여자들을괴롭힐 생각 없이 저지른 일인데 야쿠자 조직과 조직의 갈등때문에 여자들을 착취할 수밖에 없게 변한 거랍니다."

"그런데도 계속 그 짓을 할 거냐고 물어봐라."

"포기할 용의가 있답니다. 그래서 형님을 특별히 초청했답니다. 도쿄의 본부로 초청할 생각이었으나 막판에 바꾼 것도 사실은 소문나지 않게 얘기를 하고 싶어서랍니다."

자동차가 중심가를 빠져나가고 있었다. 해변이 보이는 동네로 달리고 있었다.

화식집 이층은 새로 깐 다다미 냄새가 짙게 풍겨 나왔다. 나는 역겨운 생각이 들었다.

"특별한 손님이라고 다다미를 새로 깔아서 그렇습니다. 냄새가 싫으시다면 자릴 옮겨드리겠습니다."

아마 일본인들은 다다미 냄새가 좋은 모양이었다. 우리나라 김치나 청국장 내음처럼 기분 좋은 냄새라고 여기는 모양이었다. 처음엔 싫다고 말하고 싶었지만 옹졸함을 보이기 싫어 괜찮다고 말했다.

"이 식당은 이곳 하카다[博多]에서 제일입니다."

병규가 너스레를 떨어대고 있었다. 나는 무릎 꿇고 시중드는 여자들의 고분고분한 친절도 조금은 역겨웠다. 조금 지나치다 싶을 만큼 잔시중까지 들었다.

"점심 먹고 어떻게 하겠다는 건지 좀 들어보자."

이시하라는 별로 말이 없었다. 이시하라 옆에 무릎 꿇고 앉아 있는 계집애도 미사코 못지않은 미인이었다. 어느 짬에 옷을 갈아입고 쫓아왔는지 물기가 채 가시지 않은 머리끝을 매만지며 미사코가 들어왔다. 짧은 치마가 허벅지를 반 뼘쯤 보이게 했고, 커다란 가슴 한쪽이 보일 것처럼 가슴이 파인 블라우스를 입고 있었다. 자태가 무척 선정적이었다.

"식사 후에 이시하라 두목이 관광 안내를 하겠답니다."

"난 관광이나 하려고 온 게 아니다. 난 성질이 급해. 나를 초청한 목적이 있을 거 아냐? 후딱후딱 끝내자고 해. 차 치고 포치는 일본 놈들 식으로 끌고나가는 꼴은 못 보니까."

"분명히 말씀 드릴 수 있는 건 한국 여자 빼오는 짓은 포기하겠답니다. 이시하라 두목은 후쿠오카 총책입니다. 그러나 다른 지역 문제는 도쿄 총본부와 협의해야 한답니다."

"그걸 뭘로 믿는가?"

"야쿠자는 결코 장난 같은 건 하지 않는답니다."

이시하라의 새끼손가락을 유심히 쳐다보았다. 새끼손가락 한 개가 뭉툭 나가 있었다. 후쿠오카의 두목쯤 되려면 새끼손가락 한 개는 의리의 정표로 잘려 있어야 했다. 그것은 일생 동안 한 번도 배반하지 않겠다는 상징이었다. 야쿠자로 입단할 때 선서와 동시에 피가름으로 새끼손가락을 잘라내는 게 이들 야쿠자의 전통 가운데 하나였다. 이시하라의 나이는 사십 대 후반처럼 보였다. 다른 애들처럼 콧수염을 기르거나 가죽점퍼를 입지 않은 신사였다.

식당 아래층과 이층 입구엔 이시하라의 부하같이 생긴 젊은 애들이 대기하고 있었다.

"이자들이 분명 후쿠오카의 제왕이냐? 아니면 조무래기들이냐?"

"이곳에도 여러 개의 조직이 있습니다. 우리 대화단 정도면 선두 그룹입니다."

"너도 손가락 잘랐냐?"

"네."

병규의 새끼손가락도 뭉툭했다. 결코 배반할 수 없는 피의 맹세였다. 내 손가락엔 그런 피가름의 증거도 없었다. 일부에서 그런 것을 한다는 건 알지만 일본의 야쿠자들처럼 전통으로 삼진 않았다. 일본 애들은 문신이나 새끼손가락의 피가름 따위로 맹세와 배신하지 않겠다는 의식이 퍽 중시되고 있는 눈치였다. 이시하라가 식사를 하자고 손을 내밀었다. 나는 젓가락뿐인 식탁에 익숙해 있지 않았지만 잔소리를 하지 않았다. 장국을 손으로 들고 마시기 때문에 수저가 필요치 않은 식사법이었다.

주방 쪽에서 훤칠하고 깨끗한 차림의 사내가 무를 대팻밥처럼 깎고 있었다. 얇은 종잇장처럼 깎아 내려갔지만 한 번도 실수하는 법이 없었다.

"쟤는 어째서 저것만 깎고 있지?"

"아, 그건 십수 년 동안 주방 일을 보아서 눈을 감고도 저렇게 정교하게 칼을 쓸 수 있다는 걸 손님들에게 보여주는 겁니다. 그만큼 음식 솜씨에 자신 있고 그만큼 정성을 들인다는 거죠."

"저 녀석 이리 오라고 해라."

병구가 일어나서 주방 쪽으로 쫓아갔다. 주방장이 허리를 굽힌 채 다가왔다. 나는 칼과 무를 받아 주방장처럼 깎아나갔다. 굵기가 다르고 종잇장처럼 곱게 깎이지 않았다.

"됐다."

주방장이 인사를 하고 들어갔다. 나는 병규에게 말했다.

"이시하라에게 전해라. 적어도 손님으로 모셔왔다면 여기의 제일인자와 한판 겨루는 인사쯤은 있어야 할 거 아니냐고."

나는 이들의 기를 꺾어놓고 싶었다. 손님 대접치곤 너무 융숭해서 비위에 맞지 않았다. 적어도 후쿠오카 제일의 야쿠자라면 그 정도 준비는 해뒀을 것 같았다. 어차피 이들은 내 솜씨를 잘 알지 못하고 있었다. 서로 솜씨를 겨룬 뒤에 정당한 대우를 받고 싶었다.

"우리나라에선 함부로 친절하게 굴진 않는다. 상대한테 분에 넘치는 친절을 베풀 땐 반드시 흑심이 있는 거다. 그걸 타진해봐라. 넌 어차피 이들과 한패겠지만……."

"물론 난 이들과 한패입니다. 그러나 형님을 도와드리고 싶습니다. 이시하라 두목 얘기론 형님이 온다는 소문이 좌악 퍼져서 다른 집단에서 긴장하고 있답니다. 이 지역 패권 다툼에 형님을 끌어들인 게 아니냐 해서 날카롭게 주시하고 있답니다. 우리 대화단보다 다른 집단 애들이 한국 여자 빼다 파는 장사에 더 열을 올리고 있답니다. 그러니까 본격적인 여자 장사꾼들은 긴장할 수밖에 없습니다."

"바로 그거다. 난 결코 다른 집단과 이시하라 집단의 패권 다툼에 말려들고 싶진 않다. 내 할 일만 하고 돌아가면 그뿐이다. 물론 다른 애들이라도 한국 여자를 팔아먹는 짓을 한다면 용서할 수 없다."

"문제가 복잡한 게 바로 그겁니다. 여기 실정은 전혀 다릅니다. 우리 대화단이 손을 떼는 건 쉽습니다. 손 떼기로 한 건 본부의 결심이기도 합니다. 그러나 다른 애들의 확장을 막을 수는 없습니다."

"무슨 말인가 알겠다. 날 속였구나."

"그게 아닙니다. 얘길 들어보세요."

병규의 설명에 의하면 야쿠자의 생존도 결국 경제 다툼인데 일본 경제의 침체 때문에 사업체의 수입이 대폭 줄었고, 마약과 여자 장사와 이권 개입으로 구멍을 메워나가야 하기 때문에 야쿠자들끼리 경쟁이 치열할 수밖에 없다는 것이었다. 여자 장사와 마약 밀매는 또 상관관계가 있어서 손 떼기 어려운 것이며, 여자 값이 비싼 일본에서 다른 나라 여자를 끌어들이는 수법을 쓰지 않을 수 없다는 것이었다.

누드 쇼나 섹스 쇼에도 헐값에 여자를 채우는 일은 큰 이권이라고 했다. 일본 여자들은 값도 비싸고 오래 붙어 있지도 않지만 외국인을 데려오면 그들이 원하는 대로 할 수 있다는 것이었다.

"한국 여자 값이 그렇게 싸냐?"

"그런 실정입니다."

"넌 한국 놈 아니냐?"

"……."

"한국 놈 아니냐고 물었다!"

"죄송합니다."

"내가 뿌릴 뽑겠다."

"형님……."

"무모한 짓이란 말이지?"

"위험합니다. 여긴 서울이 아닙니다."

"알고 왔다."

나는 피가 끓어 참을 수가 없었다.

여자들이 일본으로 건너오게 되는 경우는 여러 갈래였다. 프로덕션 비자라고 해서 무용수니 가수니 해서 삼 개월 동안만 머물 수 있는 비자를 받는 경우는 그래도 나은 편이었다. 초청 비자나 방문 비자 따위로 들어오면 겨우 보름 정도의 체류 허가를 받게 되어 본전도 못 찾는 경우가 많았다. 그래서 스스로 야쿠자 조직에게 팔려가서 불법체류나 은거 형식의 보호를 받기도 하면, 야쿠자들의 주선으로 홍콩이나 필리핀으로 자리를 옮긴 뒤에 국적을 사가지고 다시 들어오는 수법까지 쓰고 있다는 것이었다.

"술집에 팔려가는 여자들은 어떤 대우를 받느냐?"

"차라리 나은 편입니다. 이곳 술집은 월급제니까요. 도쿄에서 A급은 백만 엔까지 받는다고 합니다."

"그런 여자 말고."

"여러 부류가 있긴 있습니다."

"무슨 얘긴가 알겠다."

식사를 끝낸 우리는 대기하고 있는 차에 올라탔다.

"말을 전해라. 정정당당하게 겨루고 싶다고. 지나친 대접도 싫고 서운하게 하는 것도 싫다고."

"물론입니다. 그러나 한 가지 말씀 드릴 게 있습니다. 이곳은 각성제가 흔해서 자칫하면 이상한 애들과 부딪칠 염려가 있습니다. 작년엔가 우메모토[海本]란 은행갱이 은행을 털러 들어가서 다섯 명이나 죽이고 행원들 귀를 자르거나 남녀 행원들을 즉석에서 성교도 시키는 끔찍한 사건이 있었습니다. 제정신 가지고서는 못할 짓이죠. 그만큼 각성제 문제가 심각합니다. 젊은 애들이 사고를 내려면 일부러 각성제를 다량 복용하는 사례가 많습니다. 경찰에 잡혀가도 제정신이 아닐 경우엔 처벌 기준이 아주 미약합니다."

"쪽발이답다. 일본 놈들이 일제시대에 저지른 만행에 비하면 그 정도는 사건도 아니다. 물론 지금도 마찬가지지만."

"지금도요?"

"그래. 공해업체나 그런 공장을 한국에다 세워놓고 쪽발이들만 맑은 공기 마시자는 거 아니냐. 그건 무서운 살상행위다. 제 식구 편하자고 남의 식구 죽어도 좋다는 민족이지."

"그건 여기 일본 매스컴에서도 떠들던 문제였습니다."

"떠들다 말았겠지."

144

"그런 것 같애요."

"그게 바로 일본인의 정신인지 모른다. 언론이 양심 있는 척 떠들었다는 걸 기록으로 남기고 후닥닥 넘어가버리는 거다."

자동차는 좌측통행을 하기 때문에 낯이 설었지만 건물이나 도로는 낯설지 않았다. 생김새가 한국의 중소도시와 별로 다를 게 없었다.

"저기가 바로 평화대 구장입니다."

왼쪽으로 펼쳐진 프로야구 전용야구장은 꽤 정갈스러워 보였다. 일본인들이 미쳐 날뛰는 야구 경기장이었다. 건설한 지 꽤 오래된 듯했다.

"쪽발이들이 어째서 야구에 미치는지 아는가?"

"운동을 좋아해서가 아닐까요?"

병규가 힘없이 대꾸했다.

"천만에, 응어리가 많아서 그럴 걸세. 뭔가 침략하지 않으면 근질근질한 민족이라서 딱딱한 공이 장외로 날아가고 방망이로 때려 부수는 걸 즐긴다고 생각하지 않는가?"

"글쎄요."

"둥그스름한 것만 보면 때려 부수고 싶은 응어리가 있을 거다. 그게 바로 원자탄이란 거다. 그렇게 두 손 바짝 치켜들고 항복한 것이 세계사에 길이 남을 거라는 걸 아는 거지."

병규 녀석은 대꾸하지 않았다. 자동차는 공원처럼 생긴 담장을 끼고 돌았다. 한겨울인데도 사철나무처럼 생긴 키 작은 나무의 꽃은 붉게 피어 만발해 있었다. 성벽처럼 쌓아 올린 돌더미와 돌계단이 보였다.

"여기가 마이즈루[舞鶴] 공원이란 곳입니다."

자동차에서 내려 천천히 따라 올라갔다. 이시하라가 앞장서고 그 옆엔 계집애가 사뿐사뿐 걷고 있었다. 미사코도 시종 말없이 내 곁을 따라다녔다. 앞서 걷는 계집애의 미니스커트 자락 아래로 날씬한 종아리가 보였다. 예쁜 계집애가 드문 나라에서 첫날부터 이런 미인과 같이 있다는 게 행운임에는 틀림이 없다는 생각이 들었다.

야트막한 공원이었다. 옛 성터 같기도 했다. 성벽 위에서 내려다보이는 잔디 구장은 럭비 구장 같았다. 어림잡아도 이백여 명쯤 되어 보이는 젊고 건장한 애들이 잔디 구장 옆에 질서 정연하게 앉아 있었다. 가죽점퍼 차림이 압도적으로 많았다. 이시하라 사단이 총집결한 게 아닌가 하는 생각이 들었다.

"여기서 한판 붙게 되는 거냐?"

"형님이 원하셨잖아요."

"원했지."

이시하라가 계단을 내려서자 애들이 일시에 일어섰다.

"몇 명이냐?"

"다 모였으면 이백 명쯤 됩니다."

이시하라가 잔디 구장 가운데에 섰다. 일본말로 뭐라고 지껄였다. 아마 나를 소개하는 것 같았다.

"저 자식 뭐라고 떠드는 거냐?"

"귀한 손님을 소개한다는 겁니다. 그리고 우릴 도와주러 오셨다는 겁니다."

"난 애들 도와주러 오지 않았어."

"그렇게 말하는 건 예의입니다. 잠자코 계세요."

한참 지껄인 이시하라가 나를 가리켰다.

"형님, 한 말씀 하시랍니다."

"난 연설하러 온 놈이 아니다."

병규가 씨익 웃었다. 이시하라가 다시 목청을 가다듬고 떠들었다. 애들이 손뼉을 쳤다.

"후쿠오카대화단의 명예를 걸고 최강자인 다나카가 나오겠답니다."

"듣던 중 반가운 소리다."

다나카는 늘씬하게 빠진 녀석이었다. 흰 바지에 편한 운동화를 신고 있었고 짧은 머리를 하고 있어서 한눈에도 날렵해 보였다. 손에 꼭 맞는 가죽 장갑을 가볍게 치며 잔디 구장 가운데로 걸어나왔다. 발놀림과 어깨의 선이 보통 녀석과 달랐다. 자세로 보아 일본식 가라데 정도만으로 몸을 익힌 사내는 아닌 듯싶었다. 유연한 자세가 모든 운동을 섭렵한 듯했다.

나는 웃옷을 벗을까 생각했다. 그러나 이내 고개를 저었다. 쪽발이 한 녀석쯤 해치우는 일로 옷을 벗었다는 소리를 듣기 싫었다. 나는 천천히 걸어 나갔다. 다나카가 고개를 숙였다.

"이자가 정말 제일인자냐?"

병규가 고개를 끄덕였다.

다나카는 자세를 취했다. 십팔기와 쿵후까지 겸비한 것 같았다. 나는 오른쪽 주먹을 가볍게 들었다. 주먹 한 개로 해결하겠다는 신호였다. 어느 권법에도 없는 행위였다. 오른쪽 주먹만 보여주며 서서히 앞쪽으로 옮겼다. 미사코가 뒤로 빠졌다.

다나카의 위협적인 발길질이 시작되었다. 바람 가르는 발길질이 웬만한 솜씨는 넘어선 것 같았다. 잘못 걸리면 뼈가 으스러질 것 같았다. 한 치도 움직이고 싶지 않았다. 그러나 워낙 센 주먹질과 발길질이어서 물러섰다 나서지 않을 수 없었다. 평생을 주먹 다루는 일로 살아온 솜씨여서 쉽게 무릎 꿇을 위인은 아닌 듯싶었다.

주먹과 발길이 매서웠지만 마지막 거두어들이는 맥이 절묘하게 단절되는 실력자였다. 단절되는 순간에 한 대 얻어걸리면 성할 사람이 없을 정도로 절묘하게 주먹과 발길을 끊었다.

나는 교묘한 회전법으로 주먹을 피해 나갔다. 다나카는 그럴수록 맹렬하게 공격했다. 넓은 잔디 구장은 좁았다. 그만큼 다나카는 바람을 일으키는 권법의 소유자였다.

주먹이 맵게 끊어지며 내 어깨를 스쳐 지나갔다. 나는 그 순간에 오른쪽 주먹으로 다나카의 손목 관절을 끊어 쳤다.

억!

다나카가 나뒹굴었다. 일자로 쭉 뻗어 누었다. 애들이 소릴 질렀다. 다나카가 꿈틀거렸다. 혈이 집힌 모양이었다. 나는 천천히 다가가 다나카의 혈을 풀어주었다.

이시하라가 손을 내밀었다. 뭐라고 떠들었다.

"다나카 같은 제일인자를 그렇게 가볍게 눕힌 사람은 처음이랍니다."

"다음엔 일본도 가진 자를 불러내라고 해라."

"예?"

"어서!"

병규가 이시하라에게 내 뜻을 전했다. 이시하라가 잠깐 생각하는 눈치였다.

"일본도와 붙어보는 게 내 소원 중에 하나였다."

"좋답니다."

한 사내가 일본도를 들고 걸어 나왔다. 다나카보다 눈빛이 살벌해 보였다.

"칼 쓰는 친구들은 무섭습니다. 특히 일본도는요."

병규가 이렇게 말하고 물러섰다. 미사코가 무릎 꿇은 채 나를 응시하고 있었다. 숨 죽인 애들의 눈빛만이 잔디 구장을 메웠다.

일본도를 뽑았다. 햇살이 지독하게 하얗다. 일본도는 쇠붙이의 색깔만 보아도 소름이 끼칠 정도였다. 칼의 크기가, 손잡이의 형태가 동양인의 손에 알맞은 크기였지만 날카로움은 일본의 침략성과 교활성을 닮은 것 같았다. 한국에서도 몇 번 일본

도와 겨룬 적이 있었지만 이렇게 처절할 정도로 하얗게 빛나는 칼날은 본 적이 없었다.

칼이 날카롭게 내리꽂혔다. 숨 가쁜 공격과 방어였다. 아니 방어란 공격하는 것뿐이었다. 칼날은 내가 숨 쉴 틈도 주지 않고 내리꽂히기만 했다. 일본도와 빈 주먹은 무모한 대결일 수밖에 없었다. 단추 한 개만 사용했더라도 일본도는 금방 바닥에 꽂을 수 있었다.

칼끝이 매섭게 살갗을 스쳐 지나갔다. 공격하면서 보여주는 짧은 순간의 허점을 뚫고 들어가지 않으면 당할 수밖에 없었다.

나는 내리치는 순간에 같이 뛰어 들어갔다. 사내가 내리꽂는 칼날과 부딪쳤다.

일본도가 등허리께에 닿는 순간 나는 전율하듯 몸을 날렸다. 사내의 정강이에서 뚝 소리가 들렸다. 미처 뛰어들 거라고는 생각조차 않은 모양이었다.

으아악!

일본도가 땅바닥에 꽂히고 사내는 앞으로 고꾸라졌다. 내가 벌떡 일어났다. 등을 만졌다. 손바닥에 날카롭게 찢긴 겉옷이 잡혔다. 그 찰나가 조금만 늦었던들 등허리에 깊숙이 칼날이 꽂혔을 게 뻔했다.

이시하라가 뛰어와 내 손을 덥석 잡았다. 병규 녀석이 재빨리 쫓아왔다.

"형님, 괜찮습니까?"

"난 죽음을 각오하고 온 놈이다."

고꾸라져 있는 사내를 일으켜 세웠다. 걷질 못했다. 정강이와 무릎 관절이 꺾인 듯싶었다. 다른 애들이 달려와 부축해 갔다.

야쿠자 애들이 모두 일어나 손뼉을 쳤다.

"한국 여자들이 어디에 몇 명이 있으며 어떤 대우를 받는지, 또 정당한 대우인지, 속임수인지를 상세히 캐내라고 해라."

내 말뜻을 알아차린 듯 이시하라가 고개를 끄덕였다. 병규가 이시하라의 말을 전했다.

"최선을 다하겠답니다. 다만 다른 애들과의 마찰을 피하기 위해 시간을 달랍니다."

"무슨 마찰?"

"대화단은 여자 장사가 약한 그룹입니다. 그래서 여자 장사를 본격적으로 하는 집단에서 눈치채게 해선 안 된다는 뜻입니다. 괜히 큰 마찰을 빚을 염려가 있으니까요."

"누구라도 좋다. 그 문제만은 결판을 내겠다."

"이시하라 두목이 최선을 다한답니다."

저녁 먹을 시간까지 시간이 남으니까 가까운 곳에 있는 후쿠오카 미술관을 한번 보았으면 좋겠다고 제의했다. 우리 일행이 잔디 구장을 벗어나자 애들이 흩어졌다. 오토바이 소리가 요란하게 들려왔다.

"아마 다른 애들이 구경 온 모양입니다."

"어째서?"

"한국에서의 여자 반출문제가 구멍이 났다는 걸 아는 애들이겠죠."

"왜 다른 나라도 많은데 하필 한국이야?"

"아마, 일본 늙은이들의 향수가 아닐까요? 몇 푼 모으면 달려가서 쓰고 오는 늙은이들이 꽤 많아요. 비행기 값은 물건 두어 개 가져가면 해결되고 돌아올 땐 역으로 돈 될 만한 걸 가져오곤 하는 사람들이 너무 많아요. 그런 관광만 알선하는 단체도 많죠."

"빌어먹을 새끼들."

"서양 여자들도 많고 필리핀이나 홍콩 등지의 동남 아시아 여자들도 꽤 많습니다."

"어째서 외국 여자를 사들여 와야 하느냐?"

"여긴 공창제도가 없어요. 창녀나 따로 몸 파는 여자가 없습니다. 그러니까 자연 여자 값이 비싸고 성문제의 사건들이 늘어나는 거죠. 섹스 사업이라고 해서 안방까지 들어가는 도색 필름이나 비디오가 성행하고 거리마다 섹스 용구를 공공연하게 팔며 도색 영화관이 즐비합니다. 다른 건 개방시켜 놓고 몸 파는 여자만은 개방시키지 않으니까 자연 여자 장사가 비밀리에 성행할 수밖에 없습니다."

"그렇다면 도로고후로란 건 또 뭐냐?"

내가 일본으로 달려오기 전에 알아낸 것은 창녀는 없지만 도로고후로라고 해서 목욕 시설 갖춘 매춘 행위장이 즐비하다는 소문을 들었다. 이만 엔에서 이만 오천 엔 정도의 값이면 특별한 서비스와 육체의 향응까지 즐기고 나온다는 것이었다. 시간은 구십 분 정도인데 시간이 넘으면 이십 분당 사천 엔씩 추가된다는 정도는 알고 왔다.

"생각 없이 지나쳤는데…… 그게 바로 창녀촌이겠죠."

병규 녀석이 머리를 긁적였다. 일본인들은 공창제도를 없앤 다고 대외적으로 큰소리를 치지만 속으로는 더 알량한 여자 장사를 하고 있는 것이었다.

"병규, 너한테 분명히 말하지만 한국은 공창제도가 없는 나라다."

"……"

녀석은 대꾸하지 않았다. 도로고후로란 위장된 창녀촌의 사용료가 이만 오천 엔이라면 우리 돈으로 칠만 원이 넘는 돈이었다. 청소년들의 성범죄가 급증할 수밖에 없는 사회적 여건을 안고 있는 일본이란 생각이 들었다.

후쿠오카 시립 미술관엔 한일 미술교류전도 열리고 있었고, 중국 작가 특별전 같은 것도 열리고 있었다. 관광철이 지나서 사람들이 많지 않았다.

일본인들의 모집벽과 보관술은 일본이 지니고 있는 문화보다 발전했다는 생각이 들었다.

"저건 우리나라 거 아니냐?"

나는 도자기 전시실을 둘러보다가 이렇게 말했다.

"네, 고운가쿠[古雲鶴筒茱碗]라고 합니다. 고려청자죠. 설명서엔 일본 강호시대에 주문해서 만든 거라고 씌어 있습니다."

"웃기고 있다. 그 시절에 왜놈들이 무슨 재주로 주문을 해서 고려청자를 입수했단 말이냐?"

"말은 그렇게 해얄 거 아니겠습니까. 찬탈했다거나 일제시대에 몰래 빼왔다고 할 수야 없겠죠."

높이 10.3센티미터에 주둥이 너미 12.3센티미터나 되는 고려청자는 주둥이가 조금 비뚤어졌지만 영롱한 청자빛은 숨길 수가 없었다.

"이 유리가 뭘로 된 거냐?"

"방탄유릴 겁니다."

"이시하라에게 말해라. 내가 여길 떠나기 전에 저 고려청자를 무슨 짓 하더라도 빼내라고. 선물로 꼭 받고 싶다고."

"형님, 큰일 날 소리 하지 마십쇼."

"전하기나 해."

병규 녀석이 귓속말로 이시하라와 말을 주고받았다.

"야, 병규야. 이건 이조자기잖아?"

내 소리가 워낙 컸는지 병규가 후닥닥 뛰어왔다.

"네, 그건 아마모리다완[高麗雨漏茶碗]이라고 합니다."

"이것도 내 선물 목록에다 넣어라. 그리고 저 일본도도 말이다. 그냥은 안 가겠다."

가마쿠라[鎌倉] 시대의 일본도는 69.1센티미터 길이였고 하얕게 선 날이 아직도 아까 마주쳤던 일본도와 다를 바 없이 빛나고 있었다.

"뭐래?"

나는 다그쳐 물었다. 병규가 꽤 난처한 표정으로 머뭇거렸다.

"이시하라 두목은 일본인이랍니다."

"할 수 없다는 거냐?"

"다른 선물은 다 할 수 있지만 나라 물건과 저런 보물은 할 수가 없다는 겁니다."

"쌔애끼, 일본 놈치곤 기분 좋다고 그래라. 이건 나 혼자 가져가겠다고 전해라."

둘은 속닥거리듯 말을 주고받으며 웃었다. 이시하라의 기분이 좋은 모양이었다. 이들은 나를 데려다 놓고 어떤 공작을 꾸미고 있는 게 확실했다. 그렇지 않고는 나한테 이 정도로 고분고분할 이유가 없었다. 아마 나를 붙잡아두어서 득이 될 일이 있을지도 모른다. 병규 녀석은 단순한 통역의 책임자여서 이시하라 일당이 어떤 걸 노리는지 알 수 없는 듯싶었다. 나는 떠나면 그만이지만 병규는 남아서 야쿠자의 밥을 먹어야 할 녀석이었다.

아는 게 있더라도 쉽게 얘기할 녀석은 아니었다. 야쿠자의 밥을 먹으려면 그 정도 입은 무거워야 할 판이었다. 배반자가 되어 새끼손가락 말고 다른 손가락이 잘린다면 일생을 후회하게 될 게 빤했다.

우리는 나카가와[中川] 강을 지나 니치렌쇼닌[日蓮上人] 동상이 있는 곳으로 갔다. 일본 불교의 전래자가 숭상받는 동상이라고 했다. 비둘기 떼가 마당 가득히 있어서 지저분한 느낌이 있었다. 대나무를 이용한 깃발이 수없이 꽂혀서 바람에 흔들리고 있었다.

검정색에 찬란한 금색 칠을 한 상여차가 지나가고 있었다. 나는 그 순간에 묘한 상상력을 떠올렸다. 내가 만약 이 일본 땅에서 죽게 된다면 저런 영구차에 실릴 수나 있을까? 아무것도 이루지 못한 채 새파란 나이에 한 줌의 흙으로 돌아간다면.

어머니는 처절해서 차마 눈 뜨고 볼 수 없게 통곡할 것이다. 어쩌면 어머니는 지레 죽게 될지도 모른다. 그리고 다혜는?

기부시다[櫛田] 산사에 들어갔다.

병규의 안내였지만 이시하라와 미사코가 시종 내 곁에 붙어 다녔다. 날씨는 겨울 날씨답지 않았다. 올해엔 그다지 춥지 않을 거라는 예보라 했다.

"왼쪽은 바람대신이며 오른쪽은 벼락대신이랍니다. 형님 같은 분을 여기선 벼락대신이라고 한답니다."

병규가 이시하라의 말을 전했다.

"벌써 내 별명이 붙은 거냐?"

"그런 셈이죠."

"썩 싫진 않다."

하카다 역사관이 바로 기부시다 신사 옆에 자리 잡고 있었다. 별로 구경거리가 아닌 성싶었지만 호의를 무시하고 싶진 않았다.

"일본의 역사 교과서 왜곡 사건을 어떻게 보느냐고 물어봐라."

나는 갑자기 그들의 역사관 구경을 하면서 그런 걸 묻고 싶은 오기가 생겼다.

"일본 지도자연하는 자들의 터무니없는 국수주의며 아마 그런 걸 주장하는 마지막 세대의 발악이라고 생각한답니다. 일본인 대부분은 아마 그럴 거라고 믿을 거랍니다."

"아부하지 말고 까놓고 말하라고 해."

"사실이랍니다."

"문제는 그런 교과서를 배운 세대가 지도자가 되면 마찬가지 발악을 하는 거다."

"그럴지 모르죠."

정말 문제는 그런 교과서를 배운 자들이 성장해서 머릿속에 박힌 생각들을 풀어버릴 수 없을 때 심각해지는 것이었다. 어느 국민이건 자기 나라 문제와 자존심의 문제는 편협해지게 마련이었다. 어떤 사례든 유리하게 분석하고 해석하려는 잠재력을 갖는 것이었다.

뉴오타이 호텔 지하 화식집에서 저녁 식사를 끝내자 이시하라 일행은 돌아갔다. 병규와 미사코가 끝까지 시중을 들기 위해 호텔에 남기로 했다. 내가 머무는 방 바로 옆방에 병규가 머물기로 했고, 미사코는 내 방으로 들어왔다. 미사코는 감사

합니다와 안녕하세요, 고맙습니다 정도의 서툰 한국말만 할 줄 알았다. 답답한 게 있으면 옆방으로 전화를 걸어 물어보는 수밖에 없었다.

"캔 유 스피크 잉글리시?"

나는 영어가 어두운 녀석이었지만 미사코에게 이렇게 물었다. 그건 오기였다. 만약 미사코가 영어를 할 줄 안다고 대답하면 내 무식함이 탄로 날 판이었다. 일본 애들의 영어 실력이 짧다는 얘기를 어디선가 주워들은 기억이 나서 물은 것이었다. 하긴 내가 제법 큰 소리로 할 수 있는 얘기는 캔 낫 스피크 잉글리시 정도였다. 길거리에서 코 큰 녀석들이 영어로 쏴라쏴라거리면 나는 캔 낫 스피크 잉글리시 제 발음으로 해대고 벼락 맞을 자식아, 한국말로 물어라 하는 정도의 욕지거리나 하고 돌아서는 게 고작이었다.

"노."

미사코가 고개를 저으며 생긋 웃었다. 나는 옆방으로 전화를 걸었다.

"이 기집애 영어도 못한단다. 얘기 나눌 방법 없냐?"

"내가 해드릴까요?"

"이 자식아, 발가벗고 자는데 네가 앞에서 통역하고 있을 거냐?"

"그거야……."

"한자(漢字)로 적당히 넘어갈 수 없느냐고 물어봐라."

병규가 미사코가 한동안 통화를 하더니 내게 전화기를 넘겨주었다.

"한자도 안 됩답니다."

"빌어먹을. 여긴 무식해도 탤런트나 배우질 해먹는 나라냐?"

"그렇죠, 머. 형님, 주무실 건데 적당히 넘기죠, 머. 만국공통어 있잖아요."

"쌍, 옷 벗기는 게 만국공통어냐? 외국 갔다 오면 태극기 꽂고 왔다고 시시덕거리는 새끼들 보면 밸이 뒤틀리더니 내가 그 꼴이 되나 보다."

"형님, 살살 다뤄주십쇼. 귀한 애니까."

"임마, 진짜 애를 구워 먹든 삶아 먹든 내 맘대로 해도 되는 거냐. 유명한 탤런트라면서."

"이건 보통 대접이 아닙니다, 형님."

"알았다, 자거라. 해보다 안 되면 널 밤새 들볶는 수밖에 없겠지."

"재미 많이 보세요."

"보마, 악착같이."

나는 일본 여자만 보면 해치우고 싶었다. 우리나라 여자들이 그동안 당한 수모를 생각하면 닥치는 대로 해치우고 싶었다. 더구나 정신대로 끌려간 우리 처녀들의 수기를 읽으면 피가 거꾸로 뛰곤 했다. 그 참혹한 광경이 내 뇌리에서 씻겨 나갈 수 있을까?

"샤와?"

낮에처럼 미사코는 생글거리며 물었다. 미니스커트를 입고 있어서 허벅지는 반쯤 나와 있는 차림이었다. 무릎을 꿇고 차를 따르거나 담뱃불을 붙여줄 때면 알맞게 살이 오른 가슴이나 허벅지를 순간순간 훔쳐보지 않을 수가 없었다.

"하자."

내가 일어섰다. 미사코가 무릎을 꿇고 내가 벗어주는 옷을 단정하게 옷걸이에 걸거나 개어놓았다.

재빨리 욕실로 들어가더니 샤워기의 물줄기를 맞추어놓고 나왔다. 작은 가방에서 화장품 세트 같은 것을 꺼내 들고 들어왔다. 그녀는 힘없이 나신이 되었다.

가벼운 차림이어서 그런 건지, 옷 벗는 일에 익숙해서인지 알 수가 없었다. 낮에 느꼈던 몸이 아니었다. 일본의 텔레비전이나 영화는 젖가슴을 그대로 내놓는 정도는 허용하기 때문에 몸매에 자신이 없으면 탤런트나 배우 되기가 어렵지 않은가 하는 생각도 들었다.

"너, 예쁘다."

미사코는 말뜻을 알아들었는지, 아니면 그냥 그래 보는 건지, 내 몸에 얼굴을 묻었다. 나는 가볍게 미사코의 등을 토닥거려주었다. 생각 같아서는 무자비하게 다루고 싶은 감정이 앞섰지만 미사코가 저지른 잘못이 아니고 그의 조상이 저지른 잘못이란 생각이 들었다. 기독교엔 원죄라는 게 있어서 태초에 조상이 지은 죄를 후손 모두가 짊어져야 하는 가슴 아픈 사연이 있었다.

나는 미사코의 사랑스런 교태와 생글거리는 웃음과 더할 수 없는 희생정신 때문에 원죄라는 걸 생각했다.

하느님.

도대체 어찌 된 겁니까. 미사코는 하느님 논법대로라면 우리 민족에게 원죄가 있는 여자겠죠?

그렇다고 가엾은 우리나라 여인들의 수난사를 내가 복수극으로 치장해야 할까요? 귀엽고 예쁜 꼬마라면 적대국과 전쟁 중이라도 구해주고 사랑스러워해 주는 게 정상이 아닙니까?

하느님.

난 결코 하느님처럼 소갈머리가 좁아터지긴 싫습니다. 일본이 싫고 미운 건 내 감정으로 도저히 고칠 재간이 없습니다만 사람 같은 사람이 일본에도 있을 거 아닙니까? 그런 사람 같은 사람까지 미워해 버리라곤 않겠죠.

하느님.

까놓고 말해서 한국인들은 원수를 사랑하는 민족이었습니다. 한국인이 역사적으로 미워하려고 마음만 먹는다면 전세계를 미워해도 그만입니다. 미국 아니라 미국 할애비라도 미워해야 할 백성이지만 한국은 언제나 이웃을 사랑했습니다.

하느님.

이 알량한 미사코란 계집애 하나 때문에 내 맘이 흔들렸다고 비웃을지 몰라서 한마디 하겠습니다. 인간은 서로 사랑해야 생존하는 동물입니다.

당신은 그걸 알아야 합니다.

어쨌거나 난 이 계집애를 해치울 겁니다.

낄낄대지 마십쇼.

특수한 향료로 몸을 마사지해 준 미사코가 젖가슴으로 내 전신을 부드럽게 간질이기 시작했다.

가끔 한마디씩 일본말로 물어보았지만 알아들을 수가 없었다.

"오케?"

고작 미사코는 자신의 행위에 대해 이런 식으로 좋으냐고 물었다. 참으로 묘한 것은 서로 알아듣거나 말할 재주가 없으면서 손짓과 표정과 웃음과 엉터리 영어 한두 마디로 의사가 통용된다는 사실이었다. 사람은 언어가 통하지 않아도 발가벗고 노닥거리면 금방 상대방의 표현이 무엇인지 알 수 있는 진한 힘을 지녔는지 모른다.

향료를 씻어낸 미사코가 수건 한 장으로 나를 감싸 밖으로 데리고 나왔다. 목욕탕에 들어가 샤워기로 머리를 감겨주던 그녀의 서비스 정신이 새삼 예뻐 보였다. 물기를 닦아내고 머릿결을 다듬기 시작했다. 머리 말리는 기계까지 준비한 걸 보면 꽤 치밀한 데가 있는 계집애 같았다.

나는 행복한 표정으로 길게 누웠다.

침대에 눕자마자 미사코가 가슴에 안겼다. 따스했다. 향내가 은은하게 풍겨 나왔다.

팽팽하게 긴장된 육체였다. 말이 한마디도 통하지 않았지만 두 사람은 오래 사귄 사람들처럼 아주 자연스럽게 어울렸다. 육체는 언어보다 분명히 앞서는 것이었다.

이렇게 보드라울 수 있을까.

미사코는 다듬어진 몸매였다. 선천적으로 보드라운 살결을 타고났는지 모르지만 정성스럽게 가꾼 걸 느낄 수 있었다.

"너 처녀냐?"

나는 너무 간지러워하는 미사코에게 이렇게 물었다. 눈을 동그렇게 뜬 채 웃기만 했다. 말을 알아들을 수가 없지만 표정과 웃음과 육체의 동작으로 충분한 대화를 하고 있는 셈이었다.

일본 년인데도 어째서 밉지 않은지 모르겠다.

내 감정 같아서는 일본 제일의 미녀라는 사실만 가지고도 무자비하게 다루고 싶었다. 그러나 그건 감정뿐이었다. 나는 미사코를 차라리 곱게 다루고 있었다.

미사코는 능숙한 여인이 아니었다. 서툴고 수줍은 애송이에 지나지 않았다. 보송보송한 땀방울이 그랬고 쉽게 습해지는 그녀의 깊은 곳이 그랬다. 가빠지는 호흡을 주체하지 못하고 매달려 응석부리듯 하는 것이 그랬다.

일본 여인들의 밤의 소리는 확실히 신비했다. 굴러다니는 카세트테이프의 일본 계집 숨 넘어가는 소리는 간드러지다 못해 소름이 끼칠 정도인데 미사코의 숨소리도 다를 게 없었다.

한바탕 폭풍이 휘젓고 간 자리엔 땀과 수액과 목마른 갈증 같은 것들만이 남아 있었다. 미사코는 천장을 향해 반듯하게 누워 있었다. 송골송골 맺힌 땀방울을 씻을 생각조차 하지 않았다.

미사코는 웃고 있었다.

나는 전화기를 들어 병규 녀석을 불렀다. 잠기 가시지 않은 목소리였다.

"임마, 이 여자더러 행복하냐고 좀 물어봐라."

"형님두."

병규 녀석은 미사코와 몇 마디 주고받더니 내게 전화를 바꾸었다.

"뭐라냐?"

"진짜 행복하답니다. 아주 좋대요."

"이 자식아, 꾸며대지 말고 말한 그대로 해봐."

"형님, 내가 이렇게 물었어요. 형님이 이렇게 좋은 여자 처음 만났다면서 어땠느냐고, 행복하냐고 묻는다고 했어요. 그랬더니 미사코가 너무나 행복한 밤이었다고 전해달라잖아요."

"속여도 내가 알것냐?"

"형님, 나도 좀 잡시다. 나도 젊은데 형님이 생각 좀 해줘야죠."

"임마, 빌려줄 순 없잖아."

"누구 죽이려고 이래요. 몸 생각해서 쬐끔만 사랑하고 푹 좀 주무세요."

"알았다. 자라."

전화를 끊고 나자 미사코는 대형 수건을 들고 무릎 꿇은 채 욕실 바닥에서 나를 기다리고 있었다. 뜨거운 물을 바닥에 흠씬 뿌려 바닥을 훈훈하게 만들었다. 미사코는 수건을 깔고 나를 눕게 했다. 들고 들어온 가방에서 이것저것 꺼내 아까처럼 향료 내음 짙은 비누거품을 내어 내 몸을 닦기 시작했다.

수증기 가득 찬 욕실에서 보는 미사코의 몸은 아름답고 더 탄력이 있어 보였다. 건들 때마다 습해지는 풋내기였지만 최선을 다하려는 육체의 몸부림으로 한 사내를 기쁘게 하려는 여인의 열정은 쉽게 잊혀질 일이 아니었다.

미사코는 찬찬했다. 몸의 구석구석까지 놓치지 않고 향내를 담으려 했고 어느 한구석이라도 혀끝을 대지 않고는 물러서려고 하지 않는 열정이었다.

나는 미사코의 가슴을 잡고 웃었다. 어쩔 수 없는 일본 년이겠지만 밉지 않은 이유를 찾아보려고 했다. 아니 어쩌면 이 계집애의 미운 면을 찾아보려고 분석해 보고 있었는지 모른다.

"오케?"

미사코가 할 수 있는 영어 가운데 비교적 발음이 정확한 이 낱말. 혓바닥으로 나를 간지럽히며 묻는 것이었다. 나는 고개를 끄덕였다. 이것이 이시하라 일당의 철저하게 계산된 음모라도 좋았다. 나를 기진맥진하게 하여 쓰러뜨릴 공작이라도 좋다는 생각이 들었다.

따뜻한 샤워기의 물은 계속 바닥으로 흘러 욕실을 온통 수증기로 흐릿하게 만들고 있었다.

나는 도대체 어떤 놈일까? 어떻게 만들어진 녀석이며 어떻게 되려는 사내일까? 척박한 시대에 태어나 사람다운 짓보다는 정글의 야수처럼 살아가는 내 몸속엔 무엇이 들어 있는 걸까?

이제 어린애가 아닌데…….

하느님.

장총찬이가 일본 땅에 왔습니다. 여유 있는 자식들처럼 여행하다가 계집애 배 위에 깃발을 꽂는 식의 여행이 아니라 하느님이 일본이란 나라를 얼마나 봐주고 있는지 좀 보려고 왔습니다.

내 나라 한국 땅에서 속아서 팔려온 숱한 여인들의 수난을 내 눈으로 확인하고 그렇게 못살게 구는 자식들 모가지를 풍뎅이 비틀어놓듯 하고 돌아갈 참입니다.

하느님.

제발 이번만은 내 편 좀 드십쇼.

하늘엔 역사책도 없소? 두렵지도 않단 말입니까? 땅의 역사를 보면 하늘의 역사도 빤하긴 할 겁니다만 정신 차려서 하늘의 역사책이 엉망진창이 되지 않도록 노력하십쇼.

하늘엔 판검사도 없소?

혼자 해먹으려면 그런 게 뭐가 필요하겠소만 그래도 엉터리더라도 없는 것보다는 있는 게 낫습니다.

아무튼 하느님. 올해는 우리 다같이 정신 차리는 해 합시다.

벼락대신

깊은 잠에서 깨어났다. 얼마나 달게 잤는지 모른다.

"굿모닝. 안녕히 주무셨어요."

미사코는 화사하게 웃었다. 단정한 차림새로 화장기가 있었다. 어색하지만 우리말로 인사를 하는 게 귀여웠다.

미사코가 내민 메모지는 병규 녀석이 남긴 것이었다. 내 일정에 관한 시간표를 미리 적어서 내가 불편 없이 계획을 세울 수 있도록 배려한 것 같았다. 아마 녀석은 아직도 자고 있을 것 같았다. 메모는 엊저녁에 만들어두었거나 미리 마사코에게 전해주고 잠든 것인지도 모른다.

창문을 열었다. 퍽 고즈넉한 아침이었다. 햇살을 받은 건너편 학교 운동장엔 꼬마들이 야구놀이를 하고 있었고 오피스 건물 같아 보이는 사무실 창엔 사람들이 분주히 움직이고 있었다. 미사코는 수건과 칫솔을 챙겨 들고 생긋 웃었다.

"잘 잤냐?"

알아들었는지 그냥 그러는 것인지 고개를 끄덕이고 욕탕을 가리켰다. 아마 세수 겸 샤워를 하라는 것 같았다. 미사코가 따라 들어오려고 하기에 손으로 가볍게 어깨를 밀었다. 고개를 끄덕이고 또 웃었다. 아무리 보아도 그놈의 보조개가 더럽게도 예뻤다.

아침 세수하는 데까지 따라 들어와 발가벗은 채 비누칠해 주는 건 싫었다.

창피하다거나 부끄러워서가 아니라 아침 햇살을 보고 나자 갑자기 상쾌한 기분이 되고 싶었다. 끈끈한 육체의 냄새를 이 상쾌한 아침에까지 맡고 싶지 않았다. 그리고 갑자기 파리의 아침에 얽힌 다혜의 편지 얘기가 떠올랐다. 을씨년스럽지만 혹독한 추위도 아니고 맑지도 어둡지도 않으면서 겨울 냄새가 나는 파리의 아침이 되면 다혜는 괜히 서글퍼진다고 했다. 아무도 없는 파리, 낯설기만 한 도시, 그 한가운데서 을씨년스럽게 코트깃을 세우고 종종걸음으로 걸어 다니고 있을 다혜 생각이 어째서 갑자기 난 것일까?

병규 자식을 깨워서 이 미사코란 탤런트 계집애를 내가 아주 데리고 가도 되는 거냐고 물어볼까?

나는 샤워를 하며 혼자 키득키득 웃었다.

일본 제일의 미녀라고 소개되는 미사코를 데리고 다혜 앞에 만약 나타나게 되면 어찌 될까? 아마 난 그 자리에서 기절하도록 당할 것만 같았다. 아니 그런 사연이 있었다는 사실만 알아도 그런 지경이 될 게 빤했다.

나는 수없이 많은 비밀을 지니고 있는 사내였다. 다혜 앞에 나선다는 것조차 부끄러워해야 될 그런 사내이면서 언제나 가장 떳떳하고 정숙한 사내인 척, 또는 가장 정의로운 일에만 매달려 그런 잡스런 욕망엔 외눈 깜짝 않는 사내처럼 행세해 오기만 했었다.

다행인지 다혜는 믿어주었다.

그러나 염라대왕 시리즈의 공업용 미싱 사건에 걸려들기로 말하자면 나 같은 사내는 아무리 빨아도 걸레 쪼가리 같은 신세를 면키는 어려울 것 같았다.

어떤 기막히게 머리 좋은, 하느님 비슷하게 머리가 좋은 컴퓨터 과학자가 있었답니다. 머리는 좋고 심심은 하고 세상 여자를 조금 저주하는 버릇이 있는 노총각인 이 과학자 선생께서 하루는 사람 놀라게 하는 컴퓨터를 만들었답니다.

처녀 감별 컴퓨터와 총각 감별 컴퓨터였답니다.

먼저 길거리에 내놓고 무료로 감별을 받으라고 써 붙인 건 처녀 간별 컴퓨터였다고 합니다.

갑자기 그 거리는 적막해졌거나 정신없이 꼬마 계집애들이 몰려들거나 그랬겠죠, 머.

어느 날 정숙하고 예쁜, 소문이 짜하게 난 어떤 자매가 사람들이 뜸한 그곳을 지나치게 되었답니다.

"우리 저기 지나가볼까?"

언니가 자신만만하게 말했답니다.

"뭘 그까짓 걸 믿어? 난 별루야."

동생이 괜히 꼬리를 감추었답니다. 그러니까 언니가 더 자신만만한 소리로 말했습니다.

"너무 깨끗해서 컴퓨터가 미안합니다 그러면 어쩌지? 에이, 그럼 관두자, 머. 네가 켕기는 게 있나 부지."

그리고 깔깔, 까르르, 끼륵끼륵 웃어댔답니다.

그리고 그냥 지나가려는데 동생이 갑자기 언니를 떠다밀었답니다. 컴퓨터가 찌르릉거리며 울었겠죠. 그리고 그 처녀 감별 컴퓨터에 커다란 자막과 함께 크고 우렁찬 소리가 튀어나왔답니다.

"넌 걸레다!"

언니는 노발대발 컴퓨터가 망령이 든 거고 장난꾸러기의 장난이고 뭐 그렇게 횡설수설, 잘난 사람보다 그 비서가 더 설치듯 떠들었답니다.

그리고 얼마 후.

언니는 자신만만하게 동생을 끌고 그 컴퓨터 설치대 근처까지 와서 생긋 웃고 아주 보무도 당당하게 걸어갔답니다. 언니는 목돈을 들여 이름난 병원에 가서 이쁜이 수술인지 처녀재생 수술인지, 뭐 그런 걸 기막히게 했답니다. 그러니까 자신만만했던 거랍니다.

컴퓨터가 찌르릉거리고 울고 우렁찬 소리가 튀어나왔답니다.

"걸레는 빨아도 걸레올시다!"

어쨌든 과학이 지나치게 발전하고 컴퓨터가 그 지경까지 발전하면 이 세상은 불행해질 것 같다.

과학자들이여 과학을 제발 퇴보시켜라. 과학을 맹신하는 무리 때문에 지구는 자꾸자꾸 멸망의 길로 접근하니까. 사람은 애초 대충, 엉거주춤, 두루뭉수리 그렇게 사는 동물이니까.

샤워를 끝내고 나와 대충 머리를 빗었다. 미사코는 계속 옆에 붙어 잔시중을 들어주었다. 메모지를 살펴보니 점심때는 이시하라보다 높은 대화단 본부의 실력자와 만나게 되어 있었다. 구체적인 흥정이나 타협점을 찾는 실마리가 될 것 같은 생각도 들었다.

아침 식사를 하고 나면 점심때까지 아무 계획도 없었다. 아마 그 시간에 충분히 잠을 자두거나 거리 구경을 하거나 편한 대로 하라는 시간일 것 같았다. 아침밥은 미사코와 둘이 내려가 호텔 지하 식당에서 하거나 병규 녀석을 깨워 데리고 나가는 방법이 있을 것 같았다.

낯선 땅에 와서 성질대로 움직일 수 없다는 게 정말 밸이 뒤틀렸다.

만국 공통어 같은 거라도 생겨서 서로 편하게 의사소통 같은 걸 하고 살아야지 좀 크고 돈 좀 있다는 녀석들이 사는 나라에선 제 나라 말만 제일로 알고 그 말로 지껄이는 걸 콧대로 알고 지내는 꼴을 보면 가소로운 일이었다. 빌어먹을 밸이 그만 뒤틀리려면 빨리 잘살아야지.

아침밥을 먹고 나는 미사코만 데리고 거리로 나섰다. 호텔에서 조금만 걸어 나오면 번화가와 연결되는 거리였다. 미사코는 가볍게 팔짱을 끼고 생글거리며 따라다녔다. 한겨울인데도 춥지 않은 기온이었다. 약간 서늘한 가을 날씨 같기도 했고 이른 봄기운이 도는 날씨 같기도 했다. 거리에 서 있는 가로수의 남국 정취가 이곳 기온이 어떤지를 말해 주고 있는 것 같았다. 한문자가 많아 그렇게 낯설지만은 않은 거리 같았다.

사람들이 미사코를 알아보고 손짓을 보내거나 인사를 했다. 남학생처럼 보이는 녀석들이 수첩과 볼펜을 들고 졸졸 따라오기도 했다. 미사코는 싫다는 기색 한마디 없이 사인을 해주기도 했고 악수를 하거나 손을 흔들어주었다. 병규 녀석이 하던 말이 거짓은 아니라는 게 드러난 셈이었다. 미사코가 인기 탤런트라는 걸 거리에 나오니 쉽게 알 수 있었다.

소문나도 괜찮으냐, 팔짱을 푸는 게 어떠냐, 네가 그렇게 유명한 탤런트라면 금방 신문의 기삿거리가 되지 않겠느냐, 불편하면 들어가도 좋다는 얘기를 손짓 발짓과 한자와 영어 몇 마디와 표정으로 안간힘을 써서 얘길 해보았다. 제대로 의사소통은 안 되었겠지만 뜻은 통했다. 아무 상관 없다는 것 같았다. 그러니 마음 놓고 구경하라는 표정을 지어 보였다.

한참 거리를 되짚어 올라가자 현란한 간판과 시끄러운 구슬 소리와 담배 연기 가득한 오락실이 겹겹으로 늘어서 있었다. 미사코는 뭐라고 열심히 설명을 했다. 알아들을 수 없지만 파친코 비슷한 기계라는 걸 알았다.

회가 동했다.

당기고 조르고 뒤집고 치고 패는 노름 종류라면 무엇이든지 선천적으로 타고난, 부들부들 떨릴 만큼 신기가 솟아나는 사내라는 걸 나는 알고 있었다. 여기는 일본 땅이다. 내가 돈을 잃든 따든 그건 아무도 간섭하지 않을뿐더러 한국에서만 통용되는 내 기술이 아니라는 걸 보여주고 싶었다.

"들어가자."

나는 문을 열고 썩 들어섰다. 아침나절인데도 젊은 애들과 늙은이들이 기계 앞에 엄숙한 표정으로 앉아 작은 눈깔사탕만 한 쇠구슬을 넣고 조종간을 조심스럽게 맞추고 있었다. 나는 한 바퀴 돌며 어떤 형태의 파친코인지를 살펴보고 사람들의 노름 실력이 어떤지 훑어보았다. 달랑거리는 밑천의 사람들이 대부분이었지만 실력자인 듯한 사람들은 의자 밑에 다섯 상자쯤 구슬을 따서 밀어 넣고 여유만만하게 조종간을 잡고 있었다.

나는 만 엔짜리 지폐를 교환기에 넣어 천 엔짜리로 바꾼 뒤에 이천 엔을 구슬 교환대에 넣었다. 중량감 있게 플라스틱 바구니에 쇠구슬이 쏟아졌다. 감촉이 서늘했다. 나는 한 상자를 미사코에게 내밀었다. 미사코가 손뼉을 치며 좋아했다.

우리는 빈자리가 나란히 나 있는 곳으로 갔다. 미사코는 벌써 쇠구슬을 쏟아 넣고 조종간을 흔들었다. 미사코가 어린애처럼 즐거워하는 걸 보면 인기인이라는 멍에 때문에 이런 곳에 나다닐 수 없고 길거리를 자유스럽게 돌아다니지 못한 스트레스가 풀려지고 있는 것 같았다.

나는 심호흡을 하고 쇠구슬을 만졌다. 섬뜩하게 감촉이 가슴을 건드렸다. 조종간을 쥐었다. 조종간에서도 나를 흥분시킬 만큼 섬뜩한 기운을 느꼈다.

우르르 쏟아 넣었다. 그리고 힘차게 조종간을 돌렸다가 늦추었다. 쇠구슬이 튀었다. 정확하게 쇠구슬이 튀기만 하면 쇠구슬 삼키는 구멍이 비행기 날개처럼 벌어졌고 그 위로 콩 튀듯 쏟아져 들어간 구슬이 토하듯 다른 쇠구슬을 물고 쏟아져 나오는 것이었다.

기계를 서너 번 때렸다.

넌 내가 시키는 대로 해야 한다. 정신없이 쏟아라. 수없이, 네가 할 수 있는 한 정신없이 토해내라. 넌 단순한 기계가 아니라 나하고 대결하는 놈이다. 정당하게 한판 붙어보자. 조종간을 힘주어 밀었다가 늦추어주고 늦추었다가 밀어주는 섬세한 동작으로 눌어붙었다.

쇠구슬이 와그르르 쏟아지기 시작했다. 그래 정신없이 토하거라. 네가 할 수 있는 최선의 임무는 토해내지 않는 일이겠지만 나한테, 장총찬이란 놈에게 걸렸다. 넌 오늘 굴욕의 날이다.

미사코도 제법 열심히 조종간을 쥐고 있었지만 쇠구슬이 한 주먹 거리밖에 남아 있지 않았다. 나는 미사코와 자리를 바꾸어 앉아 당겼다.

와그르르 와그르르. 기계는 정신없이 쇠구슬을 쏟아놓았다. 금방 플라스틱 바구니 두 개가 가득했다.

"가서 바구니 가져와."

미사코는 신바람이 났는지 바구니를 한 아름 들고 나왔다. 나는 다시 내 자리로 돌아와 조종간을 조심스럽게 잡았다. 쇠구슬은 정신없이 튀었고 틈틈이 정조준이 되어 쏟아지는 구멍으로 몰려 들어갔다. 와그르르 툭탁거리며 쇠구슬은 정신없이 쏟아지고 있었다.

쇠구슬이 떨어질 만하면 미사코의 손이 내 어깨를 잡았다. 나는 내 자리에 앉은 채 미사코의 파친코 작동기를 당겨주었다. 와그르르 쏟아지는 소리를 들으며 미사코의 얼굴이 기쁨으로 들끓었다.

주인인 듯한 사내가 내 자리에 와서 물끄러미 쳐다보았다. 나는 웬만큼 쇠구슬을 다 빨아내었다는 생각이 들면 자리를 옮기곤 했다. 백여 대가 넘는 기계에 모조리 도전할 수는 없었다.

일본 땅에 와서 굶진 않겠다.

나는 이런 생각이 들었다. 두어 시간씩만 파친코 앞에 앉아 있으면 호텔 비용과 밥 먹을 것은 만들 수 있을 것 같았다.

와그르르 와그르르 와그르르.

내가 앉는 자리마다 쇠구슬은 정신 못 차리고 쏟아졌다. 커다란 플라스틱 상자에 쇠구슬이 가득 담겼다. 내가 상자를 움직이기 힘들 정도로 쌓여만 갔다. 미사코는 번번이 쇠구슬을 잃었지만 내가 마음 놓고 당기도록 대주었다. 조정간 손잡이의 미세한 움직임에 따라 쇠구슬이 쏟아지는 손장난이었다. 나는 손 끝에 감촉을 느끼며 조정간을 잡고 좌우로 당겨주었다.

가죽점퍼의 사내 세 명이 다가와서 내 어깨를 건드렸다.

"뭐야?"

나는 고개를 들어 녀석들의 표정을 살폈다. 쉽게 건달이라는 걸 알 수 있었다. 일본말로 뭐라고 지껄였다.

"잠깐 나가자는 거냐?"

미사코가 불안한 표정으로 올려다보았다. 지껄이는 뜻을 대충 짐작한 것은 밖을 가리키는 그들의 표정을 보고 잠깐 나가자는 얘기일 것 같다는 생각이 들었다. 주인이 내 엄청난 솜씨를 보고 갔으니까 건달들을 데려왔는지 모를 일이었다.

그나저나 말이 통해야 말뜻을 알아 대꾸를 하든 할 텐데.

나는 어깨를 짚는 녀석들에게 눈을 부라려 보였다. 녀석들

표정이 험악해졌다. 자꾸 바깥을 가리켰다.

"무슨 뜻인가 알겠는데 너희들 잘사니까 의료보험은 있겠지. 그래 나가보자. 무슨 춤을 추는지 봐주지."

나는 플라스틱 상자를 밀고 나가 환전소로 갔다. 쇠구슬과 현금을 바꾸어주는 여자가 혀를 내둘렀다. 가죽점퍼의 사내 녀석들이 아무 말 없이 지켜보고 있었다. 미사코는 멀찌감치 떨어져서 사내들과 나를 번갈아가며 쳐다보았다. 내 실력을 알고 있겠지만 불안을 감추지는 못했다.

만 엔짜리 몇 장과 천 엔짜리 몇 장을 받아 넣고 녀석들을 따라나섰다. 시끄러워서 아무도 우리들 행동을 눈치챈 사람은 없었다. 주인인 듯한 사내만 나를 뚫어지게 쳐다보았다.

골목길로 데리고 가더니 한 녀석이 알아들을 수 없게 뭐라고 물었다. 나는 웃기만 했다. 미사코가 골목 입구에 서 있었다.

주먹이 획 날아왔다. 나는 가볍게 피하며 녀석의 엉치를 걸어찼다. 나머지 두 녀석이 잽싸게 칼을 꺼냈다. 잭나이프였다. 시간이 아깝다는 생각이 들었다. 두 녀석을 차례로 걸어찼다. 세 녀석이 아스팔트 바닥에 길게 누웠다.

손을 털고 골목길을 나섰다. 미사코가 환하게 웃었다. 팔짱을 꼭 끼고 따라오며 뭐라고 지껄였지만 알아들을 수 없었다.

다시 오락실로 갔다. 주인인 듯한 사내가 눈을 크게 뜨고 나를 쳐다보았다. 환전소에서 쇠구슬 몇 개를 집어 들고 그 앞으로 갔다. 겁먹은 얼굴로 뒷걸음질쳤다. 쇠구슬 열 개를 한꺼번

178

에 던졌다. 쇠구슬 열 개는 환전소 옆의 대형 거울을 박살내고 말았다.

사람들이 일제히 나를 쳐다보았다. 주인은 의자에 앉아 두 손을 비비고 있었다.

나는 미사코를 데리고 밖으로 나왔다. 시계를 들여다보았다. 대화단 본부에서 나왔다는 간부를 만날 시간이 거의 된 것 같았다.

우리는 천천히 호텔 쪽으로 걸어갔다. 할인 판매를 한다고 써붙인 자동차들이 즐비한 공터를 지나치자 가전제품들을 길거리에 쌓아놓고 큼지막하게 할인판매라고 써붙인 게 많았다. 병규 말로는 일본도 불경기가 심해 온갖 상품들이 싸구려로 팔리고 있는 형편이라고 했다.

작은 식당 이층 방엔 이시하라와 병규, 미사코와 대화단 본부에서 나왔다는 후루가와[古川照政]가 대좌했다. 후루가와는 대화단의 실질적 두목이라고 했다. 나이 든 두목은 일선에서 물러났고 후루가와가 실질적인 대화단의 실력자로 행세한다는 것이었다. 사십 대 중반의 후루가와는 짧은 머리와 단정한 신사복 차림이었다. 눈빛이 매서웠지만 통 크게 생긴 표정과 강직해 보이는 자태가 첫인상에 드러났다.

식사가 다 끝나고 술잔이 두어 순배 돌 때까지 후루가와는 의례적인 얘기만 했다. 어떻게 보면 인자한 중년 신사 같았지만 자세히 살펴보면 승려의 표정이기도 했다. 세상일에 달관한 사람 같았다. 일본 야쿠자의 두목 노릇을 할 정도라면 보통 인물은 아닐 것 같았다.

"진짜 정담을 하시겠답니다."

병규가 단정한 자세로 이렇게 말했다.

"시작하자고 해라."

나는 후루가와의 입에서 어떤 흥정이 나올지 궁금했다.

"먼저 하카다로 모시게 된 점을 사과드린답니다. 도쿄로 모시고 싶었지만 다른 단체에서 눈치채고 있는 형편이고 귀한 손님을 야쿠자의 암투에 끌어넣을 수가 없어서 이곳으로 모셨답니다. 지금 야쿠자 그룹들은 심한 진통을 겪고 있답니다. 일본 경제가 불황의 늪에 빠지자 표면화된 것인데 서로 영역을 침범하거나 이권이 있으면 격렬한 투쟁을 일삼는 형편이랍니다. 한국에서 여자들을 사들여 오는 행위도 사실은 순수한 목적에서 시작된 것인데 최근에 변태 업종이 생겼으며, 야쿠자 그룹의 공동사업 가운데 하나이기 때문에 우리 대화단도 어쩔 수 없이 소규모이긴 하지만 손을 대고 있다는 겁니다."

병규는 메모를 해가며 통역을 하고 있었다.

"무슨 뜻인지 모르겠다고 해라. 나하고 상관없는 문제 아니냐? 나는 여자 장사꾼들의 조직을 훑으러 왔지 그런 사정을 들으려고 온 사람이 아니라고 말해라."

"바로 그것 때문에 초청한 거랍니다. 대화단이 처음에 한국 여자들의 취업을 알선한 것은 한국의 문화를 소개하겠다는 순수한 생각에서였는데 다른 단체가 변태 영업으로 전환시켰고 대화단의 일부 단체에서도 그런 짓을 따라 한 걸 시인한답니다."

"지금 나더러 어쩌라는 거냐?"

"대화단은 그런 짓을 포기하겠답니다. 정당한 보수를 받고 정당한 문화교류가 아니면 손을 끊겠답니다. 그런데 문제는 이런 일을 눈치챈 다른 집단에서 우리 대화단을 배반자라고 공공연하게 말하고 있습니다. 만약 다른 집단이 공동조약을 맺어 우리 대화단을 공격하게 된다면 큰 희생이 따를 건 자명한 사실입니다."

병규는 후루가와의 말을 한마디도 놓치지 않으려고 정신을 집중하며 말했다.

"그래서 나를 초청했다는 거냐?"

"그렇답니다. 한국에서의 대화단 조직이 드러난 마당에 더 이상 그런 거래를 하고 싶지도 않을뿐더러 우리 대화단의 두목께선 그런 일을 포기하라고 하셨답니다. 답답해서 사정 말씀이나 드리고 싶어서 모신 거랍니다."

"나는 사정 얘기를 들으려고 온 건 아니다. 뿌리를 뽑으려고 왔다."

"뿌리가 너무 깊답니다. 뿌리를 뽑는 일은 야쿠자 조직과 심한 투쟁이나 결정적으로 사업 전환이 될 만한 다른 사업이 나서기 전엔 어려운 일이랍니다. 결국 형님이 그들과 대결하거나 아니면 점조직을 분쇄하는 소극적 방법밖에 없을 거라는 겁니다."

"그래서……."

"그래서 형님과 손을 잡고 싶다는 겁니다."

"어떻게?"

"형님 조직과 한국에서 다른 사업을 할 수만 있다면 형님이 얘기하는 여자 장사 문제는 쉽게 해결할 수 있다는 얘깁니다."

본색을 드러내는 것 같았다. 여자 장사와 대치될 수 있는 사업이라면 뻔하다 싶었다.

"어떤 사업이냐고 물어라."

병규와 이시하라가 한동안 말을 주고받았다. 후루가와도 가끔 말을 거드는 것 같았다.

"현재 한국과 여러 가지 일을 하고 있습니다. 형님네 조직의 이익이 최대한 보장되고 이쪽 후루가와 두목도 다른 조직과 마찰을 피하며 할 수 있는 사업은 여러 가지가 있을 수 있습니다. 우리 대화단은 재력도 있고 뒷바라지를 할 수 있는 충분한 여건을 가지고 있습니다."

병규의 설명이 점점 길어지는 것이 말하기 쉬운 문제는 아닌 것 같았다.

후루가와와 이시하라의 표정도 굳어져가는 것 같았다. 미사코는 밝은 표정을 짓고 있었다. 우리들의 얘기를 귀담아듣는 눈치도 아니었다.

"일본 애들이 원하는 게 뭔지 단도직입적으로 말해. 말 만들어내지 말고. 나는 차 치고 포 치는 꼴 싫은 놈이다. 내 말 알겠냐?"

병규가 고개를 끄덕거렸다.

"말씀 드리죠. 배경 설명이 없으면 이해하기 어려우실 것 같아서 그럽니다. 말하자면 야쿠자 조직끼리의 복잡한 사정과 불황으로 서로 영역을 침범하는 일이 자주 있기 때문에 형님네 조직 같은 딴딴한 조직과 터놓고 얘길하고 굳게 손을 잡아 서로 상부상조해야 할 딱한 입장이 있기 때문입니다. 쉽게 설명하긴 곤란하지만……"

"무슨 뜻인지 대충 알겠다. 본론을 말해라."

얼핏얼핏 스쳐 지나가는 말투와 나를 극진하게 대접하는 이면에 이만한 흥정과 흉계가 포함되어 있으리라는 건 짐작하고 남는 일이었다.

"그럼 이해하시리라 믿고 단도직입적으로 말씀 드리겠습니다."

병규 녀석은 마치 어려운 상대와 마주 앉아 은밀한 얘기를 하듯 자세를 고쳤다.

"이 새끼야, 뜸 들이지 마!"

"예. 이건 대화단과 형님네 조직 간에 흥정입니다. 몇 가지 방법이 있습니다. 즉, 마약 판매권의 분할이라든지 밀수 협상이 있습니다. 서로 신의를 보이기 위해 위장이긴 하지만 서로 지사를 설치하여 정당한 무역 업무처럼 회사를 설립할 수도 있답니다. 그런 모든 것의 자금은 우리 대화단이 제공하며 만약 사고가 생기거나 도피 루트가 필요하다면 최선을 다해 제공하겠다는 게 우리 대화단의 제안입니다."

병규나 이시하라 일당은 내게 엄청난 조직이 있을 거라고 판단한 모양이었다. 아베나 사사키의 보고서에 내 조직이 얼마나 막강한지 상세하게 기록되었을 것 같은 생각이 들었다. 아베 일당을 잡아들일 때 보여주었던 애들의 민첩한 행동과 차량 동원이나 신속한 연락망을 생각하면 그런 보고서를 작성했을 수도 있다는 생각이 들었다. 감쪽같이 나를 해치울 수 있다고 믿었던 그들이 발목을 잡히자 내 조직이 어마어마하게 커 보였던 모양이었다. 춘삼이 형의 조직이나 나를 위해 뛰는 애들의 숫자나 내 기민한 움직임을 보고 그런 생각을 했을 수도 있었다.

"나더러 밀수 하수인 노릇이나 하고 마약 운반책이나 하란 얘기냐?"

"그게 아니라 정당하게 무역회사를 차리자는 겁니다. 서로의 이익을 위해서 말입니다. 형님은 이해하실 수 있을 거 아닙니까? 그렇지 않으면 동남아 지역에서 여자 장사를 포기할 수 없게 됩니다. 일본이 어떻다는 걸 아실 거 아닙니까?"

병규의 말을 이해하지 못하는 것은 아니었다. 불황일수록 밀수나 마약 따위는 더 큰 이익을 가져올 수 있고, 사고가 잦은 여자 장사보다 큰 장사를 해보고 싶다는 뜻이었다. 경제 수준이 안정세인 일본인들의 사고방식이 쾌락의 공통분모를 찾고 있다는 건 알려진 사실이었다. 공창제도만 없을 뿐 온갖 섹스 산업이 성행 중인 일본에서 사람 값이 비싸기 때문에 값싼 외국 여자를 불러들여 쾌락의 도구로 장식하려는 건 당연한 일일지 모른다.

"내가 말하마. 난 너희들이 알고 있듯 조직을 가지고 있는 사람이 아니다. 더구나 밀수나 마약 밀매로 먹고살아야 할 만큼 비겁한 놈도 아니다. 또 그럴 의사가 눈곱만큼도 없다. 내가 여기 온 것은 현대판 정신대 뿌리를 캐려고 온 것이지 흥정하러 온 것은 아니다."

내 표정이 일그러지자 명랑해 보이려고 생글거리고 있던 미사코까지 긴장의 표정을 감추지 못했다. 내 목소리와 표정이 일그러졌던 건 당연했다.

"형님! 뭔가 잘못 생각하시는 것 같습니다. 여긴 일본이고 우린 거대한 조직입니다. 뒤처리를 할 만한 힘이 있습니다. 언제라도 형님과 형님의 부하들을 숨겨주고 책임질 수 있는 곳입니다. 그리고 우리는 언제나 안전한 방법을 알고 있습니다. 형님이 얘기하는 여자 정신대 문제도 쉽게 해결할 수 있습니다. 다시 한 번 생각해 보시죠."

병규도 억양을 높였다. 병규는 통역이었지만 대화단의 야쿠자였다. 이번 일을 성사시켜야 하는 무거운 책임을 지고 있는 실질적인 실무자였다.

"나를 피로하게 하지 마라. 그리고 나를 겁주지 마."

"형님, 우린 서로 좋자고 하는 것이지 형님을 이용하자는 게 아닙니다. 조직을 운영하려면 자금이 필요하잖습니까. 더구나 형님처럼 많은 부하를 거느리려면 말입니다."

"전해라. 한마디만 더 지껄이면 후루가와의 숨통을 한 방에 끊어놓겠다고."

"형님!"

병규가 흥분된 어조로 말했다.

"병규, 이 새끼. 네 모가지가 성한 건 네가 한국인이기 때문인 줄 알아라. 난 네놈이 알 듯 조직을 가진 깡패도 아니고 목구멍 때문에 흥정하는 것도 아니다. 그동안 베풀어준 후의는 다른 걸로 갚는다고 전해라. 그리고 덧붙인다면 한국 여자를 괴롭히는 놈은 대화단 아니라 대화단 할애비라도 내가 목을 비틀어놓는다고 해라. 또 하나 얘기할 게 있다. 난 그냥 돌아가진 않는다. 내 목적을 달성하기 위해 여기 남아 있겠다. 나를 방해하면 그만한 대가를 지불하고 간다."

"형님! 후루가와상은 대화단 두목입니다. 우리 두목에게 손대면 우리 전 대화단이 그냥 있지 않습니다. 그런 말씀은 못 들은 걸로 하겠고 나머지 얘기는 그래도 전하겠습니다."

병규는 제대로 야쿠자 밥을 먹은 녀석 같았다. 얼버무리거나 위기를 넘기려는 수작 같은 건 않는 성미 같았다.

"병규야, 난 한국 사람이다. 내 피를 속일 수 없는 한국인의 피다. 내가 한 줌의 흙으로 돌아가더라도 내 뜻을 굽히지 않을 거다. 전해라."

내가 자리에서 일어섰다. 후루가와가 손을 잡았다. 병규도 재빨리 내 손을 잡았다.

"형님. 더 이상 얘기하기 싫다면 붙잡진 않겠습니다. 아직 형님 말을 제대로 전하지 못했습니다. 다 전하고 서로 깨끗하게 일어서는 게 좋잖습니까?"

나는 병규를 노려보았다. 그리곤 이내 자리에 앉았다. 깨끗하게 일어서자는 말이 싫지 않았다. 사내로 태어나서 더럽게 보이기는 싫었다.

"좋다. 내 뜻을 그대로 전하고 지금까지의 일은 없었던 걸로 하자고 해라. 분명히 전해라."

병규는 후루가와에게 차분한 목소리로 내 얘기를 전하는 것 같았다. 후루가와와 이시하라의 표정은 침착했다. 미사코의 빛나는 눈동자가 나를 응시하고 있었다. 병규는 내가 전하는 말을 길게 늘여 설명하는 게 분명했다. 주고받는 말은 한마디도 알아들을 수 없었지만 그들의 진지한 표정 속에서 나는 거물다운 야쿠자 두목의 면모를 읽을 수 있었다.

한참 만에 병규가 나를 향해 돌아앉았다. 병규의 표정은 밝았다.

"후루가와 두목께서 형님 말씀 듣고 기분이 좋으시답니다. 모든 걸 없던 일로 하고 개인적인 친분은 유지하자고 하십니다. 도울 수 있는 일이 있다면 언제라도 기꺼이 도와드리겠답니다."

"고맙다고 전해라. 긴 말 않겠다. 일본에도 이런 사내가 있다는 게 기쁘다."

"형님, 하실 부탁이 있으면 지금 하세요."

"내가 무슨 짓을 하든 방해하지 않으면 된다."

"그건 이미 약속했습니다."

"그렇다면 없다."

후루가와는 명함에다 몇 자 적어서 내밀었다.

"언제든지 필요하면 연락하시고 어려울 때 내밀면 도움이 될 거랍니다."

"됐다. 가자."

내가 일어섰다. 후루가와와 이시하라가 힘 있게 내 손을 쥐었다. 말이 안 통하는 게 답답했다.

"미사코 데리고 가시겠어요?"

병규가 물었다. 나는 미사코를 물끄러미 바라다보았다. 계집애, 더럽게 예뻤다.

미사코의 빛나는 눈동자와 밤을 새우며 서툴지만 정열적인 희생을 보이던 육체를 그려보았다. 아무리 생각해도 매력적인 계집애였다. 일본 제일의 미인이라고 해도 손색이 없을 미모였다. 인기 상승세의 탤런트라는 게 드러난 마당에 새삼 그녀의 조화 있는 몸매와 사근사근한 자태가 마음에 남았다.

"이 애를 내 맘대로 해도 되는 거야?"

"그렇습니다. 시간이 허락하는 한 말입니다. 이건 강제가 아니라 미사코도 원하는 일입니다."

"처음엔?"

"물론 강제였겠죠. 그러나 이젠 아닙니다. 형님과 계속 교제하고 싶답니다."

하룻밤이 그녀를 그렇게 만들었는지 모른다. 말이 통하지 않으니까 그녀의 가슴속 얘기는 알 수가 없었다.

"연락처를 주고 일단 돌려보내라. 한창 커나가야 할 여자에게 상처를 남기긴 싫다."

"상처요? 형님도…… 여긴 안 그렇습니다. 그런 걱정은 안 해도 됩니다."

"어쨌든 일단 보내라. 난 이런 식으로 만난 관계를 청산하고 싶다."

병규와 미사코가 한참 두런거렸다.

"좋답니다. 그리고 연락처는 제가 상세하게 알려드리겠습니다."

"됐다."

우리는 또 한 번 뜨거운 악수를 나누었다. 후루가와 이시하라가 차 문을 열어주며 정중하게 인사를 했다. 병규가 앞자리에 앉았고 미사코는 뒷자리 안쪽에 앉았다. 나는 손을 흔들었다. 후루가와의 표정은 밝았다.

"미사코는 보내기로 했잖아?"

"짐이 호텔에 있습니다."

"넌?"

"후루가와 두목의 허락을 받았습니다. 형님이 무슨 짓을 하든 간섭 말고 도와주라고요. 갈 때까지."

"후루가와 그 친구 멋쟁이구나."

"진짜죠. 나중에 알 겁니다. 보통 인물이 아니라는 걸."

"기분이 과히 나쁘지 않다."

"필요하다면 형님의 체류 경비를 대겠답니다."

병규가 뒤돌아보며 말했다.

"임마, 굶어서 쓰러져 봐라. 내가 그냥 죽을 놈이라고 생각되지 않냐?"

"그래서 아까 말씀 못 드렸죠."

이시하라가 내준 차를 타고 호텔 쪽으로 달렸다. 미사코는 가볍게 기대어 팔짱을 끼고 있었다. 짧은 치마는 아니었지만 무릎을 살짝 올린 허벅지가 새삼 매력적이었다.

어젯밤에 이 계집애가 어떠했더라? 뜨거워지려고 몸부림치던 생각이 나자, 그냥 보내기가 왠지 아쉽다는 생각이 들었다. 하룻밤이라도 더 데리고 있고 싶었다. 그러나 나는 고개를 저었다. 이런 일에 미련을 갖는 법이 아니었다. 깨끗하게 돌려보내는 게 내가 일본에 와서 보여줄 일이었다. 결코 여체에 매달려 있는 별수 없는 사내이기는 싫었다.

호텔 정문 앞에 차가 서자, 이시하라가 배치한 두 녀석이 쏜살같이 달려와 공손하게 허리를 굽혔다.

"애들도 돌려보내고 차도 보내라."

"알았어요."

병규가 애들에게 뭐라고 얘기하자, 내게 허리를 꺾어 인사를 하고 차 안으로 들어갔다.

"미사코 보내야지?"

"비행기표 예약하기로 했으니까 연락이 올 겁니다."

애들이 탄 차가 떠나고 우리는 호텔 방으로 들어갔다. 미사코는 돌아서서 옷을 갈아입었다. 병규 녀석은 잠을 설쳤다고 제 방으로 가버렸다.

새하얀 원피스였다. 가슴 끝에 보드라운 새털 같은 것이 달린 옷이었다. 눈부시게 흰 옷이었다. 미사코는 무대에 선 여인 같았다. 같은 계통의 깃털이 수북하게 달린 하얀 모자를 쓰고 똑같은 색깔의 장갑을 꼈다.

그리고 거울 앞에서 한 바퀴 돌았다. 보드라운 치맛결이 바람 따라 일어섰다. 그녀의 자태가 한결 돋보였다.

그녀는 침대에 누웠다. 생글거리며 웃는 미사코의 아랫도리가 살포시 드러나 보였다. 욕망이 지끈거리며 나를 물어뜯었다. 덮치고 싶었다.

나는 침대 모서리에 앉아 그녀의 아름다운 속살을 보았다. 그리고 온통 하얀색의 속옷과 보드라운 살결을 물끄러미 쳐다보고 있었다.

미사코는 그런 나를 끌어당겼다. 헤어지는 인사치곤 욕망이 물씬 묻어나는 자태였다. 그녀는 이 장면이 마지막 장면이라고 생각했는지 모른다. 젊고 예쁜, 더구나 누구든지 욕심을 낼 만한 인기 탤런트를 거부하는 사내에게 그녀는 또 다른 충동을 느꼈을지도 모른다. 밤에는 스스로 옷을 벗었지만, 낮엔 정장을 한 채 나를 끌어당겼다.

우린 아무 말도 하지 않았다. 말을 해도 통하는 것도 아니었다. 눈빛과 육체와 가쁜 호흡과, 그리고 체온으로 말이 통했다. 아마 이런 것이 육체의 언어인지도 모른다. 상대를 읽을 수 있는 것도 육체였다.

미사코는 모자를 가리켰다. 나는 무슨 뜻인지 알아차렸다. 모자를 벗겨 침대 아래로 또르르르 굴렸다. 미사코는 예쁜 얼굴에 웃음을 담고 말없이 나를 바라보았다. 미사코는 두 손을 내밀었다. 보드랍고 새하얀 장갑을 벗겼다. 미사코는 뒹굴듯이 엎드렸다. 새하얀 원피스의 뒷자락엔 긴 지퍼가 달려 있었다. 나는 가볍게 지퍼를 열었다. 속살이 여리게 비치는 시미즈도 새하앴다. 위에서부터 가볍게 끌어내렸다. 미사코는 춤추듯 율동했다. 원피스가 벗겨지도록 몸을 들어주었다.

마지막 옷 한 자락뿐이었다. 앙증맞았다.

미사코는 웃었다. 스스로 벗지 않고 벗겨달라는 그녀의 의사를 알 듯도 싶었다. 몸매에 자신이 있는 여자는 스스로 벗는 것보다는 누구든 벗겨주기를 갈망하는 것인지도 모른다. 미사코는 내 무술 솜씨를 병규에게 꼬치꼬치 캐어물으며, 생전 처음 마음의 동요를 느꼈다고 얘기한 모양이었다. 병규 녀석이 짓궂게, 총각인데 생각이 있으면 얘길 잘해 주겠다고 했더니, 한국말을 배울 수 있게 주선해 달라더라는 얘기를 했다고 했다.

마지막 옷을 벗겼다. 엉덩이를 가볍게 들었다. 나신이 그대로 드러났다. 미사코는 깃털처럼 일어났다. 내 옷을 한 자락씩 벗겨나갔다. 뚫어지게 내 육체를 바라보며 손을 놀렸다.

"아이 러브 유."

미사코가 내 가슴에 얼굴을 묻으며 한 말이었다. 나는 대답할 말이 없어서 미사코의 등을 꼬옥 끌어안았다.

커튼을 젖혔다. 눈부신 햇살이 쏟아져 들어왔다.

미사코는 축축하게 젖어들었다. 나는 다른 일을 생각하기 싫었다. 오직 이 보드라운 육체의 늪을 헤매고만 싶었다. 미사코는 흐느끼듯 호흡을 끊었다. 밀려드는 육신과 당기는 육신뿐이었다. 침대도 따라서 율동했다. 그녀는 마법의 상자에서 육망이라는 마술을 하나씩 꺼내듯 나를 빨아들였다.

"아이 러브 유."

미사코의 가쁜 숨소리와 함께 흘러나오는 소리였다. 나는 대꾸하지 않았다. 사랑할 수 없는 여자였다.

두 사람은 열락의 늪 속으로 한없이 빨려 들어가기만 했다.

열기였다. 뜨거운 바람이었다. 수분이었다.

그리고 목말랐다.

햇살은 비켜가지 않았다. 땀투성이의 미사코가 입술을 오므려 내 가슴의 땀을 식혀주었다. 그녀의 이마엔 작은 땀방울이 수없이 맺혀 있었다. 귀여웠다. 그녀의 수줍은 정열이 내 가슴에 잔잔하게 남았다.

샤워를 끝내고 나오자 병규 녀석이 전화를 걸어왔다.

"형님, 이별식 하십쇼. 미사코 비행기표 예약됐답니다."

"바꿔줄게."

"제가 그쪽으로 가도 됩니까?"

"그래라."

우리는 서둘러 옷을 입었다. 병규는 작은 손가방을 들고 들어왔다. 미사코와 한동안 말을 주고받았다.

"얘기했습니다. 곧 떠나야 합니다. 아마 요 아래 차가 와 있을 겁니다."

"공항으로 가고 싶지만 돌아올 때 쓸쓸하고 외롭기 싫어서 안 가겠다고 해줘라."

"형님도 별수 없네요."

"여자한테 별수 있는 놈 있나?"

"형님은 행복하십니다. 미사코가 사랑해도 좋으냐고 묻습니다."

나는 미사코를 물끄러미 바라다보았다. 생글거리며 웃었다.

"사랑하는 건 상관없지만 내가 자신이 없다. 나도 되게 좋아한다고 해라."

병규가 몇 마디 던졌다. 미사코가 나긋나긋하게 대꾸하였다.

"꼭 연락 달랍니다. 재회를 기다린다고요. 형님한테 되게 반한 모양입니다."

"나도 꼭 만나러 가겠다. 도쿄까지 가게 될 지 모르지만."

"형님, 그러다가 따라가는 거 아닙니까? 질투 나서 못 보겠네요."

"시간이 지나보면 알 거다. 지금 미사코는 순진해서 열이 난 거다."

"아무튼 대단합니다. 하룻밤에 사로잡으니 말입니다."

"내려가야지?"

"예."

미사코는 병규가 있어도 괘념치 않고 내게 매달렸다. 달콤하고 상큼한 입맞춤이었다. 병규 녀석이 유리창 너머로 바깥을 쳐다보았다.

나도 뜨겁게 그녀를 받아들였다.

아래층 로비에서 기다리고 있던 녀석들이 나를 보자 얼른 담뱃불을 끄고 고개를 숙였다. 미사코가 돌아섰다. 차 문을 열어준 녀석이 멍청하게 서 있었다. 미사코는 또 내게 다가와 가벼운 입맞춤을 했다.

미사코는 모습이 보이지 않을 때까지 손을 흔들었다. 차는 미사코의 마음과 내 마음을 아는지 천천히 사라져갔다. 차가 모퉁이를 돌아 큰길로 나가자 병규가 내 팔을 잡았다.

"들어가서 쉬시겠어요? 아니면 시내 구경이나 하실래요?"

"한숨 자두자. 뭣 좀 보려면 밤에 싸다녀야 할 테니까."

"이별식이 길다 싶었는데……."

"잔소리 말고 올라가자."

나는 성큼성큼 앞장서서 걸었다.

"형님, 뭐 마실 거나 먹을 만한 것 좀 사가지고 올라갈까요?"

"냉장고에 가득 들었다. 그냥 올라가자."

"밥 양이 적지 않았어요? 우리나라 사람들 여기 오면 양이 적다고 투덜대던데요."

"괜찮아. 담부턴 먹을 만한 곳으로 가면 되잖아."

"후루가와 두목 어때요?"

"신사더라. 일본 놈이지만 그만한 놈들만 있다면 미워하는 거 포기해도 되겠더라만……."

"괜찮은 사람입니다. 나중에 알게 되겠지만."

"이시하라보다 몇 배 낫더라. 내 느낌이지만, 흥정도 안 됐는데 순순히 물러가고 돕겠다고 나선다는 게 쉬운 일은 아닐 텐데……. 모르지, 더 큰 고기를 물기 위해서 그러는 걸지는……."

사실 내 머릿속은 좀 복잡했다.

하카다의 두목도 쩔쩔매는 대화단의 실질적 두목이라는 후루가와가 내 단호한 거절을 순순히 받아들이고 아무 일도 없었다는 듯이 돌아가는 게 어쩐지 뒷일을 꾸민다는 생각마저 들게 했다. 한국 안의 점조직도 붕괴되었고, 그의 부하들이 공개적으로 당했는데도 한마디 말도 없이 돌아선다는 게 어쩐지 미덥지 못한 구석이 있었다.

"우리 대화단이 언젠가는 일본을 쥐게 될 겁니다. 후루가와 두목은 충분히 그럴 만한 분입니다."

"일본 암흑가가 어떤지 난 모른다. 그러나 그만한 배포라면 모르지……."

"차차 아시게 됩니다. 결코 뒤돌아서서 다른 생각하는 두목은 아닙니다."

"임마, 아무리 그래도 동남아를 휘저으며 여자 긁어모으는 게 야쿠자의 주력 사업이고, 마약 밀매와 밀수 루트로 치부하는 게 대화단의 사업이라면 알쪼 아니냐?"

"그건 잘 모릅니다만…… 좋은 일도 많이 합니다. 장학금도 주고 불우한 애들을 위해 학교도 지어주고, 가난한 애들이나 불구자를 공짜로 가르치고 먹여주는 일 같은 거 말입니다. 야쿠자도 기업 아니겠습니까? 그 많은 식구들과 감옥살이하는 애들 뒷바라지를 뭘루 합니까. 그건 세계 공통 아닙니까? 형님네는 어때요?"

녀석이 슬쩍 유도하려는 것 같기도 했다.

"아까도 말했지만 난 조직도 없고 맨몸이다."

"믿을 수 없어요. 형님 같은 실력자라면 그냥 있을 리도 없고. 더구나 그만한 실력이면 천하를 쥘 수 있잖아요? 형님이 일본에 있다면 총두목감인데."

"총두목?"

"그래요."

"진짜 실력자는 안 끼어드는 법이다."

"형님 같은 고수라면 안 끼고 못 배길 거 아닙니까?"

"분명히 말하지만 난 고수가 아니다. 나 같은 건 손가락 하나로 튕겨버릴 고수가 많으니까."

"그럴 리가?"

병규 녀석은 믿지 않았다. 믿으려 하지도 않는 눈치였다.

"안 믿어도 좋다. 강원도 산골에서 숨어 지내는 선승 한 분이면 일본을 통째로 먹을 수 있을 거다. 내가 그분 앞에 나서면 기합 소리에 나자빠지니까."

"책에서 봤지만…… 믿어지지 않아요."

"외가권법 따위로 대들다간 숨도 못 쉬는 내가권법을 넌 아냐?"

"아뇨."

"내공이라고 흔히 말하지. 손만 들어도 바위가 부서지는……."

"글쎄요. 말은 들었지만……."

"나중에 시간 나면 말해 주마. 한국에서 나 정도면 이류에 속한다. 아니, 어쩌면 삼류일지도 모른다."

"놀라운 얘깁니다. 도저히 믿어지지 않아요. 형님이면 여기선 당할 자가 한 사람도 없을 정도인데."

"아니지. 여기도 나 정도는 두어 명 있다고 들었다. 내 선배가 손가락 자르고 여기 와서 수련하다 갔는데, 여기도 고수가 몇 명 있다더라."

"누굽니까?"

"고수는 세상에 나오지 않는 법이다. 더구나 야쿠자로 굴러먹진 않는다."

"그렇겠네요. 그런 사람이 야쿠자라면 대번에 판도가 달라질 텐데."

"그건 그렇지 않다. 싸움을 잘한다거나 권법에 뛰어나다고 끝내주는 건 아니다. 시쳇말로 깡이다. 총알 하나면 제아무리 뛰어난 실력자라도 가는 거다. 실력자라면 칼쯤에 당하진 않겠지만."

"형님이 얘기하는 스님 같은 분이라면 충분하잖아요?"

"임마, 진짜 고수는 나서는 법이 없어. 아무도 몰라. 그게 고수야. 까부는 놈치고 실력 있는 놈 봤냐?"

"그건 그렇지만요."

우리는 두런거리며 호텔 방으로 돌아왔다. 병규 녀석은 정리할 게 있다며 제 방으로 들어갔다. 나는 방 두 개를 빌려 쓰는 것보다는 조그맣고 조용한 여관 같은 데를 골라 병규 녀석과 같이 쓸 생각을 했다. 일본의 여관은 퍽 정갈해서 크게 불편하지 않다는 말을 들었다.

옷을 벗고 침대에 길게 누웠다. 지금쯤 비행장에 도착했을 것 같았다. 그 계집애랑 누워 있던 밤과 낮의 내음이 나는 것 같았다. 아직도 미사코의 체취가 남아 있는 방이었다. 그녀가 빼주고 간 목걸이를 가방 속에 넣어버렸다.

어디서부터 손을 대야 할지 암담했지만, 병규 녀석이 있으니까 수월할 것도 같았다. 녀석은 아무리 일본의 야쿠자였지만 한국인의 피를 속일 수 없는 녀석이었다. 어느 정도 내 생각에 동조하는 걸로 미루어 믿어도 좋을 듯싶었다.

하느님.

해치우고 갈 겁니다. 억울한 일본 생활로 찌들어 있는 한국 여인들의 실상을 하느님도 똑똑히 보십쇼. 한국 여인을 못살게 구는 일본 놈들은 치도곤을 낼 겁니다. 이 더러운 돈벌레들이 어떻게 치사한 꼴을 보이는지 내 눈으로 확인할 겁니다.

하느님.

당신은 부자 나라 편이죠? 여유 있다고 남의 나라 못살게 굴고 무자비한 전쟁을 일으켜 선량한 당신의 백성을 살해한 무리들이 경제강국으로 성장할 수 있었던 건 당신의 묵인입니다. 또 그들이 쾌락을 위해 여자를 사들여오고 핍박하는 건 누구의 승낙입니까?

당신 짓이죠?

오늘 밤부터 구석구석 쑤시고 다닐 참입니다. 후쿠오카의 밤거리가 어떻다는 걸, 아니 일본 전역의 밤거리가 어떤 꼬락서니인지 당신은 알 겁니다.

그 안에 어째서 선량한 한국 여인이 살점을 뜯어 먹히고 있어야 하며, 동남아의 여인들이 피를 빨리고 있어야 한단 말입니까? 인류 전체가 당신의 백성이라면 당신은 잔인한 하느님입니다.

잔인한 양반아, 정신 좀 차리쇼.

침대 위에 벌렁 누워 잠을 청해 보았다. 쉽사리 잠들 것 같지도 않았다. 미사코의 체취도 그리웠고, 파리의 고독한 여인 다혜의 냄새도 그리웠다.

커튼을 내린 방은 어두었다. 근육을 이완시키고 온갖 상상을 지워나갔다. 자기 최면으로 잠들어야 할 만큼 어지러운 일본의 대낮이었다.

황홀한 무대

일본의 밤은 빨리 다가오는 것 같았다. 잠깐 눈을 붙였는데 창밖은 어두웠다. 가로등 불빛이 유난히 밝아서 자동차들도 작은 등만 켜고 달렸고 창가에서 내다보이는 거리는 적막하지 않았다. 불황의 여파로 네온사인이나 상점의 불빛을 줄였다고 했지만 거리는 밝았다.

옆방으로 전화를 걸었다. 녀석은 책을 읽고 있었다.

"나가자."

"저녁은 먹어야죠."

"나가서 때우면 되잖아."

"그 방으로 갈게요."

병규는 간편한 복장으로 들어섰다. 내가 어떤 곳을 쑤시고 다니게 될지 알기 때문에 간편하게 차려입은 것 같았다.

"이런 것 만들 곳 없겠냐?"

나는 표창의 모형도를 그린 메모지를 내밀었다. 병규 녀석은 고개를 갸웃거렸다.

"글쎄요. 내가 아는 곳은 없고, 한번 알아볼까요?"

"그래. 꼭 이 모양이어야 하고 두께와 무게도 비슷해야 한다."

"형님이 표창의 대가란 얘긴 들었지만 견본 한 개 안 가지고 왔다는 건 좀 이해하기 힘든데요. 일본 야쿠자를 만나러 오면서 빈 몸이라는 건……."

"딴소리 말고 빨리 알아봐라. 비밀로 해라."

병규는 전화를 걸어 한참을 지껄였다. 상대편에서도 다른 전화로 몇 군데 연락을 하는 것 같았다.

"됐어요. 카운터에 맡겨놓으면 찾아다가 내일 아침까지 틀림없이 물건을 만들어다 놓겠대요."

병규는 내 메모지를 받아 일본어로 설명을 자세히 써넣었다. 표창 마흔 개만 있으면 어떤 위험한 지경이 닥치더라도 해결할 수 있을 것 같았다. 나는 표창을 허리띠 말고도 옷소매 양쪽에 두 개 정도 숨길 수 있는 고리를 만들 생각을 했다. 허리까지 손이 갈 수 없는 상황도 겪게 될 것 같았다.

우리는 카운터에다 표창의 모형도가 그려진 메모지를 맡기고 거리로 나왔다. 참으로 이상한 것은 거리가 전혀 낯설지 않다는 사실이었다.

"섹스 쇼 하는 곳에 잘못 팔려온 한국 여자가 있지?"

병규 녀석이 담배 꽁초를 휴지통에 던져 넣으며 고개를 끄덕였다.

"네가 아는 곳으로 가자."

"이쪽 지리엔 그다지 밝지 못해요. 그냥 아무 데나 눈에 뜨이는 대로 가보죠. 그러나 형님이 너무 성급하게 처신하는 건 싫어요. 상황을 봐가며 해줬으면 합니다. 돈 벌기 좋아서 있는 애들도 있을 수 있잖아요."

"무슨 말인가 알겠다."

병규 녀석은 간판을 읽으며 주욱 걸었다. 우리나라 봉고차 같은 생김새의 자동차가 방송을 하며 천천히 거리를 지나가고 있었다. 나체 여인들과 뒤엉킨 사내들의 건장한 모습이 간판에 그려져 있었고 도사견과의 수간을 알리는 특별무대 개설을 알리는 안내판도 매달려 있었다.

"저건 뭐냐?"

"섹스 쇼 안내하는 거예요. 저 차를 타도 돼요. 데려다주니까요."

"저걸 어떻게 타냐?"

"일본 사람들은 스스럼없이 타요."

"이 새끼들이 옛날부터 혼탕 즐기고 길거리에서 개새끼처럼 그런 짓 하던 족속들이었지."

204

"조금 가보면 많을 겁니다. 수십 개씩 몰려 있으니까요."

우리는 그런 섹스 쇼 선전 차를 여러 대 만났지만 올라타진 않았다. 늙은이들이 그 안에 타고 앉아서 신문을 뒤적거리거나 주간지를 읽고 있는 모습이 보였다.

"늙은이들만 구경 가냐?"

"아무래도 많죠. 젊은 애들이야 더 좋은 꼴이 많을 텐데요."

"외국 여행하며 저런 거 구경 못 하고 오면 멍청한 놈 취급받는다고 하더라. 깃발 꽂고 저런 거 구경하고…… 나도 별 순 없지만."

섹스 쇼 벌이는 입구엔 젊은 사내애들이 주욱 서서 호객 행위에 침을 튕기고 있었다.

"일루 들어가자."

나는 왠지 뒤통수가 뜨뜻했다. 누군지 모르지만 쳐다보고 있을 것만 같았다. 일본 애들은 모두 무관심한 것 같았다. 그런 것도 어쩌면 길들여지는 것인지 모른다.

지하 계단을 통해 안으로 들어섰다. 원형극장처럼 꾸며진 그렇게 크지 않은 실내엔 중년 사내들이 앞자리를 차지하고 있었다. 대기실과 연결된 무대와 가운데 원형 무대 위엔 검붉은 카펫이 깔려 있었고 원형 무대 천장은 거울이 부착되어 있었다. 벽마다 조잡스러워 보이는 예고 광고가 붙어 있었는데 삼인의 난교니 도사견 수간이나 가부키 대학살이니 양녀(洋女)의 겁탈극 따위의 험악한 문구와 대형 사진판들이 그대로 붙어 있었다. 조금 으스스한 생각도 들었다.

쇠기둥과 밧줄이 천장에 장치되어 있는 것이라든지 대형 어항이 준비되어 있는 것으로 미루어 어떤 상황이 벌어질지 짐작되기도 했다. 출입금지를 알리는 입입(立入) 금지 팻말이 몇 군데씩 붙어 있기도 했다. 병규와 내가 뒷자리에 자리를 잡고 앉았다. 말하는 소리가 대만의 여행객 같은 사람들이 열댓 명쯤 단체로 들어와 나머지 자리를 채웠고 자리가 없는 사람들은 긴 나무 의자에 앉았다. 다정하게 팔짱을 끼고 들어온 젊은 애들도 여러 쌍 보였다. 뒤쪽의 조명실은 계속 일본말로 안내 방송을 하고 있었다.

디스코 음률이 울려 나왔다. 조명이 붉은 빛깔로 바뀌었다.

요염한 잠옷 차림의 여자가 무대로 뛰어나와 인사를 했고 구경꾼들은 손뼉을 쳐주었다. 디스코 음률에 맞추어 춤을 추었다. 잠옷 이외엔 아무것도 걸치지 않은 여자가 신 나게 흔들어댔다. 머리 짧은 일본의 중년 신사들이 바싹 다가서서 흐느적거리는 여체를 조금이라도 더 보려는 듯 눈빛을 번뜩였다.

디스코 춤 한 곡을 끝까지 춘 여자는 잠옷을 여미며 가운데 원형 무대로 나와 색스폰 연주에 맞추어 앞단추와 허리의 끈을 풀었다. 입은 것 같지도 않은 잠옷마저 벗을 모양이었다. 일본 사람들은 무대로 목을 길게 빼내어 여자가 정성껏 보여주는 육체의 부분들을 입 벌린 채 쳐다보며 손뼉을 쳤다. 여자는 계속 무대 아래 사람들에게 자신의 육체를 하나씩 뜯어 보여주듯 보여주었다. 나는 병규 녀석을 쿡 찔렀다.

"왜요?"

"저거 일본 년이냐?"

"그런 것 같아요."

"그냥 한 대 걷어찼으면 싶다."

"형님 맘대로 하십쇼."

녀석도 차마 내가 불쌍한 그 여자들을 걷어차리라곤 생각하지 않는 것 같았다.

원형 무대가 돌기 시작했다. 여자는 준비해 온 조그만 반짇고리 같은 걸 열어 이상한 도구를 꺼냈다. 일본의 어느 골목이든 진열해 놓고 파는 괴상한 도구들이었다. 앞자리에 앉은 안경 쓴 사내에게 그걸 내밀자 사내는 씨익 웃으며 그걸 받았다.

"빌어먹을……."

내가 욕지거리를 했다. 병규가 내 손을 잡았다.

사내와 계집은 시시덕거리고 비명을 지르며 회전무대를 돌았다.

그러나 박차고 나올 마음은 없었다. 이 안에도 분명히 한국 여자가 있을 거라는 생각이 들었다. 입구의 입간판에 동남아와 서양 여자의 대행진이란 한자를 보았기 때문이었다.

장난하듯 시시덕거리는 것이 끝나자 여자는 다른 사내를 잡아당겼다. 사내가 주위를 둘러보고 어색해하자 여자는 보자기처럼 생긴 천으로 사내의 얼굴을 덮어주었다. 여자는 사내의 허리띠를 풀고 바지와 속옷을 벗겨 곱게 개어놓았다.

　무대는 천천히 돌아가고 조명은 아주 강렬한 붉은 빛깔로 바뀌었다.

　음란한 비디오테이프의 한 장면이었다. 사내는 보자기로 얼굴을 가린 채, 아래로 처박은 채였고 여자는 좌우를 쳐다보며 생글생글 웃었다. 구경꾼이 많아서 무엇이 제대로 안 되는지 사내는 땀을 닦아내고 있었다. 여자는 안타까운지 계속 사내의 위와 아래에 보자기를 번갈아가며 덮어주었다.

　"너라면 저기 올라가겠냐?"

　나는 병규 녀석에게 물었다 내 바짓가랑이는 어쨌거나 팽팽해졌다.

　"내가 개새긴가요."

　그래, 일본 놈들에게 개새끼 같은 사내가 많은 이유를 이젠 알 것 같다.

　사내는 엉거주춤 일어나 보자기를 쓴 채 옷을 입고 내려왔고 여자는 손을 흔들며 들어갔다.

　일본 여인들의 전통 복장인 기모노를 입은 여자는 가부키를 추며 옷을 하나씩 벗어나갔다. 일본 여자들의 기모노가 어째서 그렇게 생겼는지 추측할 수 있었다. 아무 데서나 허리를 풀고 정사를 할 수 있게 고안된 옷이란 생각이 들었다. 기모노 입은 여자도 결국은 그런 실연 쇼를 보여주었고 계속해서 나오는 다른 여자들도 특색 있게 실연하는 모습을 보여주었다.

미국 여자라고 소개된 여자는 형편없이 짧은 치마 하나만 걸치고 나왔다. 그나마 속이 다 훤히 보이는 잠옷 같은 천이었다.

일본 사내들이 갑자기 조용해졌다. 미국 여자가 아무리 다리를 벌리고 유혹해도 일본 사내들은 뛰어 올라가지 않았다. 용기 있는 젊은 애들이 한꺼번에 뛰어 올라가 가위바위보까지 하던 용기는 미국 여자의 큰 덩치 앞에 꼼짝도 하지 않았다. 미국 여자는 남자들을 잡아당겼다. 그래도 올라가는 사람이 없었다.

십 분 가까이 무대 위까지 사내를 끌고 나오는 것을 실패한 미국 여자는 뭐라고 욕지거리 비슷한 영어를 내뱉고 들어가버렸다. 병규와 나도 나와보라고 손가락질을 당했지만 눈길을 피해버렸다.

"이상하지?"

내가 병규에게 물었다. 병규도 고개를 끄덕거렸다.

"왜소하다는 일본 놈들 특유의 부끄러움이거나 자멸감 아니냐?"

나는 재차 물었다.

"그럴 것 같은데요."

"맞아. 강한 나라 녀석들한테 벌벌 기면서 약한 나라한테는 목이 뻣뻣해지는 애들 기질을 보여주는 거다."

그렇게 가위 바위 보까지 하며 뛰어 올라가던 사내들이 덩치 큰 미국 여자가 아무리 꼬드겨도 고개를 흔드는 건 일본인들의 왜소한 열등감이라고 느껴졌다. 그러나 자그마한 일본 여자나 필리핀의 여자가 나오면 기를 쓰고 덤벼들었다.

"너, 나가서 한국 여자 있는지 알아보고 와라."

병규가 말없이 걸어 나가 출입금지라고 씌어진 문을 열었다. 나는 한국 여자가 없다면 나갈 셈이었다. 일본에 와서 이런 꼴이나 보고 있다는 게 참 한심하다는 생각이 들었다.

병규가 문을 열고 나왔다. 내 자리로 다가와 속삭이듯 말했다.

"이번 삼 인의 난교라는 게 끝나면 사디스트 쇼가 있답니다. 그 여자 주인공이 한국 여자랍니다. 늙은이가 아주 자랑스럽게 얘기하던데요. 이 극장의 하이라이트라나요."

"어떤 거냐?"

"보면 알아요. 차마 끔찍해서 못 볼 장면이 많아요. 혹독하고 힘들어서 일본 애들은 하지 않으려고 하니까 외국 여자를 데려다 하는 거죠."

"돈은 많이 주냐?"

"정확하게는 모르지만 장소마다 조금씩 다를 겁니다. 여기선 아마 일당 만 엔, 많아봤자 만 오천 엔쯤 받을 거예요."

"그 여자 빼내면 네가 좋은 데 취직시켜 줄 수 있겠지?"

"빼내게요?"

"이 자식아, 내 눈깔로 보구서 그냥 가란 말야?"

"좋은 데라고 해봤자 조금 건전한 술집이나……."

병규 녀석은 당황하는 눈치였다.

"술집 말곤 없냐?"

"이런 데 나온 여자가 어디 가서 뭘 하겠어요?"

"후루가와한테 얘기해도 없냐?"

"형님, 정말 일 벌일 겁니까?"

"싫으면 지금이라도 가라. 그렇지 않으면 너희들과 연결되는 가게라든지 공장이 있을 거 아냐. 그런 데 넣어주면 돼."

"그 여자에 대해 지금 아는 게 없잖아요. 국적이 바뀌었는지도 모르고 여권이나 돌아갈 의사나 취직할 뜻이 있는지 모르잖아요."

"좋다. 그럼 여자가 원하는 게 있다면 네가 책임지고 할 수 있겠지?"

"안 되면 후루가와 두목에게 형님이 부탁하면 되잖아요. 한번 신세 지면 갚아야 합니다."

"다른 걸로 갚겠다."

"좀 시끄러워질 텐데요."

"어떤?"

"애를 빼내려면 업주나 업주와 연결된 애들이나, 더 크겐 다른 야쿠자 조직 애들과 붙게 될지도 모르죠."

"너 운동했지?"

"태권도요. 쿵후도 좀 했고요."

"네 실력을 여기서 인정하냐?"

"그러니까 먹고살죠."

"그럼 됐다. 넌 뒤만 맡아라."

"여긴 몰래 무기 갖고 다니는 애들도 꽤 많아요."

"각오만 해라."

"표창도 없잖아요."

나는 슬그머니 쇠구슬을 보여주었다.

"쇠구슬 아닙니까."

"이게 총알보다 더 무섭다."

"애들은 빨라요. 기동력도 있고요."

"다 맡을 테니까 마음 놓고 있어."

"형님, 여기서 저렇게 발버둥쳐봐야 별게 없어요. 차라리 한국으로 보내서 형님네들이 알아서 취직시켜 주는 게 좋아요. 대개 이런 데 있는 애들은 프로덕션 비자도 끝나고 불법체류거나 필리핀이나 태국 같은 데 가서 국적을 사온 애들이거나 그래요. 요즘은 일본의 공항에서 얼마나 심하게 체크를 하는지 아세요?"

"일단 빼돌리고 보자."

"좋아요. 해보죠."

정면의 무대와 회전무대에 방수요가 깔렸다. 대형 어항도 바퀴가 달려 있어서 쉽게 끌려 나왔다. 징소리가 나면서 쫓기는 듯한 반나체의 여자가 뛰어나왔고 뒤따라 가면을 쓴 건장한 사내가 가죽 채찍을 들고 뛰어와 다짜고짜 여자의 머리채를 잡아 내동댕이쳤다. 여자의 비명 소리와 채찍의 매서운 바람 가르는 소리가 연신 터져 나왔다.

사내가 초죽음이 되도록 채찍으로 갈기자 여자는 길게 누워서 꿈틀거렸다. 마치 춤추듯이 육체가 움직였다. 사내가 여자의 겉옷을 벗겨내자 가슴과 아랫도리, 손목과 발목을 가죽으로 장식한 옷이 나타났다. 아랫도리에 지퍼가 달려 있었고 젖가슴은 그대로 드러나 있었다. 사내는 몇 번이나 여자를 내던지고 으스스하게 웃었다.

"쟤가 한국 여자란 말이지?"

"그렇대요. 조금만 참으세요."

구경꾼들도 아주 조용했다. 분위기가 너무 험악했다.

사내는 덮쳤고 여자는 자지러지는 비명 소리를 내질렀다.

"형님, 조금 더 참아요. 가능하면 표 안 나게 무대 뒤에서 빼내면 좋잖아요. 여기서 빼내면 경찰 쫓아오고 시끄러워요."

"알았다."

무대에선 차마 눈 뜨고 볼 수 없는 광경만 연속으로 이어졌다. 나는 퍽 강심장이라고 생각했는데 참고 기다리기가 어려울 지경이었다.

여자는 회전무대로 끌려가 네 기둥에 묶였다 도르래를 연결한 밧줄을 잡아당기자 여자는 공중에 매달렸고 사내는 그네 타듯 여자를 깔고 앉아 흔들었다. 여자의 고통스런 모습이 거울에 그대로 비추어졌다. 팔뚝만 한 붉은 색 양초에 불을 붙여 촛농을, 그 뜨거운 촛농을 온몸에 흘리자 여자는 악을 썼다.

채찍 손잡이로 아무 데나 가리지 않고 쑤셨고 한 뼘이 넘는 침으로 가슴을 마구 찔러 침이 요동치는 대로 흔들리게 했다. 거꾸로 매달아놓고 걷어차기도 했고, 머리채를 잡아 그물 던지듯 휘두르기도 했고, 끌어내려 어항 속에 처박아놓고 숨을 못 쉬게 하기도 했다.

아니 차마 표현 못할 짓을 하며 사내는 낄낄거렸다.

사내의 무자비한 행동이 다시 시작되는 순간 나는 무대 위로 훌쩍 뛰어올라 갔다. 병규가 말릴 틈도 없었다.

올라서자마자 가면 쓴 건장한 사내를 한주먹으로 내리쳤다. 사내가 무대 아래로 굴러떨어졌다. 조명실에서 마이크로 뭐라고 떠드는 소리가 들리며 불이 대낮처럼 밝아졌다. 가까이 앉았던 일본 사람들이 물러났다. 밧줄을 풀고 쇠사슬에 묶인 여자를 풀었다.

조명실과 밖에서 몰려오는 건장한 사내들 손엔 몽둥이가 들려 있었다.

"병규야, 이거 풀고 데리고 튀어라."

병규 녀석이 맨 앞장선 몽둥이 든 사내를 걷어차며 뛰어올라 왔다. 나는 밧줄을 잡고 뛰어내려 가며 사내들을 사정없이 걷어찼다. 병규는 여자를 데리고 무대 뒤로 뛰었다.

"옷 입혀라."

나는 이렇게 소리 지르며 조명실 천장에다 쇠구슬을 던졌다. 일시에 암흑이 되어버렸다.

뻗어 누운 애들의 신음 소리가 짐승 소리처럼 들렸다. 밖으로 나왔다. 병규가 택시를 소리쳐 부르고 있었다.

물에 빠졌다 나온 여자는 덜덜 떨고 있었다. 병규가 택시를 잡았다. 뒤에서 아우성 소리가 들리며 건장한 애들이 뛰어오고 있었다.

"넌 먼저 가라."

아무래도 뒤따라오는 애들이 심상치 않았다. 택시로 아무리 도망가봤자 차로 쫓아오면 빤하다 싶었다.

"찾아올 수 있어요?"

"그래."

병규는 여자를 태우고 떠났다. 내가 돌아서자 몽둥이를 든 애들이 주춤주춤 섰다. 뭐라고 지껄였지만 알아들을 수가 없었다. 근처의 놈팽이들이 소식을 듣고 달려온 것 같았다.

시간을 끌면 안 좋다는 생각이 들었다. 나는 다가서는 대여섯 놈을 돌진해 들어가며 걷어찼다.

대여섯 놈이 아스팔트 바닥에 대자로 누워버리자 뒤따르던 애들이 골목으로 숨어버렸다.

큰길로 뛰어나왔지만 뒤따르는 애들이 없었다. 일본 사람들은 자신에게 피해가 없다고 인식되면 무관심해 버린다고 했다. 불법체류 같은 것은 고발하면 보상금이 나오는 데도 직접적인 피해가 없다 싶으면 빤히 알면서 묵인해 버리는 이기주의자들이라는 소리도 들었다.

택시를 세웠다. 말을 하려고 하니 입이 떨어지지 않았다. 나는 주머니를 뒤적거려 뉴오타이 호텔의 명함을 꺼냈다. 운전사가 고개를 끄덕이고 액셀러레이터를 밟았다.

호텔 정문 앞에 병규가 서 있었다. 여자는 아직도 덜덜 떨고 있었다. 반항할 힘이 없었는지 누군가 데리고 도망가주었으면 했는지 모르겠다.

"아가씨, 우릴 믿어요. 아가씨를 구해주는 거요. 무슨 말인가 알아요? 우린 한국 사람입니다. 안전하게 해줄 테니 염려 말아요."

"고마워요. 추워요."

"알았어요."

잠깐이긴 했지만 병규가 알아듣게 설명을 했는지 순순히 우리를 따라 들어왔다.

호텔 방에 들어서자 목욕탕의 뜨거운 물부터 틀어주었다. 여자는 옷 입은 채 샤워기를 갖다 대었다. 병규와 나는 문을 닫아주고 담배를 한 대씩 피워 물었다.

병규 녀석이 씨익 웃었다.

"왠지 신 나는데요."

"네 피를 속일 수 없어서 그런 거다."

"그나저나 이젠 한판 붙게 되겠어요. 자잘한 애들이겠지만 여자를 빼앗겼으니 눈에 불을 켜고 찾을 겁니다. 공항이니 역이니 선착장까지 애들이 좌악 깔렸을 거예요."

"방법이 나서겠지."

"저 애 나오면 꼬치꼬치 캐내야 돼요. 반항하지 않고 따라오는 걸로 봐서 무슨 사연이 있을 것 같아요."

"우선 안심하고 숨겨두는 방법하고 교묘하게 여길 빠져나가게 하는 방법이 있겠지."

"승용차라면 쉽게 될 수도 있죠. 숨기는 방법은 위험해요. 벌써 좌악 사발통문이 돌았을 거거든요. 더구나 형님 소문은 나 있을 테니까요."

"어떻게?"

"공원에서 다른 애들이 보고 있었잖아요. 오토바이 타고 먼저 도망가듯 나간 애들은 다른 조직 애들일 겁니다. 대화단이 모두 모이니까 그 애들이 정탐한 건 당연하죠."

"모르겠다. 저 애 나오면 그때 다시 얘기하자."

한참 만에 물소리가 멎었다.

"저, 가방 좀 주세요."

생기 있는 목소리였다. 병규가 움켜쥐고 왔던 가방을 밀어주었다.

"예쁘장한데요."

병규가 새삼스럽게 물기 젖은 그녀를 보고 내게 이렇게 말했다.

"일본 애들보다야 낫지. 일본 애들 예쁜 거 봤냐?"

"미사코요."

"그런 애들 빼고 말이다."

옷을 입고 나온 여자는 아까 느꼈던 처절하고 안타깝던 여인의 모습이 아니라 세련되고 예쁜 계집애 모습이었다. 머릿결을 수건으로 문지르며 침대 모서리에 앉았다.

"옷 가방을 못 가져왔어요."

계집애가 이렇게 말했다. 정신이 좀 도는 모양이었다.

"나도 정신이 없었어요."

병규가 나를 쳐다보며 말했다.

"옷이야 찾아오든 해 입든 하면 되잖아요. 우선 이것부터 마시고 얘기나 들어봅시다."

내가 내미는 깡통을 벌컥벌컥 마셨다. 얼굴이 픽 고와 보였다. 이렇게 예쁜 애들이 일본으로 팔려와 이 지경이 된다는 게 생각만 해도 화가 울컥울컥 치미는 일이었다.

"왜 우리가 데리고 오는데도 조용히 따라왔죠? 우릴 믿을 수 없었을 텐데 말입니다."

"첨엔 당황도 했죠. 내 소원은 누구든 나를 이곳에서 빼줬으면 했어요. 나를 이곳에서 빼주기만 하면 발바닥을 핥으래도 핥겠다는 지긋지긋한 생활였어요. 가끔 일본 사람들 중에도 내가 무대에서 당하는 꼴을 보고 구해주고 싶다는 말을 해요. 처음엔 그런 사람들이려니 했고 정신이 좀 들자 한국말 소리를 듣고는 뭔지 모르지만 나를 구해줄 거라는 생각이 들었어요. 그래서 정신없이 따라왔어요. 정말 잡히지 않을까요?"

아마 이 여자는 잡히지 않는 문제가 가장 절실한 문제인 것 같았다.

"안심하세요. 끝까지 보호해 드릴 테니까. 그리고 원한다면 여기에 취직을 시킬 수도 있고 한국으로 보내줄 수도 있어요. 대신 처음부터 얘길 자세히 해줘야 합니다."

"전 무조건 돌아가고 싶어요. 지긋지긋해요."

"혹시 여권 가지고 있어요?"

"주인이 가지고 있어요."

"여기 오래 있었나요?"

"아뇨. 속아서 왔어요. 한 열흘 더 있으면 삼 개월이 돼요."

"그럼 프로덕션 비자인가요?"

"예."

"올 때 어떻게 왔죠?"

나는 이렇게 물으면서 이 여자가 돌아가려면 한 번 더 극장 주인과 부딪쳐야 한다는 생각을 했다.

"종로 3가에 Y기업이라고 있어요. 우연히 아는 언니네 집에 놀러갔다가 해외 취업을 하면 돈을 많이 번다는 얘길 들었어요. 그래서 찾아갔더니 삼 개월 취업하면 우리나라 돈으로 육백만 원씩 벌고 다시 한 달쯤 쉬었다가 나가면 또 번다는 바람에 욕심도 나고…… 그래서 여행 경비와 서류대니 의상비니 해서 백만 원을 마련해 다 줬어요."

"혹시 무용했나요?"

"예. 그러니까 나올 수 있었지요."

"백만 원이란 적은 돈이 아니었을 텐데요. 아직 어린데."

"대학 떨어지고……. 직장도 그렇고……. 그래서 떼를 써서 받아낸 거였어요."

"그래서요?"

"처음엔 도쿄라고 하더니 막판에 후쿠오카 쪽이 대우가 좋고 편하다고 해서 믿고 떠나왔어요. 여기 와보니 이건 낯설고 말 한마디 못하는 데다 칼로 위협하고 여권이며 가방을 다 빼앗아가 버리니 꼼짝 못하게 됐지요. 나는 할 수 없이 시키는 대로 할 수밖에 없었어요."

"아가씨, 이름도 모르지만 나한테 뭔가 숨기는 게 있어요. 얘기 했잖아요. 우린 아가씨를 도와주려고 해요. 뭔지 모르지만 앞뒤가 안 맞아요. 이렇게 된 마당에 숨길 게 뭐가 있어요. 안 그래요?"

"나는 미스 김이구요……."

한동안 벽만 바라보고 있던 미스 김은 눈물이 맺힌 얼굴을 돌렸다. 흐느끼고 있었다. 서러운 눈물이 줄줄 흘러내렸다.

"그래요. 내가 뭘 숨기겠어요."

미스 김은 처음부터 얘기를 다시 시작했다. 들으면서도 참으로 기구한 운명이구나 싶었다.

Y기업이란 버젓하게 간판을 내건 해외 취업 알선 단체였다.

Y기업을 통해 일본에 와서 술집에 있다가 돌아간 미스 김은 다시 일본에 오고 싶어 안달을 하다가 Y기업의 부장이란 사내가 소개해 준 어떤 일본 여행객을 몸으로 접대해 주는 대가로 초청장을 받아 또 일본에 왔다고 했다. 그런데 그 일본인은 여자 장사꾼이었고 미스 김은 공항에서 잡혀와 지하실에 감금당한 채 여러 사내들에게 못된 짓을 당했고 결국 깡패들의 감시 속에 그 짓을 하게 되었다고 했다.

몇 번이나 도망을 치다가 잡혀와 갖은 수모를 다 당하고 돈 한 푼 못 받은 채 돌아갈 엄두도 못 내고 있다는 것이었다. 일본말을 제대로 하지 못해 의사소통도 안 되고 항상 감시하기 때문에 혀를 깨물고 죽을 수도 없는 입장이라고 했다. 깡패들은 아무래도 불법체류자를 만든 뒤에 더 옴싹달싹 못하게 미스 김의 육체를 갉아먹을 계획인 것 같다고 했다.

불법체류자가 되어 강제 출국을 당하면 돌아가서도 견디기 힘들고 돈 벌어 오겠다고 큰소리치고 뛰쳐나온 자신의 꼴이 안타까워 매일 죽음과 싸우는 심정으로 살아왔다고 했다.

"그럴 겁니다. 그게 상투적 방법이니까요. 어떻게든 범법자로 만들어서 돈 한 푼 안 주고 알겨먹는 거죠. 그러다가 감쪽같이 죽여 없애는 수도 있어요. 그런 사례가 종종 있습니다."

병규가 이렇게 거들자 미스 김은 얼굴을 감싸고 울었다. 그만큼 그곳 생활은 처절한 지옥이었는지 모른다.

"미스 김 혼자서 당했나요?"

"나 혼자 그 꼴을 당하면 벌써 죽었을 거예요. 삼교대예요. 워낙 한번 당하고 나면 하루 종일 꼼짝 못하니까요. 필리핀 애 두 명도 있어요."

"진짜 때리고 그러는 겁니까?"

나는 연극이기를, 정말 짜고 하는 것이기를 간절히 바라며 물었다.

"진짜예요. 정말 진짜예요. 벗으면 온몸이 형편없어요. 연극처럼 하는 곳도 많대요. 그러니까 진짜로 보여줘서 손님을 끄는 거죠."

미스 김은 금방이라도 옷을 벗어 보여주기라도 할 것처럼 치를 떨었다.

"좋아요. Y기업의 위치를 그릴 수 있죠?"

"그럼요."

"그려봐요."

"보나마나 이사하고 없겠지만……."

그녀는 한탕 해먹고 튀는 그런 엉터리 기업체가 많다는 걸 아는 눈치였다. 피카디리와 단성사를 중심으로 약도를 그려놓고 허탈했던지 벽에 기대었다. 눈을 감고 있었지만 고통의 그림자가 역력했다.

"몸은 어때요?"

"그렇게 하루에 여러 차례 당하고도 살아 있는 게 우습죠?"

"글쎄요."

"처음엔 무슨 약인지 모르고 먹었어요. 나중엔 이렇게 주사를 맞았지만요."

미스 김이 왼쪽과 오른쪽의 팔뚝을 내밀었다.

"이건 마약 주사 자국입니다."

병규가 이를 앙다물고 말했다.

"병규야. 내가 괜히 왔다고 생각하진 않겠지?"

"개새끼들!"

병규가 소리를 질렀다.

"그뿐이 아녜요. 밤이나 낮이나 안 가리고 남자 손님을 받지 않으면 주사도 안 놔주고 내보내요. 그런 날이면 정말 혀를 깨물어요."

"철저하게 빼먹는 놈들이군요. 지금쯤 아마 난리가 났겠네요. 어디 가서 불어버리면 큰일 날 테니까요."

병규가 수첩을 꺼내 뒤적거리며 말했다.

"애들이 튀었는지부터 알아봐야죠."

"경찰에서 갔으리라고 생각하면 벌써 튀었겠지."

"글쎄요. 그런 극장을 임대료 내고 빌려서 하는 놈들은 단기간에 왕창 벌고 튀는 게 상습적인 수법이거든요. 애들한테 몰래 알아보라고 하죠."

"만약 안 튀었더라도 손대지 말라고 해라. 내 손으로 해야 된다."

"알아요. 우리 애들도 함부로 손대진 못해요. 괜히 그랬다가 큰판 벌어지니까요. 으레 그런 애들은 야쿠자 뿌리하고 손이 닿거든요. 그리고 그런 수법도 관할 지역에서만 하면 서로 손대지 않는 게 율법입니다."

"나 때문에 큰일 생기는 건 싫어요. 나를 보내만 주시면 돼요. 잊고 싶어요. 너무 지독한 꼴만 보고 살아서 말예요."

미스 김이 이렇게 말했다. 나는 한 대 갈겨주고 싶은 걸 애써 참았다. 뭐가 좋다고 일본에 와서 그 꼴이냐고 따귀를 올려붙이고 싶었다.

넋 떨어진 계집애들이 많은 건 알았지만 참 견딜 수 없었다. 일본 놈들도 미웠지만 이 계집애도 무척 미웠다. 이런 꼴을 당하면서 살아 있는 계집애들이 일본에 상당수 있을 것 같았다. 어쩌면 더 지독한 꼴을 당하고 있거나 반항하다가 죽은 여자가 있을 것 같았다. 또는 스스로 못 견디고 자살한 계집애는 몰래 매장되어버렸을 것 같았다.

전화를 걸고 난 병규는 조금 후에 연락이 올 거라며 담배를 뻑뻑 빨아댔다. 녀석의 심정도 몹시 착잡한 듯싶었다.

머리를 말리느라 부산을 떠는 미스 김의 목덜미에 퍼런 멍자국이 여러 개 보였다. 아마 몸은 형편없을 것 같았다. 마약과 이상한 환각제를 강제로 투입하고 월급과 몸 파는 값을 가로채는 수법을 사용할 정도라면 보통 악독한 무리들은 아닐 것이다. 특히 일본인이 아닌 다른 나라 여자를 그 지경으로 이용하는 것은 언어 소통이 안 되는 외국 여자들이 행동의 제약을 받는다는 것과 여권을 감추어놓으면 아무것도 못할 거라는 계산 때문일 것 같았다.

"미스 김, 한국 대사관이나 공관에 도움을 청할 생각해 봤나요?"

미스 김이 고개를 저었다.

"왜요?"

"나중엔 물론 생각해 봤어요. 첨엔 도망치더라도 대사관에 가서 그런 얘길 못할 것 같았어요. 나중에 그런 것보다 우선 이곳에서 도망만 갔으면 싶었지만 워낙 감시가 심해요. 화장실 갈 때도 따라붙을 정도예요. 그리고 집의 구조가 도저히 빠져나갈 곳이 없게 만들어져 있어요."

"다른 여자들도 그래요?"

"아녜요. 일본 여자하고 미국 여자들은 출퇴근을 해요. 필리핀 애들과 나만 그랬어요. 다른 여자들이야 월급쟁이 그대로이지요."

그녀가 당한 참을 수 없는 수모는 다 적을 수가 없었다. 이건 사람 취급이란 도무지 받지 못한 여자였다. 섹스의 도구로써 매일매일 육체를 뜯어 먹혔다고밖에 할 수 없었다.

"나 좀 누워 있어도 되죠?"

"그래요."

그녀는 얼굴을 가린 채 누웠다. 가련한 계집애였다.

병규의 표정은 일그러져 있었다. 이런 지경일 줄은 몰랐다는 것이다. 꽤 이런 풍습에 익숙해 있었지만 이렇게 악랄한 변태 영업장에서 한국 여자들이 고통을 받고 있다는 건 처음 알았다며 부끄러움을 느낀다고 실토했다.

"나도 한국 사람이잖아요."

"그건 네가 한국인이 아니고 일본인이라도 마찬가지다. 사람의 탈을 썼다면 말이다."

"형님하고 같이 행동하겠어요."

"내가 일본말만 할 줄 알면 널 보내줬을 거다. 너까지 끌어넣고 싶진 않아."

"후루가와 두목한테 허락을 받은 몸입니다. 형님이 떠날 때까지 나는 대화단의 야쿠자가 아니라 형님의 수행원입니다."

"알다가도 모를 게 후루가와란 인물이다. 내게 그런 호의를 베풀 만한 이유가 없잖아?"

"차차 알게 되겠죠. 명색이 대화단의 두목입니다. 보통 그릇이 아니라는 걸 나중에 알게 됩니다."

"글쎄다."

우리들이 얘기하는 사이에 미스 김은 잠들어버렸다.

"여권 찾으면 바로 보내자."

"정 어려우면 이시하라 두목에게 숨겨달라면 됩니다. 후쿠오카에선 이시하라 두목이 무엇이든 할 수 있는 인물입니다."

"두고 보자."

전화벨 소리가 낮게 들려왔다. 병규가 전화를 받고 알아들을 수 없는 일본말로 지껄였다.

"그 자식들 보통 강심장이 아닌데요. 건달들 데려다 배치하고 형님을 찾겠다고 난리랍니다. 이 호텔도 위험하답니다."

"그래서?"

"옮기죠. 귀찮으니까요. 내가 잘 아는 곳이 있어요. 애들한테 띄지 않을 곳이죠. 저 친구는 일단 이시하라 두목에게 맡기죠."

"그래라."

병규는 또 지껄였다. 그리고 전화를 끊었다.

"차가 금방 올 겁니다. 여기 호텔은 애들이 계산할 겁니다. 서두르죠."

우리는 미스 김을 깨워 가방을 챙겼다. 아직도 졸린 듯이 힘없이 걷는 미스 김을 보면서 나는 이를 앙다물었다. 보여주리라. 더러운 일본 놈들에게 내 솜씨를.

호텔 밖엔 차가 대기하고 있었다. 병규가 약도를 대충 설명하는 눈치였다. 이시하라 두목이 사건을 해결할 때까지 미스 김을 맡기로 했기 때문에 우리는 한결 가벼운 마음이었다.

한적한 지역에서 우리를 내려준 차는 미스 김만 싣고 갔다. 조금은 불안해하는 미스 김에게 나는 반복해서 설명해 주어야만 했다.

우리가 당분간 머물게 된 것은 변두리의 양옥집 이층 방이었다. 깨끗하고 조용해서 오히려 호텔보다 푸근한 생각이 들었다. 주인 내외는 우리를 아주 반갑게 맞이해주었다. 병규와는 가까이 지내는 사람이라고 했다.

안 들어오게 될지 모른다는 얘기를 남기고 우리는 밖으로 나왔다. 택시를 타고 가는 편이 훨씬 안전했기 때문에 승용차를 돌려보낸 것이다.

병규는 약도를 다시 한 번 확인한 뒤에 하카다 지역의 지도를 챙겨 넣었다.

"뒷골목으로 가면 돼요. 거기서 한잔하면서 극장으로 감쪽같이 들어갈 수 있는 루트를 찾거나 아니면 당당하게 손님처럼 들어가는 수밖에 없어요. 미스 김이 얘기한 꽉 막힌 구조라면 당당하게 들어가 화장실이나 창문을 통해 침입해야죠."

"침입이 아니라 공격이다."

"차가 없어도 될까요?"

"차보다 오토바이가 한 대쯤 있으면 좋겠다. 골목길로 튀려면 말이다."

"그럼 애들 보고 한 대 갖다 놓으라고 하죠."

"그래 봐. 극장 근처 약국 앞이면 좋겠다."

"걱정 마세요. 우리 애들도 그런 건 도가 텄으니까요. 시동 걸어놓고 주뼛거리는 체하면 우리가 한 방 갈겨버리는 겁니다. 녀석은 보기 좋게 나가떨어지고 우린 그걸 잽싸게 타고 튀는 거죠."

"역시 꾼은 다르구나."

"잠깐 전화부터 해놓죠."

병규는 공중전화로 달려가 전화를 걸고 왔다.

"덤비는 애들 모두 꺽어 앉히고 손 털며 나오는 건 어떠냐."

"형님, 그건 위험해요. 숨어서 총으로 갈기는데야 당할 재간이 없죠."

"좋다. 나도 명 좀 길어보자. 이 험한 바닥에 와서 개죽음이야 당할 수 없지."

우린 택시를 타고 극장 근처에서 내렸다. 우리가 또다시 나타날 거라고는 생각하지 않을 것이다. 극장의 바로 뒷골목으로 들어선 우리는 찻집으로 들어갔다. 아무래도 뒷골목에서 극장 쪽으로 숨어들기는 어렵다는 판단을 했다.

"형님, 머리가 길어서 이방인이란 표가 대번에 나요. 여기서 활동하려면 머리를 깎는 게 어때요?"

일본 애들은 머리가 대체로 짧은 편이었다. 나처럼 머리 길이가 긴 사람은 쉽게 눈에 뜨일 수밖에 없었다.

"내가 미친놈이 아니고서야 일본에 와서 머릴 어떻게 깎냐? 단발령 때문에 우리 조상들이 당한 수모를 생각하면 일본 놈에게 어떻게 내 머리통을 맡기겠니? 차라리 땋아 내리지."

"형님두 차암."

병규 녀석은 피식거리며 웃었다. 녀석도 머리가 짧은 편이었다.

"술 한잔 하자더니 왜 찻집으로 왔냐?"

"맨정신으로 공격해도 위험한데 뭐러 술을 마셔요? 일 끝나고 살아 있으면 매일 마실 수도 있는데."

"좋은 데가 있냐?"

"핑크룸이라고 볼만한 데가 있어요."

"얼마나 좋아서 핑크룸이냐?"

"요쪽 골목으로 주욱 내려가면 소녀시대(少女時代)라고 하는 핑크룸이 있어요. 종이로 만든 교복 있죠, 세일러복이라고 하는 거요. 계집애들한테 그걸 입혀놓고 술 파는 데가 있어요. 술값만 조금 올려주면 술값만큼씩 그 옷을 찢어가며 마시는 데죠."

"벼락 맞을……."

나는 이렇게 욕지거리를 했다. 병규가 벌큼벌큼 웃었다.

"조금 일찍 왔으면 노팡키사라고 하는 찻집을 구경했을 텐데요."

"노팡키사? 손님마다 키스해 주는 데냐?"

"한창 유행하다 사라졌는데 초미니스커트를 입은 미녀들이 팬티도 안 입고, 정말 속에 아무것도 안 입고 시중들고 하는 데였죠. 커피값이 이십 분 앉아 있는데 천오백 엔에서 이천 엔 정도씩 했죠. 이십 분 넘으면 나가든가 한 잔 더 시키든가 해야 돼요."

"본받을 만한 나라다. 정말이냐?"

나는 의심스러워 물었다.

"대유행였어요. 지금도 관광객이 많은 지역엔 있을 겁니다."

우리는 그렇게 노닥거리며 시간을 보냈다. 극장을 공격하려면 조금이라도 더 늦은 시간이 좋을 것 같았기 때문이었다.

"화장실 창문이 어떻게 생겼지?"

"환풍기 달린 것 같았어요."

"그거 뜯어내려면 드라이버가 있어야겠지."

"걱정 마세요."

병규는 호주머니에서 다목적으로 사용하는 칼을 꺼내 보여 주었다. 이쑤시개까지 달린 다목적용 칼이어서 드라이버는 물론 줄칼이나 쇠톱 같은 것도 달려 있는 것이었다.

"슬슬 가볼까?"

"호주머니에 손을 찔러 넣고 좌우를 둘러보지 마세요. 그냥 구경꾼처럼 자연스럽게 들어가야 돼요."

"알았다."

우리는 찻집에서 나와 골목길로 해서 극장 쪽을 향해 걸어 갔다. 극장의 맞은편 약국 앞엔 오토바이를 손질하는 것처럼 이것저것 만지고 있는 사내가 보였다. 병규가 가볍게 손을 들 자 오토바이 옆에 서 있던 사내가 씨익 웃었다.

"저 녀석 칠 때 진짜 갈기진 말아요. 형님 주먹을 되게 겁먹 고 있는 애들이니까요."

"알았다."

녀석은 치밀한 데가 있어서 주의사항도 많았다. 천천히 걸어 서 극장으로 들어갔다. 어두운 극장 바닥으로 조심스럽게 내 려서자 실연 쇼에 정신이 팔린 사람들이 바싹 무대 쪽을 쳐다보고 있었고 조명실의 불빛은 여자의 나신이 잘 보이도록 불빛을 비추어주고 있었다.

"바로 갑시다."

병규는 나를 화장실로 잡아당겼다.

"들어오는 녀석 있으면 한 방씩 갈겨버려요."

병규는 통풍구의 환풍장치를 재빨리 떼어냈다. 겨우 빠져나갈 만큼 구멍이 뚫렸다. 나는 병규의 다리를 받쳐주었다. 병규가 날렵하게 넘어갔다. 나는 겨우 빠져나갔다. 환풍기를 들어올려 임시로 구멍을 막은 뒤에 좁은 통로를 빠져나갔다. 무대 옆의 대기실 창문으로 여자들의 지껄이는 소리가 들려왔다. 미스 김이 알려준 지하실은 굵은 자물쇠가 채워져 있었다.

"형님이 맡아요."

병규가 자물쇠를 만져보고는 고개를 저었다. 나는 병규가 내민 칼을 받아 들고 자물쇠 구멍에 맞추어보았다.

"안 돼. 철사 찾아봐."

두리번거리던 병규가 가는 철사를 찾아왔다. 열쇠 구멍에 끼우고 몇 번이나 흔들었지만 꿈쩍도 안 했다.

"할 수 없다. 분해하자."

나는 자물쇠를 조심스럽게 분해하기 시작했다. 용수철이 튀지 않도록 움켜쥔 채 칼끝과 송곳으로 자물쇠를 분해했다. 절집에서 동주 형한테 자물쇠 분해하는 걸 배운 뒤로 한 번도 써먹어보지 않았던 실력이었지만 궁하니까 써먹을 수 있었다.

"형님한테 반했소."

병규가 이빨을 내보이며 소리 없이 웃었다.

지하실은 컴컴했다. 벽을 더듬거리며 내려갔다. 손끝에 걸리는 스위치를 켰다. 백열등이 켜졌다. 지하실은 보통 지하실이 아니라 살림집 같았다. 그 속에 미스 김과 필리핀 여자를 감금해 놓았었다는 걸 알 수 있었다.

미스 김이 얘기한 방을 뒤졌지만 너절한 옷가지와 화장품뿐이었다. 우리가 찾는 여권이 있을 리 만무했다. 대충 옷가지와 화장품을 챙겨 가방에 넣고 옆방을 열어보았다. 늘 갇혀 있던 필리핀 여자가 보이지 않았다. 아무래도 미스 김 사건 때문에 어디로 피신시켰거나 숨겨놓은 것 같았다.

"어쩌죠?"

"다시 나가서 주인놈을 찾아야 돼. 넌 대기실로 가서 뒤져봐. 걸리면 무조건 손목을 꺾고 여권을 찾아. 나는 조명실로 올라가서 뒤질 테니까. 찾으면 소릴 질러."

"늙은일 찾아야 됩니까?"

"늙은이가 형식상 주인이니까."

"누가 가지고 있는지 모른다잖아요."

"늙은이 아니면 털보랬어."

미스 김 말로는 형식적으로는 법적으로 입건시키기 애매한 칠순 늙은이가 주인이지만 실제 운영은 털보가 맡아서 한다고 했다.

"사디스트 쇼 할 때 자리 깔던 늙은이요?"

"맞을 거야. 그 늙은이는 대개 대기실에 있다고 했어."

"난 털보 그 자식 턱을 한 대 올려붙이고 싶은데."

"까불지 말고 어서 나가."

병규는 대기실 뒷문 쪽에 바싹 붙었다. 나는 다시 화장실 통풍구로 빠져나와 옷을 털었다.

슬그머니 화장실 문을 열고 나가 조명실 바로 아래의 나무 의자에 걸터앉았다. 위를 흘끔흘끔 쳐다봤지만 몇 놈이나 그 안에 있는지 알 수가 없었다. 조명실로 올라가는 계단으로 비켜서며 천천히 올라섰다. 조그만 유리창 안으로 털보와 젊은 애들 몇 명이 앉아 있는 게 보였다.

문을 살그머니 밀었다. 조명 기사가 손을 들었다. 강한 불빛 때문에 누군지 잘 모르는 것 같았다. 나는 들어서자마자 조명 기사의 복부부터 올려붙였다. 나머지 애들이 벌떡 일어서는 순간 격파 연습하듯 한꺼번에 쓰러뜨렸다. 신속하게 안 하면 극장 안의 사람들이 눈치를 채게 되어 시끄러워질 것 같았다. 털보가 끙 소리를 내며 바닥에 누웠다. 관절을 꺾었다. 이런 경우엔 한 방에 떨어뜨리는 것보다 관절을 꺾어 앉히고 여권의 행방을 묻는 게 훨씬 현명한 것이었다.

"여권 어디 있나?"

나는 다급해서 이렇게 물었다. 알아들을 리가 없었다. 나는 주머니에서 내 여권을 꺼내 보여주었다. 털보 녀석은 못 알아듣겠다는 식으로 고개를 절레절레 흔들었다. 팔목을 더 조여 잡았다. 녀석이 비명을 질렀다. 내 얼굴을 빤히 알면서 내가 여권을 찾으러 온 걸 모르는 체했다. 능청스런 녀석에겐 다른 처방이 필요 없는 일이었다.

더 조여잡았다. 비명도 지르지 못하고 입을 벌렸다. 자꾸 안쪽을 가리켰다. 털보 녀석은 지니고 있지 않은 것 같았다.

무대 옆의 출입금지 구역에서 병규가 재빨리 뛰어나오는 게 보였다. 사람들은 관심 없이 지나치는 것 같았다. 나는 문을 열고 물었다.

"찾았냐?"

"예. 빨리 튀죠."

"조금만 기다려."

여권이 늙은 주인의 손에 있으리라곤 생각지 않았었다. 건달 녀석들이 그런 것까지 신경 쓸 줄은 몰랐다. 만약에 법적인 문제가 되더라도 분실 염려가 있어서 주인이 맡아두었다는 구실을 만들기 위해 늙은이에게 맡긴 것 같았다.

"형님, 급해요."

"이놈들 모가지나 좀 따갈까?"

"형님, 왜 이래요."

"그냥 가란 말이냐?"

"버르장머리나 고치게 몇 대 갈겨줘요. 어서요."

"임마, 이거나 돌려줘."

내가 조명 기구를 가리키자 병규는 여자들이 섹스 쇼 하는 무대에 조명을 맞추어 비추어주었다.

"별짓 다 해보네."

녀석이 투덜거렸다.

"요런 조무래기들한테 분풀이하긴 왠지 내 맘이 아프다."

"어서 가자니까요."

"그러나 두어 달 이 더러운 손으로 불쌍한 여자들에게 마약 주사질 못하게 해야겠지?"

"좋아요."

나는 녀석들이 버둥대든 말든 관절을 한 방씩 갈겼다.

"가자."

가방을 옆구리에 낀 병규가 앞서 나갔다. 계단을 벗어나 입구 쪽으로 급하게 나가던 병규가 멈칫했다.

"윽!"

몽둥이가 병규의 앞가슴을 후려쳤다. 병규의 큰 키가 휘청거렸다.

"포위당했어요."

"많냐?"

"많은 것 같아요."

내가 병규를 밀어내고 자리를 바꾸었다. 몽둥이를 든 애들이 이십여 명이나 지키고 있었다. 복장이나 표정으로 보아 건달들이었다.

"무슨, 비상벨이 있었나 봐요."

"바싹 따라붙어라. 오토바이 있는 데까지만."

"알았어요."

나는 얼굴을 내밀었다가 잽싸게 피했다. 몽둥이가 휘익 날아왔다. 나는 몽둥이를 잡아채며 뛰어나갔다. 몰려섰던 애들이 앞쪽에서부터 쓰러졌다. 병규가 땅바닥에 떨어진 몽둥이를 주워 들고 휘둘렀다. 애들이 흩어졌다. 약국 앞의 오토바이는 시동이 걸려 있었다.

쇠꼬챙이 든 녀석들이 뒤에서 달려들었다. 나이가 어려 보이는 애들이었는데 가죽점퍼와 가죽바지를 입고 있었다. 나는 갑자기 돌아서며 쇠꼬챙이 든 녀석의 목덜미를 한 대씩 갈겼다. 개구리처럼 길바닥으로 나뒹굴었다.

"뛰어."

병규가 먼저 약국 쪽으로 뛰었다. 가방으로 오토바이 옆에 있는 사내를 후려쳤다. 사내가 벌렁 자빠지는 순간 나는 오토바이 위에 올라탔다.

아우성 소리, 쇠꼬챙이와 몽둥이 날아오는 소리, 오토바이의 요란한 엔진 소리가 엉켜들었다.

우리는 골목길을 무자비하게 달려 나갔다. 택시들이 급브레이크를 밟으며 섰고 사람들이 급하게 비켜서는 사이를 질주하기 시작했다. 자동차 두 대와 오토바이 한 대가 매섭게 따라오고 있었다.

"저쪽으로 꺾어요."

"좁은 골목이냐?"

"예."

"알았다."

나는 골목길을 꺾어 달렸다. 오토바이 한 대가 계속 맹렬하게 따라붙었다.

"저걸 끌고 가볼까?"

"위험해요. 한적한 곳까지 가면."

"왜?"

"쟤들 총 가졌을 겁니다."

"골목으로 돌아서자마자 네가 뛰어내려서 해치울 수 있지?"

"해보죠. 저 끝에서 꺾어요."

나는 전속력으로 달리다가 골목으로 꺾으며 속력을 줄였다. 병규가 뛰어내렸다. 뒤에 쫓아오던 오토바이 사내가 병규의 일격에 나가떨어졌고 오토바이는 음식점 쇼윈도로 돌진해 들어갔다.

우리는 다음 골목에서 빠져나와 큰길가에 오토바이를 세우고 택시를 탔다. 계속 오토바이로 도망가기엔 위험했다. 경찰이나 건달들이 추적하고 있을지 모르기 때문이었다.

"여기서 다시 갈아타죠."

요금을 재빨리 꺼낸 병규가 이렇게 말했다. 우리는 다른 택시로 바꾸어 타고 버스 터미널 근처에서 내렸다.

"저쪽에 가면 우리 차가 있어요."

"우리 차라니?"

"차 한 대 빌렸어요. 아무리 생각해도 택시는 위험해요."

병규 녀석은 그만큼 치밀한 두뇌의 소유자였다. 버스 터미널 옆의 공터엔 병규가 얘기한 흰색 승용차 한 대가 기다리고 있었다. 차 안에 있던 사내가 열쇠를 던지고 병규가 내민 여권을 받고서 사라졌다. 일본엔 흰색 차가 많았다. 그래서 표시 나지 않도록 흰색 보통 승용차를 빌렸다고 말했다.

"여기 계실 겁니까? 아니면 골치 아픈데 떠날까요?"

"이 밤에 어딜 가?"

"도쿄로 가죠, 머."

"생각 좀 해보고 움직이자."

"그래요."

병규는 시동을 걸고 백미러를 조정한 뒤에 서서히 차를 몰았다. 터미널을 돌아 짐을 맡겨두었던 집 쪽으로 천천히 달렸다.

"가서 푹 자야겠어요. 긴장했더니 땀이 났어요. 뜨거운 물에 목욕이나 하구……."

병규는 피곤한 기색이었다. 나는 이 밤을 답답하게 보내고 싶지 않았다.

"내가 수집한 정보가 맞는다면 도로고후로에도 한국 여자들이 있다고 들었다."

"형님, 거기 애들은 제대로 대접받는 애들예요."

"섹스 쇼장에서 그런 일이 일어나리라곤 상상 못한 것과 같애."

"나도 자주 다니지만 거긴 깨끗해요."

"임마, 그럼 그냥 목욕하러 가면 될 거 아냐."

"글쎄요."

"미사코하고 놀아나는 꼴을 연상했으면 잠도 못 잤을 거 아니냐?"

"그건 그래요."

"그럼 가보자."

"시내로 들어가긴 싫은데."

"잔소리 말고."

병규가 차를 돌렸다. 다시 시내 쪽으로 차를 몰았다. 눈앞에 하카다의 번화가 나카스[中洲]가 보였다.

암흑가

주차장에 차를 세워놓고 화려한 네온사인이 걸린 골목길로 들어섰다. 길목 입구에서 끝까지 도로고후로라고 했다.

"한국 여자 있느냐고 주욱 물어봐라."

"여긴 있더라도 미스 김처럼 당하는 여자는 없을 겁니다. 실연 쇼는 마약 주사로 어떻게 할 수 있지만 여긴 여자가 구체적인 서비스를 하고 말상대를 해줘야 하기 때문에 그럴 수가 없지요."

"네 눈깔로 봤잖아?"

"그래요. 하지만 여긴 아닐 겁니다."

병규 녀석은 툴툴거리며 집집마다 묻고 다녔다. 골목 끝까지 주욱 다 지나쳤지만 어느 한 집도 한국 여자가 있다고 대답한 집이 없었다.

"벌써 소문난 거 아니냐?"

"그럴지도 모르죠. 애들 말로는 한국에서 온 벼락대신이 억울한 한국 여자를 훔쳐간다는 소문이 좌악 퍼졌다고 해요. 아마 지금쯤 야마구치[山口] 애들까지도 신경을 곤두세웠을지 몰라요."

"야마구치하고 제대로 한판 붙었으면 좋겠다."

"형님두……."

일본 깡패의 대명사라고 해도 좋을 야마구치 조직은 들어서 알고 있었다. 두목과 부두목을 차례로 잃고 심한 권력 암투와 두목 자리를 노리는 산하 조직원들의 결투, 조직의 해산과 이탈, 또는 새로운 조직의 결성 등으로 진통을 겪고 있는 일본 최고의 깡패 집단이었다. 공식적으로만 오백오십구 개 단체에 삼 만여 명의 피의 맹세를 한 조직을 거느리고 음험한 제국을 건설해 온 조직체였다.

구심점을 잃어버린 야마구치 그룹의 내분으로 다른 깡패 조직이 일대 반격전을 펴고 있어 제왕 자리를 빼앗길 위기에 처한 것은 물론 일본 경찰에서도 이 기회를 이용하여 조직의 뿌리를 하나씩 뽑아내고 있는 협공 위험을 안고 있는 깡패 집단이었다.

그러나 아무도 쉽게 무너지리라곤 생각조차 하지 않았다.

칠십여 년의 뿌리와 조직력과 금력이 어마어마했기 때문이다.

"혹시 너희 대화단도 야마구치와 암흑가의 전쟁을 준비하는 거 아니냐?"

"우린 야마구치와 꽤 가까운 편이죠. 설마 그런 걸 꿈꾸겠어요?"

"한 번쯤 찔러봐라. 그럴 가능성이 있을지 모르니까."

나는 야마구치 얘기가 나오자 암흑가의 전쟁에 내가 교묘하게 말려든 게 아닌가 하는 생각이 들었다.

중국 무술의 정통파라고 알려진 유기하가 지나가는 말로 일본 애들에게 초청을 받았다는 얘기를 한 적이 있었다. 암흑가의 선쟁이란 치열한 살상행위가 자행되다가 최후엔 각 파벌 간에 대표자를 내세워 공개적인 대결로 대세를 가름하는 경우가 많았다. 치열한 쟁탈전으로 조직원을 많이 잃은 뒤에 궁여지책으로 최후 수단을 강구할 때 유기하 같은 친구는 욕심내서 손해날 게 없는 실력자였다.

참으로 이상한 예감이 들었다. 나를 대하는 태도라든지 내 실력을 실험해 보는 행위는 아무래도 심상찮은 느낌을 주었다. 미스 김 같이 위험한 여자를 숨겨준다거나 한국까지 안전하게 돌아가도록 비행기 표를 제공하고 극장에서 고생한 보수도 보상하겠다는 말을 내게 하는 것으로 보아 그냥 봐주는 건 분명 아닐 것 같았다.

"들어가자."

우리는 골목 입구의 비교적 큰 집으로 들어갔다. 입구의 카운터엔 삼십 대의 여자가 입장권을 내밀었다.

"내게 돈 있다."

"내가 살게요."

"까불지 마. 얼마래?"

"구십 분에 이만 오천 엔이래요."

"더럽게 비싸다. 우리 돈으로 칠만 오천 원 돈 아니냐?"

"여기선 돈을 환산하면 아무 짓도 못해요."

"깎아봐라. 여기 와서 돈 쓰는 건 정말 아프다. 내 말 알아듣겠냐?"

"형님은 애국자요."

"이 자식아, 애국자가 이 지랄 떨고 다니는 거 봤냐?"

"해볼게요."

녀석은 카운터의 여자와 얘기를 하다 안 되니까 지배인을 찾아 흥정을 하기 시작했다. 일본 전체가 불경기이기 때문에 여자 값 깎는 것도 잘만 하면 될 것 같았다. 십여 분간 떠들던 병규가 씨익 웃었다.

"이만 천 엔 씩이면 돼요? 그 이상은 깎아줄 수 없대요."

"그러자."

"우리보고 지독한 사람이래요. 이렇게 깎자고 우겨대는 거 첨 당한답니다."

"구십 분 되면 알려주냐?"

"안에서 여자애들이 다 알아서 하니까 걱정 마세요."

"걱정하는 게 아니라 이놈들한테 안 당하려고 그런다."

"됐어요. 들어가요."

나는 돈을 지불하고 대기실로 들어갔다. VTR 세트가 갖추어져서 미리 흥을 돋우게 꾸며놓은 방이었다. 벽엔 나체의 서양 여자 사진이 여러 장 걸려 있었고 안내하는 여자는 음료수를 내놓았다.

"말 안 통하면 전화로 연락한다."

"형님, 나도 바쁜데 그냥 분위기나 좀 보고 나오세요. 끝나면 여기서 만나는 겁니다."

"알았나."

조금 후에 대기실 커튼을 연 여자가 무릎을 꿇고 넙죽 절을 했다.

"형님, 따라가세요."

"네가 가라."

"여기서 제일 난 애래요. 어서요."

생각보다 예쁜 애가 중국 옷차림 같은 걸 걸친 채 내가 나설 때까지 무릎을 꿇고 있었다. 나는 천천히 따라갔다. 이층으로 올라가는 계단이 좁았다. 검붉은 카펫과 벽장식의 나체 사진 옆에 붉은 장미꽃이 꽂혀 있었다.

제일 구석진 방으로 안내되었다. 넓은 공간에 대형 침대가 놓여 있었고 그 앞엔 텔레비전과 화장대와 작은 옷장이 가지

런히 놓여 있었다. 커튼 사이로 보통 가정용보다 큰 욕조와 샤워 시설이 보였고 벽에 세워놓은 고무보트 같은 기구가 생소한 느낌을 주었다. 계집애는 먼저 옷을 벗었다. 플라스틱 상자에 내 옷을 벗어놓으라는 시늉을 했다. 나는 옷을 벗어 던졌다. 대형 수건 한 장을 내게 내민 계집애는 냉장고를 열어 마실 걸 가리키라는 시늉을 했다. 내가 말을 못 한다는 걸 알고 있었다.

맥주를 따라 주곤 화장대를 열어 열 종류가 넘는 담배를 또 가리켰다. 피우고 싶은 담배를 고르라는 것 같았다.

"거북선 없나?"

"……."

"염병할. 거북선 없냐구? 이런 떡을 칠."

"떠그를……."

흉내를 내보려고 이렇게 말하고 씨익 웃었다. 쪽니가 예뻤다. 깡마른 것 같았지만 엉덩이와 가슴엔 유난히 살이 많았다. 샤워기와 욕조의 물을 조정해 놓고 돌아와서 내 무릎에 볼을 비볐다.

"너, 갈비다."

"가르비?"

"장작개비."

"개르비?"

"씨팔!"

"씨파르?"

계집애는 내 말을 알아듣지 못하니까 흉내만 냈다.

샴푸와 린스, 비누와 향료, 이름을 알 수 없는 화장품 병을 샤워기 옆에 나란히 세워놓은 계집애는 물 묻은 손을 내밀어 나를 일으켜 세웠다.

"마이 네임 이스 구미코."

"캔 유 스피크 잉글리시?"

"노."

계집애는 부끄러운 듯이, 마치 영어를 모른다는 것이 부끄러운 듯이 고개를 흔들었다.

"실은 나도 모른다, 이년아."

"이녀냐?"

나는 얼굴을 가리키며 또 말했다.

"뷰티풀 이꼬르 이년아."

계집애는 내 손바닥에다 수학의 같다는(=) 표시를 썼다. 맞느냐고 고개를 끄덕여 보였다. 나는 낄낄거리며 웃었다. 계집애도 따라 웃었다. 계집애는 이녀냐, 이녀나를 자꾸 지껄였다. 아름답다는 뜻인 줄 아는 게 분명했다.

플라스틱 의자에 앉혀놓고 샤워기로 몸을 닦으며 계속 지껄였지만 알아들을 수가 없어 안타까웠다. 비누칠을 해주며 가벼운 장난을 걸었다.

욕조에 들어가라고 하더니 버튼을 눌렀다. 사우나탕처럼 물이 들끓었다. 칫솔 위에 투명한 치약을 발라 내밀기도 했다. 붉은 컵엔 아주 차가운 물이 담겨 있었다. 양치질을 끝내자 칫솔을 작고 예쁜 쓰레기통 속에 던졌다.

다시 욕조 밖으로 끌어낸 구미코는 고무보트처럼 생긴 걸 눕혀놓고 그 위에 누우라는 시늉을 했다. 공기를 팽팽하게 넣은 것이어서 탄력 있게 흔들렸다. 계집애는 다시 미끄러운 올리브유로 나를 마사지하기 시작했다.

온몸이 스멀스멀 팽창하기 시작했다. 계집애는 마사지를 마치고 내게 올라오라는 몸짓을 했다.

계집애의 몸뚱어리도 미끄러웠다. 별난 놈의 서비스도 다 있다 싶었다.

입술과 혓바닥으로 장난을 하던 계집애가 비누칠을 잔뜩 한 뒤에 아랫도리로 마치 때밀이하듯 내 육체의 구석구석을 닦아 내려갔다. 꺼끌거리는 감촉이나 계집애의 보조개 패인 얼굴이나 숨 가쁘게 나를 몰아붙이는 행위가 밉지 않았다.

나도 별수 없는 사람 새끼였다. 일본 계집애만 보면 끌려간 정신대 여인들이나 일본 사내에게 수모를 당한 여인들, 아니면 요즘 일본 사내들에게 돈 몇 푼 때문에 팔려 다니는 여자들의 복수를 무자비하게 해대겠다는 각오였지만…….

하긴 그 후손들에게 무슨 죄가 있을까?

몸을 깨끗이 닦아준 계집애가 나를 침대 위에 눕히고 알 수 없는 약품을 입에 가득 물어 내 아랫도리에 뿜었다. 라이터 가스가 새어 나올 때처럼 차디찬 액체였다.

경직되었다.

혓바닥 공양이 시작되었다. 계집애는 그 방면의 전문가였다.

나는 자지러질 것 같았다.

쾌락은 말릴 수 없는 것일까? 인간은 이 숙제를 풀 수 없는 것일까? 관념적으로는 쉽게 해결될 수 있는 문제지만…….

나는 허우적거리기 시작했다. 가녀릴 것 같으면서도 세련된 몸짓, 격렬하면서도 따스한 살갗, 고통스런 표정과 얼크러진 환희의 얼굴.

숨 가쁜 시간이 흘러갔다.

목이 말랐다. 계집애는 냉장고에서 차디찬 맥주를 꺼냈다. 단숨에 한 잔을 마셨다. 담배를 물려주고 턱 밑에 무릎을 꿇고 앉아 가벼운 안마를 시작했다.

샤워기로 몸을 닦아준 그녀는 물기를 없앤 뒤 돌아서서 옷을 입었다. 속옷 한 개와 차이나 스타일의 원피스, 딱 두 개뿐이었다. 나도 옷을 추스려 입고 침대에 비스듬히 누웠다.

그녀가 내민 명함에는 주소와 전화번호와 도로고후로의 명칭이 씌어져 있었고 구미코[久美子]란 이름을 볼펜으로 써넣었다. 전화 예약도 받는다는 말이 조그맣게 괄호 안에 씌어져 있었다.

계집애는 명함 뒤편을 가리켰다. 이틀 일하고 하루 쉬는 날짜가 명시되어 있었고 생리휴가 나흘은 붉은 볼펜으로 생휴

(生休)라는 표시가 되어 있었다. 철저한 몸 관리를 하고 있다는 느낌을 받았다. 우리나라도 비슷한 여자들이 있지만 생리휴가 나흘을 빼면 일요일마저 없는 혹사를 당해야만 했다. 아마 여자에게 그놈의 생리마저 없으면 하루도 못 쉬게 할지 모른다는 생각이 들었다. 생리 기간 나흘을 일요일과 바꾸어 사는 여자들을 생각하면 일본이란 나라의 사람 값은 꽤 높은 편인 것을 알 수 있었다.

도로고후로는 공창제도가 없다고 자랑하는 일본의 섹스 산업 가운데 하나였다. 일종의 변태 터키탕 종류인데 돈만 있으면 누구나 즐길 수 있는 곳이었다. 일본 천황의 근엄한 시종장이 도쿄 한복판의 도로고후로에서 발가벗은 채 사망했다는 추적 기사를 읽은 적이 있었다. 공창제도보다 오히려 값비싼 대가를 치러야 하는 도로고후로는 일본의 국민성을 보여주는 장소였다. 겉으로는 창녀가 전혀 없는 엄격한 사회인데 안으로는 섹스 산업을 개방한 이중성을 그대로 보여주는 곳이었다.

계집애는 내가 들어온 시간을 알려주고 나가야 할 시간이라고 말했다. 시계를 가리키며 구십 분이 되었다는 얘기를 설명했기 때문에 쉽게 알아들을 수 있었다. 구십 분이란 시간은 매우 짧았다. 그렇게 쉽게 지나가리라곤 생각지 않았다.

계집애는 담배 한 갑을 넣어주고 앞장섰다. 아까처럼 계단을 통해 내려갔다.

"형님, 여기요."

병규가 대기실 커튼을 들고 말했다. 계집애가 무릎을 꿇고 절을 했다. 나는 등을 한 번 토닥거려주고 대기실로 들어갔다. 기다리는 사내들이 여러 명 눈에 띄었다. 짧은 머리와 단정한 넥타이 차림새가 월급쟁이라는 걸 쉽게 알 수 있었다.

"나가자."

"좋았습니까?"

"괜찮았어."

"나는 형님 때문에 쪽박 차고 나왔어요."

"못생겨야 맛이 나는 법이다."

우리는 밖으로 나왔다. 카운터에 앉았던 여자가 문 밖까지 따라 나와 공손하게 인사를 했다.

"뭐라는 거냐?"

"자주 오시랍니다."

"으흐흐흐……."

나는 음흉스럽게 웃었다. 바깥 바람은 시원했다. 주차장까지 걸으면서 우리는 아무 말도 하지 않았다. 허무한 감정 때문이었다. 여자와 만나고 즐기는 과정이 중요한 것이지 그놈의 힘 빠지는 관계라는 건 늘 허망한 것이었다. 그러면서도 그때만 지나면 또다시 그 허망한 짓을 시도하곤 하는 게 사내의 본성인지도 모른다.

"어쩐지 기분이 으스스하다."

나는 시계를 들여다보며 이렇게 말했다. 벌써 새벽 두 시가 가까웠다.

"왜요?"

"나를 기다리는 애들이 많다."

"뭐요?"

"그대로 돌아보지 말고 그냥 지나쳐라. 차 안에 있으면 꼼짝 없이 당한다."

병규는 야쿠자 밥을 먹은 녀석이어서 말귀를 빨리 알아들었다. 우리 차를 그냥 스쳐 지나서 엉뚱하게 울타리 구석에 있는 자동차 있는 데까지 걸었다.

"무기 가졌나요?"

병규가 낮은 소리로 물었다.

"총신이 길다."

"어쩌죠?"

"내가 신호를 하면 자동차 문을 여는 것처럼 하다가 담을 뛰어넘어라."

"저쪽에도 좌악 깔렸을 텐데요."

"총 가진 놈은 두 놈뿐이다."

"그러면 야쿠자 애들이 움직였다는 뜻입니다."

"골치 아프게 된 거냐?"

"여기서 날으죠."

"어디로?"

"도쿄로요."

"일 안 끝났다. 담을 뛰어넘으면 넌 곧장 지하도로 들어가라."

"거긴 더 위험해요. 차라리 저 위에 있을게요."

병규가 가리킨 곳은 높지 않은 건너편 빌딩이었다. 비상계단이 보였다.

"아무튼 그러자. 만약 서로 헤어지면 일단 호텔 앞에서 만나자. 아까 그 집엔 찾아갈 능력이 없으니까."

"아녜요. 제일 좋은 데가 하카다 역입니다. 그 안엔 사람도 많고…… 출구 오른쪽요."

"알았다."

우리는 마치 자동차를 탈 것처럼 동작을 취했다.

"넘어라."

병규가 자동차 지붕을 타고 잽싸게 담을 뛰어넘었다. 나도 따라서 뛰어넘었다. 병규가 옆골목으로 뛰었다. 주차장 쪽에서 갑자기 시끄러워지며 이 골목 저 골목에서 애들이 튀어나왔다. 나는 골목 입구에 버티고 서서 병규가 무사히 빠져나갈 만큼 시간을 벌었다.

말이 통하지 않으니까 담판이고 흥정이고가 필요 없었다. 걸리면 갈기고 보는 수밖에 없었다.

쇠구슬을 손가락 사이에 끼고 숨었다. 쇠꼬챙이 든 녀석이 기웃거렸다. 턱을 올려붙이자 기둥을 붙잡고 나뒹굴었다. 나는 쇠꼬챙이를 옆에 끼고 골목의 기둥에 붙었다.

두목인 듯싶은 사내가 큰 소리로 외치며 뛰어왔다. 총을 든 두 녀석이 멀찍이 떨어져서 나를 겨냥했다. 기둥에 가려 있어서 더 접근하기 전엔 쏠 수 없다는 걸 알자 가깝게 다가왔다.

다른 애들은 움직이지 않았다. 두목인 듯한 사내가 벽 앞에 버티고 서 있었다. 그 주변에 무기를 든 애들이 열 명쯤 서 있었다. 애들은 이미 흩어져서 내 도주로를 막은 게 분명했다. 여기를 빠져나가려면 총 든 두 녀석을 먼저 없애는 수밖에 없었다.

내가 한 발짝 앞으로 나왔다.

두목인 듯한 사내가 뭐라고 소리 질렀다. 알아들을 수가 없었다. 병규를 먼저 보낸 것이 아쉬웠지만 할 수 없었다. 나는 무기를 버리고 항복하라는 뜻을 그들의 표정으로 알 수 있었다.

쇠꼬챙이를 버리고 걸어 나갔다. 총 든 녀석과 무기 든 애들이 빠른 걸음으로 다가왔다.

그들도 총성을 울리며 시끄럽게 하기보다는 곱게 나를 묶어 가기를 원할 것 같았다.

총 든 녀석이 바싹 다가섰다. 거리는 20여 미터였고 흩어졌던 애들이 모여드는 것으로 미루어 삼십여 명쯤 되는 것 같았다. 나는 손가락 사이에 낀 쇠구슬을 손바닥에 굴렸다. 총 든 녀석과 두목인 듯한 사내와 일본도를 든 녀석을 먼저 갈기는 게 상책이란 생각이 들었다.

쉭 쉭 쉭 쉭.

양쪽 손에서 거의 동시에 쇠구슬이 튀었다. 총 든 녀석은 그 자리에서 고꾸라졌고 두목인 듯한 사내와 일본도를 든 사내는 한 발자국씩 비틀거리다가 쓰러졌다.

쉭 쉭 쉭.

쇠구슬이 계속 날았다. 접근하는 녀석들이 뒤로 자빠졌다. 나는 재빨리 총 두 자루를 거머쥐었다. 벽에다 총을 세워놓고 이단 옆차기로 걷어찼다. 총신이 동강 나버렸다.

쉭 쉭 쉭.

쇠구슬을 날려 덤비는 애들을 우선 제압해야만 했다. 그렇지 않으면 숫자가 많아 잘못하면 당할 염려가 있었다. 그래도 애들은 흩어지기만 했지 도망가지는 않았다. 나는 피하기보다는 적극적으로 공격하는 게 낫다는 생각이 들었다. 따끔하게 맛을 봐야 추적을 포기할 거라는 생각 때문이었다.

골목 뒤로 돌아 주차장 옆으로 빠졌다. 애들은 내가 피신하는 거라고 생각했는지 우르르 몰려왔다. 주차장은 넓었다. 내 손에 쥐어진 몽둥이가 날렵한 춤을 추었다. 내 봉술은 무공 스님도 인정해 주는 것이었다.

무자비할 수밖에 없었다. 그들에게 어떤 무기가 있는지 모르기 때문에 한 방씩 갈기는 것으로 끝내줄 수밖에 없었다.

애들은 비명을 지르며 쭉쭉 뻗어버렸다. 나머지 애들은 정신 없이 도망가버렸다. 두목인 듯한 사내의 멱살을 옭아 쥐고 아스팔트 바닥에 메어꽂았다. 반쯤 죽이고 싶은 생각이 들었다. 녀석은 뭐라고 악을 썼다.

처절한 짐승의 소리였다.

사람들이 눈치채기 전에 녀석을 다잡아 앉히기는 어려웠다. 혈을 눌러 비명조차 지르지 못하게 한 나는 녀석을 트렁크에 실었다.

시동을 걸고 주차장을 빠져나갔다. 운전대가 오른쪽에 달려 있어서 낯설기는 했지만 그런대로 운전은 할 수 있었다. 큰길로 나서자 라면 끓여 파는 포장마차가 보였다.

종이에 하카타 역[博多驛]이라고 써서 내밀자 도로표지판을 가리키며 곧장 가라고 일러주었다.

일러준 대로 표지판만 보고 달리자 큰길가에 하카다 역이 보였다. 보수공사 중인지 철재와 목재들이 쌓여 있었고 사람들이 밤늦은 시간인데도 꽤 복작거렸다. 자동차를 역전 모서리에 세워둔 채 출구 쪽으로 갔다.

"형님."

병규가 뛰어나와 내 손을 잡았다.

"괜찮았어요?"

"살아왔잖냐. 나가자."

"떠나죠. 기차표 샀는데."

"난 못 떠나. 빨리 물려."

병규는 머쓱한 표정으로 매표구 쪽으로 뛰어갔다.

"자동차 트렁크 속에 두목인 듯한 놈을 싣고 왔다. 어디든 호젓한 데로 끌고 가서 조져봐야겠다."

"형님, 야쿠자 애들이 움직였대요. 형님 목에 상금이 걸렸어요."

"얼마래?"

"십만 엔요."

"이 새끼들 웃기고 있네. 내 모가지가 그것밖에 안 나간단 말이냐? 이젠 좀 비싸지겠지."

"어떤 애를 잡아 왔는지 모르지만 좀 오르겠죠."

열쇠를 받아 든 병규가 급하게 차를 몰았다.

"호젓한 데로 가자."

"바다 쪽으로 갈까요?"

"산 쪽이 좋겠다."

"알았어요. 트렁크에 있는 녀석 죽진 않은 거죠."

병규는 내가 산 쪽으로 가자고 하니까 트렁크 안에 있는 녀석이 죽은 거라고 생각한 것 같았다.

"아무려면 어떠냐? 내 목에 얼마가 걸리느냐가 문제지."

"그건 위험합니다. 아무래도 형님은 여길 떠나야 됩니다. 파묻는다고 끝나는 것 아니잖아요."

"잔소리 말고 가자."

자동차의 속력이 매서웠다. 속도계가 백삼십을 넘어섰다. 병규는 말없이 달리기만 했다. 골치 아픈 상대를 만나게 되어 녀석의 심정도 복잡한 것 같았다. 내가 말을 할 줄 안다면 귀찮게 녀석을 끌고 다닐 이유가 없었다.

산모퉁이를 돌자 자동차가 겨우 빠져나갈 만한 좁은 길이 나섰다. 병규는 느릿느릿 그 길로 차를 몰았다.

"여기쯤 좋겠죠?"

"그래."

내가 먼저 내렸다. 산골의 밤 바람은 썰렁했다. 트렁크를 열자 녀석은 죽은 듯이 꼼짝 않고 누워 있었다.

"살아 있잖아요?"

"그럼 내가 죽일 줄 알았냐?"

병규가 트렁크 속의 사내를 죽은 거라고 인정할 만큼 사내는 신음 소리도 내지 못하고 있었다. 나는 끌어내어 혈을 풀어주었다. 숨 가쁘게 몇 번 심호흡을 하고는 뭐라고 중얼거렸다.

"뭐라는 거냐?"

"살려달래요."

"내 속을 안 썩이면 살려준다고 해라."

병규가 일본말로 지껄였다. 사내가 철푸더기 주저앉은 채 대꾸했다.

"살려만 주면 무슨 얘기든 다 하겠답니다."

"그럼 어떻게 우리를 포위했는가부터 물어라."

"이 친구는 특공대 대장이랍니다. 위에서 두목이 형님을 잡아 오라고 시켰답니다. 어떻게 해서 우리가 도로고후로에 있었는지나 주차장으로 오게 된 건지는 모른답니다. 시키는 대로 했는데 형님이 말을 못 알아듣고 먼저 공격한 거랍니다. 위에선 잘 모셔오라는 분부였답니다."

"쟤 말 믿을 수 있나?"

"글쎄요. 믿어도 될 겁니다. 야마구치 애들은 아닙니다."

"어째서 내 목에 현상금을 걸었는지 물어봐라."

"그것도 자세한 내막은 모른답니다. 지금 시내에선 벼락대신에 대해 비상이 걸렸답니다. 한국 여자를 데리고 있는 술집이나 극장 같은 데선 야쿠자에게 경비를 부탁하거나 아예 임시 휴업을 한 곳도 있답니다."

"만약 내가 반항했다면……."

"마땅히 사살했을 거랍니다."

"여기 왕초가 누구냐?"

"대일본평화회라고 해서 일본의 다섯째 안에 드는 야쿠자 계열입니다. 나가시마 시게오[長島茂雄]라고 대단한 거물이지요. 야마구치와 일전을 불사하는 조직입니다. 검은 단체에서 극악하기로 소문이 자자합니다."

녀석은 원체 다구지게 당한 데다가 혈을 짚여 숨도 제대로 쉬지 못한 터이지만 한적한 산골로 끌고 오자 술술 털어놓기 시작했다. 병규가 서툴게 굴면 매장해 버릴 거라고 겁을 주자 살려만 주면 평생 형님으로 모시겠다는 맹세까지 했다고 한다.

"하는 일이 어떤 거냐고 물어라."

"형님이 한국에서 온 벼락대신이란 걸 안답니다. 그리고 한국 여자들을 흥행업체에 제공하는 일도 중요한 일 가운데 하나랍니다. 미스 김도 얘들 소관이었고 마약이나 밀수, 폭력청부나 사업체 운영, 수수료 착복과 도박 수입, 노동자 공급과 자

릿세 따위로 이끌어 나가는 걸로 알지만 정확한 액수나 운영
방법은 전혀 모른답니다. 특공대 대장이란 중간보스로 폭력청
부나 공갈, 사기 행위 등에 출동하는 전위조직이랍니다."

"여자 장사들이 한국 여자는 몇 명이나 데리고 있냐?"

"이십 명 정도밖에 안 된답니다. 나머지는 합법적인 영업으
로 한국인이 경영하는 집이기 때문에 큰 문제가 없답니다."

"저 녀석이 봐서 정말 이런 일은 없어야 되겠다든지 마음이
아픈 정도의 변태 영업이 있을 거다."

한참을 생각하던 녀석은 주절주절 늘어놓았다.

녀석마저도 못 견딜 정도의 돈벌이는 일본 여고생을 납치해
다가 감금한 뒤에 마약 주사와 폭력으로 창녀 행위를 시키는
거라고 했다. 여학교 교복을 그대로 입힌 채 예약된 손님만 받
는 행위라고 말했다. 그런 비밀 장소에 가려면 적어도 하룻밤
에 이십만 엔 이상을 지불해야 하고 한 달이나 일주일씩 계약
을 하기도 한다는 것이었다.

"현재 열두 명의 여학생이 감금되어 있답니다."

"장소가 어디냐?"

"형님!"

병규가 나를 말렸다.

"까불지 마라. 일본 년이 그렇게 당하는 걸 제일 기분 좋아
할 놈은 나다. 그러나 그걸 안 이상 내가 그냥 지나갈 순 없잖
느냐. 나이 어린, 그것도 열대여섯 살짜리 여학생을 납치해다

가 부자 늙은이들 밥을 만들고도 모자라 몇 달씩 데리고 살게 하는 놈의 새끼들을 그냥 두란 말이냐?"

"형님, 그래도 난 반대합니다. 거긴 삼엄해요. 돈 있는 놈들만 비밀리에 출입할 수 있는 곳이라면 빤하잖아요."

"더 잔소리하면 너도 그냥 안 두겠다."

"차암, 형님도."

병규는 어이가 없는지 자동차에 기대서 담배를 뻑뻑 빨았다.

"한 가지 더 물어. 나가시마 두목이 이 시간쯤엔 어디에 있는지."

"형님, 나도 한마디 합시다. 나가시마는 죽이지 않으면 반드시 복수하는 악독한 야쿠자입니다. 형님이 여기서 살인자가 되실 수야 없잖아요? 그렇다면 언제든 형님은 당해요. 아마 대일본평화회에선 지방조직의 총수를 건들게 되면 전국에 비상을 걸 겁니다. 대집단끼리 전쟁을 방불케 하는 집단 전쟁을 하는 패거리들입니다. 암흑가의 전쟁이 어떻다는 건 아시잖아요."

"안다. 네 생각엔 내가 무모하다고 생각하겠지. 실력만 믿고 까부는 거라고 생각하기도 할 거고. 그러나 난 이미 발목을 잡혔어. 야마구치는 지금 경찰의 섬멸작전과 다른 야쿠자 조직의 협공을 받고 있지. 내가 너희 대화단의 속임수에 걸린 건 결국 일전을 불사할 야쿠자의 비밀결사의 공동사업으로 끌어들였다는 느낌을 지울 수 없게 되었다. 부정해도 좋다. 나를 이렇게 끔찍한 대접을 하는 것도 그렇고 내 행동이나 움직임이 이렇게 쉽게 노출되는 것을 보면 나더러 자꾸 부딪혀서 결국 야쿠자와 손을 잡도록 유도하고 있는 것인지도 모른다. 그러니까 나는 역으로 쳐야 돼. 네놈도 이젠 믿을 수가 없어. 아무리 정보가 빠른 집단이라고 해도 내 움직임이 그렇게 빨리 노출된다는 건 무슨 흉계가 있는 것이다."

"형님, 아무렇게나 생각하세요. 그러나 두목들은 어떻게 생각하든 나는 개의치 않습니다. 형님을 몰아서 결국 흥정을 하게 하려는 수작이라면 적어도 이런 식의 궁지로 몰아붙이진 않을 겁니다. 만약 그렇다면 여러 가지 함정이 있을 겁니다. 특히 형님의 기질을 알고 있고 한국에서의 활동을 알고 있다면 여학생을 감금해 놓은 곳은 함정일 수 있고 이 친구가 잡혀 왔으니 나가시마가 마음 편히 무방비로 자고 있진 않을 겁니다."

"네 말도 일리가 있다. 그러나 한 가지 잊어버린 게 있다. 내가 일본 애들을 지독하게 미워하기 때문에 한국 여자들이 있는 곳을 감추거나 함정을 만들 수는 있지만 일본 여학생이 수모를 당하는 곳에 내가 나타나리라곤 꿈에도 상상하지 못할 거다."

"……"

"두 군데의 약도를 세밀하게 그리고 경비하는 애들의 위치와 무기 종류를 밝히라고 해라."

"만약 엉터리로 그리거나 알려주면 형님은 꼼짝없이 죽어요."

"대화단이 설마 나 죽게 내버려두진 않겠지."

"믿지 마십쇼. 우리 대화단은 전쟁을 원치 않습니다."

"그렇다면 널 믿으마."

"난 힘이 없어요."

"하느님이 있다."

"형님두……."

나는 사내를 끌고 벼랑으로 올라갔다. 손목을 묶고 벼랑 끝에 세우고 발길로 걷어찼다. 병규가 재빨리 사내를 붙잡았다. 사내는 무릎을 꿇고 울었다.

이건 우리들의 연극이었다.

제대로 실토하도록 하기 위해서 우리가 연극을 했으리라곤 상상조차 할 수 없는 긴박감을 주었다.

"그럼 그려라."

사내는 병규가 내민 종이와 플래시 불빛을 앞에 놓고 여학생이 감금당해 온갖 수모를 당하는 비밀의 집과 나가시마 두목이 기거하는 집의 약도와 경비 상황, 무기의 종류를 상세하게 그려나갔다.

"됐다. 이 정도라면 믿어도 되겠지?"

"그렇긴 하지만."

아직도 병규는 미덥지 않은지 주춤거렸다.

"당장 가자. 우리가 도주했을 거라고 믿고 있을 때 역습해야 한다."

"이 친구는요?"

"데리고 간다. 그래야 현장에 가서 상황이 바뀌지 않는다."

"형님, 한 번 더 생각해 보죠."

"내가 말했지. 내 뒤엔 하느님이 있을 거라고. 그리고 넌 빠지는 거야. 차 안에서 이 녀석을 지키고 있기만 하면 돼. 자동차 한 대 훔치는 일은 물론 네가 해야지."

"자동차라뇨?"

"열두 명의 여학생을 싣고 튀려면 이 차 가지곤 안 되잖아. 이 차는 아무 주차장에다 세워두고 애들더러 찾아가라고 해. 우린 미니버스 한 대 훔치면 되잖아. 좋은 일 하자는데 차 한 대쯤 어떠냐?"

"아예 연락해서 차 한 대 보내달래죠?"

"그건 안 돼. 노출돼. 내 말 알아? 지금까지 그랬어. 일 끝난 뒤에 차도 찾아가라고 해야 돼."

"할 수 없죠."

녀석은 시동을 걸었다. 나는 사내를 묶고 입을 봉해 버렸다. 혈을 짚으면 간단하지만 고통스럽게 하긴 싫었다.

사내가 그려준 약도를 자세히 살펴보았다. 여학생이 감금당한 집이나 나가사마 두목이 기거하는 집은 모두 대저택이었고 양옥 형태였다. 경비원이나 무기 소지는 나가사마 두목 쪽이 더 삼엄한 편이었다.

"두 곳을 동시에 해치우는 효과가 있어야 된다. 만약 실패하면 끝장인지도 모른다. 한쪽을 완벽하게 해치워야 정보가 새나가지 않고 그 사이에 다른 곳을 습격할 수 있다. 내 말 알겠지?"

"예."

"힘 내 임마. 먼저 여학생 감금당한 집이다. 전화고 자동차고 모두 박살낸다. 그리고 그다음엔 나가시마 두목 집이다. 거기도 물론 박살낸다. 그리고 우리도 한 많은 여길 뜬다."

"만약 차질이 생겨 흩어지면……."

"넌 무조건 안전한 곳으로 튀어라. 넌 살아야 하니까."

"형님은요?"

"난 살아서 널 찾아가마."

"그럼 이러죠. 제일접선은 뉴오타니 호텔, 두 번째는 하카다 역, 세 번째는 후루가와 두목과 식사하던 집."

"네 번째는 지옥이다."

내가 이렇게 말하자 병규는 쓰게 웃었다.

자동차가 하카다 시내를 피해 돌아갔다. 사내가 말한 약도대로 자동차가 움직였다. 멀리 주차장이 보였다. 간이 주차장이어서 사람 모습이 보이지 않았다. 우리는 차를 세우고 미니버스 옆으로 다가갔다. 병규는 칼끝으로 열쇠 구멍을 열었다. 내가 달려들어 송곳으로 문을 열었다.

병규는 선을 끊어 접선시켜 시동을 걸었다. 다행스럽게 핸들키는 없었다. 사내를 옮겨 싣고 다시 출발했다.

하카다의 변두리 지역에 위치한 양옥집 앞까지 자동차로 달려갔다. 한적한 별장 같았다. 우리는 시동을 끄고 내리막길에 차를 세워놓았다. 몇 대의 자동차가 나무 그늘 밑에 세워져 있었다. 병규가 잽싸게 바퀴에 구멍을 냈다.

"넌 여기서 꼼짝 말고 지켜. 위험하면 이걸 불어라."

운동경기 때 쓰는 호루라기를 내밀었다. 병규가 목에 걸린 호루라기를 내보였다.

"저 자식 잘 봐야 한다. 넘어갔다간 내 모가지가 열 개라도 안 되니까."

"총 조심해요."

나는 쇠구슬을 보여주었다. 녀석이 씨익 웃었다.

시계를 들여다보았다. 새벽이었다. 곧 날이 샐 것 같았다. 아직은 어둡지만 일본의 새벽은 빨리 오는 걸 알고 있었다.

담장을 끼고 돌았다. 컹컹거리며 개가 너덧 번 짖었다. 나는 쇠구슬을 쥐고 담장 위로 껑충 뛰었다. 도사견 두 마리가 입을 벌리는 순간 정통으로 갈겨버렸다. 공중으로 벌떡 뛰더니 속으로 비명 지르듯 악을 쓰면서 푹 고꾸라졌다.

현관 쪽으로 잽싸게 뛰어가 바싹 문 뒤에 붙었다.

현관문이 열리고 고개를 내미는 녀석의 손엔 권총이 쥐어져 있었다.

윽!

한 방에 사내는 주저앉았다. 목을 길게 늘인 채 뻗었다. 총을 옆구리에 꽂고 쇠구슬을 힘 있게 쥐었다. 열린 문으로 기어서 들어섰다. 넓은 응접실에 경비원인 듯한 세 사내가 마작판 앞에 모여서 마작놀이에 열중이었다.

소리 나지 않게 처치하기가 쉽지 않다는 생각이 들었다. 벽엔 도자기와 일본도가 진열되어 있었고 이층으로 올라가는 계단과 지하실 계단 옆엔 대형 화분이 놓여 있었다. 현관 쪽엔 대나무를 심은 화분이 놓여 있어서 넓은 실내 분위기를 한껏 고풍스럽게 꾸며놓았다. 내게 약도를 그려준 사내가 빼먹은 게 많았다. 응접실과 바로 연결되는 방이 약도에는 없었다. 그 안에 사람이 있다면 소란해질 수가 있었다.

"이봐!."

내가 일어서며 살며시 불렀다. 마작판에 눌어붙었던 녀석들이 동시에 쳐다보았다. 나는 쇠구슬을 날렸다.

쉭 쉭 쉭.

세 사내는 그대로 누웠다. 비명 소리에 안방 문이 벌컥 열렸다. 팬티 바람의 사내는 무방비였다. 나는 뛰어들면서 걷어찼다. 사내가 뒤로 벌렁 자빠졌다. 방 안에다 세 개의 쇠구슬을 더 날렸다. 텔레비전에서는 음란한 서양 도색영화가 돌아가고 있었다. 팬티 바람의 네 사내는 대자로 뻗어 누웠다.

첫눈에도 나이가 무척 어려 보이는 소녀가 침대 시트를 뒤집어쓰며 소리를 질렀다. 완전 나체였다. 아마 다 제공하고 남았던 어학생을 눕혀놓고 네 사내가 장난을 하고 있던 모양이었다.

나는 계집애의 입을 막았다. 아직 여물지 않은 젖가슴과 아랫도리였다. 덜덜 떨고 있었지만 무슨 말도 할 수 없었다. 말이 안 통하니까 표정으로 안심하라는 말밖에 할 수가 없었다. 침대 옆에 아무렇게나 벗겨져 있는 교복을 집어 주자 그때서야 안심이 되는지 돌아서서 재빨리 옷을 입었다.

나는 수건을 내밀었다. 계집애 아랫도리에서 사내들의 장난 흔적이 뚝뚝 흐르고 있었다.

밖으로 나가라는 표정을 짓자 계집애는 위층과 지하실을 가리켰다. 나는 계집애를 밀쳐놓고 지하실로 먼저 들어갔다. 밝은 조명등이 켜져 있는 사이로 호텔 방처럼 양쪽에 문이 달려 있었다. 나는 입구에 있는 전화선을 끊어버렸다. 계집애가 살금살금 문을 열고 나갔다.

방문을 걷어찼다. 꽤 두꺼운 목재를 쓴 문짝이었다. 나는 문짝마다 모두 걷어차서 구멍을 내었다. 사람들이 뛰어나왔다. 발가벗은 사내 여섯 명이었다. 나는 제법 나이가 들어 보이는 여섯 명의 사내들을 다구지게 걷어찼다.

돈 좀 있다고 가엾은 납치 여학생인 줄 빤히 알면서 막내딸 아이나 손녀뻘밖에 안 되는 소녀를 농락하는 이런 사내들을 멀쩡하게 놔두고 싶지 않았다.

사정없이 두들겨 팼다. 신음 소리도 제대로 내지 못하고 쓰러져 있었다. 나는 몇 달 동안 병원 신세를 져야 할 만큼 혈을 짚어나갔다.

당황한 채 숨어 있는 계집애들을 밖으로 나가라고 했지만 겁을 먹었는지 나가려고 하지 않았다.

도와주러 왔다는 시늉을 해도 마찬가지였다. 나는 계집애들을 내몰 생각으로 따귀를 한 대씩 갈겼다. 계집애들은 옷을 챙겨 입지 않은 채 밖으로 뛰어나갔다. 병규가 지키고 있으니까 어떻게든 해결될 것 같았다.

이층으로 올라가는 계단을 뛰어오르자 소란한 소리를 들었는지 사내들이 옷을 추스려 입으며 뛰어나왔다. 뛰어나오는 사내부터 복도에 눕혀버렸다. 시간을 절약해야만 했다. 지하실의 사내들보다는 젊은 편이었다.

계집애들을 몰아내고 안방으로 내려갔다. 꿈틀거리는 녀석들을 한 방씩 더 갈겨주고 혈을 모두 짚어버렸다. 한 달이나 두 달 동안 부축해 주는 사람이 없으면 움직일 수 없게 만들어버렸다. 안방의 금고를 열어보려고 했지만 마음이 조급해서 그런지 다이얼을 맞출 수가 없었다.

밖으로 나오자 바로 눈 앞에 미니버스가 세워져 있었다.

"타세요."

"애들 다 태웠지?"

"열두 명, 맞아요?"

"맞다. 가자."

계집애들은 뒷좌석 쪽에 몰려 있었다. 교복을 입은 애들도 있었고 미처 가지고 나오지 않아서 다른 걸 뒤집어쓰고 있는 애들도 있었다.

나는 다시 뛰어 들어가 여학생들의 교복을 찾아왔다.

"얘기 좀 해줬냐?"

"처음엔 믿지 않은 애들도 있어요. 워낙 심하게 당한 모양예요. 매일 주사를 맞았대요. 낮에도 당한답니다."

자동차는 속력을 놓고 달렸다. 웅크리고 있는 계집애들을 보았다. 풋내가 가시지 않은 어린 것들이 공포에 싸여 흐느끼고 있었다.

제 동족을, 더구나 그 어린 여학생들을 저렇게 다루는 판이라면 다른 나라 여자들은 도대체 어떻게 다룰까?

하느님.

보셨습니까?

기분이 어떠신지요. 세상에 이럴 수가 있습니까? 열다섯 살짜리도 있습니다. 그런 여학생들을 납치해서 마약을 투입한 뒤에 돈 많은 늙은이들의 오락물로 제공되는 현장을 하느님은 알고 있었잖아요. 그런데 왜 못 본 척하신 겁니까.

그 정도는 세계 어디를 가나 있는 일이라 이겁니까?

건방지게 왜 남의 나라에 와서 그런 짓이나 하느냐고 눈을 흘기시는 건 아니겠죠. 나는 그렇게 소갈머리 좁은 놈이 아닙니다. 당신이 그랬잖아요. 세계는 모두 한 핏줄이라고. 서로 사랑하라고.

하느님.

말 좀 해보쇼. 방관하는 건지 무관심한 건지 아니면 모르는 건지 말입니다. 이거 해도 너무하는 거 아닙니까. 난 일본 년들이 수모를 당하고 고통을 당하고 농락당하는 걸 즐기고 싶은 놈입니다. 그들이 저지른 만행을 당신은 알 겁니다. 그러나 그냥 넘보고 지날 수 없어서 모가지에 상금 더 걸리게 될 위험을 무릅쓴 겁니다.

만행을 저지른 민족일수록 잘살게 해주는 하느님은 도대체 어떤 형상입니까? 못된 짓한 자들이 잘사는 세상을 만들어주니까 세계가 지금 이 모양 이 꼴 아닙니까. 이른바 강대국이라는 나라의 사람 새끼들이 약소국에 가서 무슨 짓을 하고 있는지 아시지 않습니까.

하느님.

당신은 혹시 악마의 탈을 쓴 무리의 우두머리는 아닙니까?

눈깔, 귓구멍 뒀다 뭣에 쓰려고 그러슈. 이 숭한 양반아. 차마 욕은 못하겠고, 에이……

자동차가 나가시마의 아지트 근처에 섰다.

"넌 여학생이나 잘 살펴. 저 새끼는 일이 끝날 때까지 풀어주면 안 된다. 위험하면 같은 신호를 해줘라. 나도 네 도움이 필요하면 호루라기를 불 테니까. 그리고 상황이 안 좋으면 무조건 여학생들 데리고 튀어라."

"알았어요."

"시동은 계속 걸어둬라."

나는 공터에 있는 자동차들을 모두 구멍 내어 타이어 바람을 빼버렸다. 집 안에 있는 자동차는 어쩔 수 없더라도 밖에 세워둔 경비원 애들의 차는 기동력을 없애두는 게 좋았다.

옆구리에 찔러 넣은 권총을 확인한 나는 조심스럽게 나가시마의 아지트로 접근했다. 철책은 뛰어넘기 거북스럽게 높았고 방범등은 앞뒤를 아주 밝게 비추고 있었다. 여학생들이 감금되었던 곳과는 다른 구조였고 여러 가지 상황으로 보아 접근하기가 쉽지 않게 느껴졌다.

나는 이층 베란다로 들어갈 생각을 했다. 손가락에 낀 쇠구슬만 믿기에는 집의 위용이나 생김새가 외부의 침입을 잘 막도록 짜여진 것 같았다. 철책을 뛰어넘었다. 물통을 타고 이층으로 기어올라 갔다. 베란다나 창문에도 아주 튼실한 철망이 있어서 침입하기 쉽지 않았다. 나는 다시 마당으로 내려와 현관 앞으로 갔다.

이상하게 조용했다. 안에서 불빛이 새어 나오는 것으로 미루어 사람이 있을 것 같은데도 너무 조용했다.

현관 문을 밀었다. 문이 힘없이 열렸다. 나는 그 순간에 아차 하는 생각이 들었다. 하카다 밤거리의 제왕이라면 철망을 넘을 때 이미 사태를 알아차렸을 것 같았다.

나는 바깥 문 쪽으로 뛰었다.

무엇인지 모르지만 공기를 가른 물체가 귓전을 때리며 철문을 울렸다.

무성 권총. 내게 잡힌 사내가 무성 권총 얘기를 해주었다. 철문을 짚고서 철망 위로 뛰었다. 씽씽거리며 나는 총알이 다행스럽게 몸에 박히지 않았다.

다급한 상황을 눈치챈 미니버스가 언덕길을 천천히 굴러 내려가고 있었다. 나는 필사적으로 뛰어 열린 문으로 뛰어들었다.

"괜찮아요?"

"그래, 달려라. 어서!"

미니버스는 사정없이 달렸다. 어둠 속으로 질주하는 자동차 안에서 나는 어깨를 스치고 간 총알 자국을 발견했다. 무섭게 따끔거렸다. 스치고 지나간 자국에 화상을 입은 것 같았다.

뒤따라오는 자동차 헤드라이트가 흔들리고 있었다.

"형님, 아무래도 뒤차가 빠릅니다."

"걱정 말고 달려라."

나는 쇠구슬을 들고 뒤창께로 갔다. 병규가 소리치자 계집애들이 모두 엎드렸다.

"유리창을 깨야겠다."

"이 앞에 담요가 있어요."

계집애가 엉금엉금 기어서 담요를 내밀었다. 유리창에 대고 주먹으로 쳤다. 유리창이 박살났다. 옆에 붙은 유리 조각을 마저 떼어낸 나는 뒤차의 속력을 재보았다. 헤드라이트의 불빛으로 정확하게 거리를 측정할 수는 없었지만 사정거리에 들어오는 것 같았다.

"권총 있잖아요?"

"안 돼. 내가 속도 줄이라고 하면 브레이크를 밟았다가 다시 달려라."

"알았어요."

차가 산길을 달리며 흔들렸다.

"브레이크!"

내가 소리치자 차가 끼익 하며 멈추었다. 뒤따라오던 승용차가 다가섰다.

쉭 쉭 쉭 쉭 쉭.

다섯 개의 쇠구슬이 날았다. 헤드라이트가 꺼지며 뒤차가 배수로에 처박혔다. 운전석에 앉았던 녀석이 정통으로 맞은 모양이었다.

"세워라."

자동차에서 뛰어내린 나는 배수로에 처박힌 자동차로 뛰어갔다. 안에 있던 애들이 모두 머리를 처박은 채 신음 소리를 내지르고 있었다. 나는 총을 뺏어 못 쓰게 만든 뒤에 한 녀석씩 꺼내 길바닥에 눕혀 놓았다. 운전석에 있던 녀석은 피를 많이 흘리고 있었다. 쇠구슬이 볼을 때린 모양이었다.

"나가시마는 없냐?"

달려온 병규가 고개를 흔들었다. 그렇게 느닷없이 처박혔는데도 크게 다친 데가 없는 것은 차체가 좋았기 때문인 것 같았다.

"차는 나가시마 차 같애요."

"쌔애끼 명은 길구나."

"저기 차가 또 와요."

먼 곳에서 헤드라이트가 흔들리며 달려오는 게 보였다.

"애들 밀어 넣고 넌 가봐."

"형님, 위험해요."

"빨리! 계집애들은 모두 집으로 보내도록 해라."

"찾을 수 있어요?"

"날 밝으면 문제없다."

"그럼 거기서 만나요."

"저 새끼는 가다가 적당한 데서 굴려버려. 죽이진 마라."

"알았어요."

병규는 뛰어가 속력 있게 내리막길을 달려갔다. 나는 자동차가 처박힌 반대편 배수로에 숨어서 달려오는 자동차를 주시했다. 꽤 급하게 달려왔다. 문이 열리고 네 명의 사내가 뛰어내려 사방을 두리번거렸다. 모두 총을 들고 있었다. 그 가운데 한 녀석은 연발장총인 듯한 번쩍거리는 총을 들고 있었다.

"이봐 얼간이들아!"

내기 소리치며 일어서는 순간에 네 명의 사내는 바람 가르는 소리와 함께 차례로 쓰러졌다. 총부터 못 쓰게 만든 나는 또 사내들의 혈을 차례로 눌러주었다.

자동차를 돌려 나가시마의 아지트로 달렸다. 자동차 헤드라이트를 일부러 깜박거려주었다. 그걸 어떤 신호로 받아들이든 안에서 나가시마 일행이 대처를 할 게 빤했다.

문이 열렸다. 나는 헤드라이트를 계속 껐다 켜는 동작을 멈추지 않았다.

자동차를 아주 바싹 대며 굴러떨어졌다.

쉭 쉭!

앞에 있던 두 녀석이 고꾸라졌다. 나는 현관으로 뛰어들어가면서 버티고 섰던 두 녀석을 공중권법으로 갈겼다.

집 안에는 아무도 없었다. 나가시마라고 생각되는 사내는 내 눈에 뜨이지 않았다. 지하실과 이층 방에도 사람의 흔적이 없었다.

밖으로 나오며 쓰러진 애들을 한 놈씩 살펴보았지만 전부 부하들 같았다. 그냥 나오기는 너무 아쉬웠다. 나머지 애들도 모두 혈을 짚어버리고 안방으로 들어가 소형 금고를 끌고 나왔다. 능력만 있다면 대형 금고라도 싣고 나가고 싶었다. 소형 금고라도 제법 무게가 나갔다. 자동차 뒷좌석에 금고를 싣고 언덕길을 내려왔다.

나가시마란 두목 놈은 비밀통로나 그만이 아는 도주로로 사라져버린 게 확실했다. 감쪽같이 역습을 했다고 생각했는데 나가시마는 한 수가 빨랐다.

이제 내 목에 제대로 값이 매겨지겠지. 이젠 정말 내 모가지 값이 비싸지겠지. 몇백만 엔은 나가겠지. 시시하게 이 장총찬이 목에 십만 엔이 뭐야? 건방진 놈들 같으니라고. 내 목에 몇억 엔이라도 걸었다면 서운하지는 않을 것 같았다. 내 목의 현상금이 엄청나게 높아질 때까지 나는 너희들과 싸울 것이다.

두목쯤 된다면 죽더라도 도망치진 말아야지. 경찰의 추적도 아니고 한국에서 온 사내 한 명이라면 죽을 때까지 버티는 것이 하카다 밤의 제왕일 것이다. 실력으로 안 되면 무릎을 꿇던가 무릎 꿇기 싫으면 사무라이의 고장과 그 후손답게 자결을 했어야 할 것이다.

나가시마는 전국에서도 극악하기로 소문이 났고 대일본평화회란 거대한 야쿠자 조직에서 손꼽히는 후계자라고도 했다.

날이 부옇게 밝아오고 있었다. 가능하면 빨리 이 지역을 떠나고 싶었다. 그것은 나가시마가 두려워서라기보다는 개죽음을 당하기 싫어서였다. 뒤에서 총질을 해대는 극악한 나가시마 일당에게 한 방울의 피라도 헛되게 흘리고 싶지 않았다.

시내 쪽으로 나와 차를 길가에 세워놓고 택시를 탔다. 소형 금고를 열어 한 뭉텅이의 돈을 빼낸 뒤였다. 뉴오타니 호텔 앞을 돌았지만 병규의 모습은 보이지 않았다. 다시 하카다 역으로 가려고 모퉁이를 돌아 나오는데 병규가 손을 흔들었다.

"스톱, 스톱."

요금을 지불하고 뛰었다. 병규는 하얀 색깔의 자동차를 가리켰다.

"잘됐냐?"

"걱정 마세요. 차질 없게 했습니다. 나가시마는요?"

"튀었다."

"할 말이 없습니다. 도와드리지도 못하고."

"지금 이게 돕는 거다. 이 돈을 여학생들에게 나누어주라고
해라."

"무슨 돈입니까?"

"금고에서 뺐다. 어차피 걔들은 보상을 받아야 한다. 돈으로
라도 말이다."

"이미 고속도로로 분산시켜서 출발했어요."

"애들한테 연락해서 돈을 나누어주도록 해봐."

"되긴 됩니다."

"형님, 좀 쉬는 게 어때요?"

"나도 그러고 싶다."

"벳푸[別府]가 좋아요. 온천 지대에 틀어박혀 있으면 간단
해요."

"이 차로 갈 거냐?"

"역에 애들이 나와 있어요."

"나가시마란 자식을 잡으러 내가 반드시 여길 다시 올 거다."

"형님이 이곳으로 오는 것보다는 도쿄 같은 데로 끌어내는
게 좋아요. 형님이 어디에 있다는 것만 알면 지구 끝까지라도

쫓아갈 독종이니까요."

"독종끼리 잘 만난 셈이구나."

자동차가 역전으로 들어섰다. 병규는 돈 뭉텅이를 차 안에 놓아두고 운전하고 온 녀석에게 뭐라고 일렀다.

"가죠."

역 안에서 기차표를 받아 든 병규는 기다리던 애들에게 또 뭐라고 지껄였다. 아마 주의를 주는 것 같았다. 애들이 공손하게 인사를 하고 나갔다.

개찰구를 빠져나가 기다리고 있는 기차를 탔다. 썩 좋아 보이는 객차는 아니었지만 깔끔했다. 병규는 지도를 펴놓고 하카다에서 벳푸를 거쳐 가고시마[鹿兒島]까지 가는 특급열차 노선을 알려주었다. 상당한 거리였다. 배가 촐촐했다.

흑장미

면도를 하지 못해 까칠까칠한 얼굴이 유리창에 반사되고 있었다.

"한숨 자두는 게 좋겠어요."

병규가 두리번거리며 말했다.

"이삼일 안 자는 거야 자신 있지만 배고픈 건 참을 필요가 없겠지."

"시장하죠?"

"뭐 있겠냐?"

"도시락이 괜찮아요. 일본 어딜 가나 돈만 있으면 먹는 거 걱정은 없으니까요."

병규가 도시락 세 개를 사 들고 왔다. 깔끔한 나무 도시락과 예쁘장한 포장지가 일본 상술의 친절처럼 느껴졌다. 오차를 담은 물병도 세 개나 들고 왔다. 일본 사람들은 맹물을 먹는 경우가 드물고 거의 오차를 마시기 때문에 어디를 가든 쉽게 구할 수 있었다. 아침부터 도시락을 까먹는 사람들이 많았다. 집 안에서 먹으나 도시락을 먹으나 별 차이가 없는 그들의 간편한 식사법 때문인 것 같았다. 도시락은 너무 깔끔해서 오히려 맛이 사그라드는 기분이었다.

"왜놈들 이것만 먹고도 견디냐?"

"그렇죠. 형님은 싱겁겠지만."

"따로 고길 먹거나 주전부리하는 건 없냐?"

"별루예요."

"이것만 먹고 견디는 것 보면 왜놈은 왜놈이다. 그러고도 경제대국이 된 걸 보면 생선 힘인가 보다."

모든 음식은 바다 물고기 위주라고 해도 지나친 말은 아닐 정도였다. 식사의 양은 아주 적었지만 꼭 생선 토막이 들어 있었다.

우리가 탄 니치린 11호 특급열차는 우거진 숲과 대나무밭이 울창한 지대를 지난 구로사키[黑崎]에서 잠깐 머물렀다. 병규는 재빨리 뛰어나가 과자 한 봉지를 사 들고 왔다.

"형님, 이거 화장실 가서 처리하고 오죠."

녀석이 빈 봉지 속에 쇳소리가 나는 물건을 담아 건네주었다. 나는 직감으로 하카다 역에서 받은 표창이라는 걸 알았다.

"그건 또 언제 받았나?"

"나도 잊고 있었어요. 애들이 주지 않았으면 잊어버렸을 거예요."

"제대로 만들었겠지."

"틀림없을 겁니다."

"귀찮은데 한숨 자고 따지자."

"지금 넣어두는 게 좋겠어요."

"왜?"

"아무래도 심상찮아서 그래요."

"미행이냐?"

"눈치가 그래요."

"그래서 일부러 과자 사러 간 거냐?"

"대여섯 놈 되는 것 같아요. 아까부터 자꾸 눈에 거슬리는 녀석들인데."

"손 좀 봐주고 와라."

"확실친 않아요. 낌새가 그렇지. 지금 우리 뒤쪽에서 잡지 읽는 척하고 있으니까 잠들었다간 당해요."

"알았다."

나는 봉지째 들고 화장실로 갔다. 허리띠를 늦추고 한 개씩 꼼꼼하게 넣었다. 내가 말한 대로 제 규격을 맞추어 만들었지만 무게가 조금 가볍게 느껴졌다. 온몸에 힘이 솟구치는 걸 느

껐다. 금방이라도 날아갈 것 같았다. 허리도 든든하고 아무리 급박한 상황이라도 해결할 수 있을 것 같았다. 대충대충 세수를 하고 나왔다. 차창으로 경치는 계속 바뀌고 있었다. 나는 병규가 얘기한 녀석들이 어떤 애들인지 살펴보기 위해 천천히 걸었다. 눈이 마주치는 애들이 우리 자리의 등 뒤쪽으로 앉아 있었다. 힘깨나 써 보였고 날렵한 동작을 느끼게 하는 눈빛이었다.

어쩌면 출발할 때부터 병규 녀석은 눈치채고 있었을지 모른다. 하카다를 떠날 무렵에 그런 사실을 알리면 아예 하카다의 나가시마 두목을 해치우기 위해 주저앉을지 모른다는 생각 때문에 이제야 말하는 것 같았다.

"저 녀석들을 중간에서 해치워야지 따라오면 불편하겠다."

"그래서 혹시나 해서 기차를 탄 건데……. 나가시마 애들이거나 청부업자일지도 몰라요. 일본엔 청부업자가 많아요. 돈만 주면 무슨 짓이든 해내죠. 아마 형님한테 걸린 상금하고 특별 보너스가 욕심나는 녀석들이라면 찰거머리처럼 떨어지지 않을 겁니다."

"어째서 나가시마 애들이 직접 해결하려고 들지 않지?"

그런 방대한 조직과 인원이 있다면 굳이 청부업자를 따로 불러들일 필요가 없을 것 같았다.

"야쿠자는 항상 추적을 받는 셈이죠. 사건이 터졌다 하면 경찰이 잽싸게 물어뜯거든요. 그러니까 큰일 치를 땐 청부업자를 끼워 넣는 경우가 있어요. 위자료 주기 싫어서 청부살인자들을 사는 사내들도 있고, 정부하고 놀아나려고 남편 없애기 위해 청부업자 사는 계집년들도 있는 나라니까요."

"우리가 어디로 가고 있는지도 안단 말이냐?"

"알지도 모르죠."

"그럼 따돌려야잖아."

"생각 중입니다."

나는 당장이라도 다가가서 기차 밖으로 내던지고 싶은 생각이었다. 미행당하고 있다는 걸 알고 있으면서 태평할 순 없었다.

"지금 우리가 어디쯤 왔지?"

병규는 수첩 속에 끼여 있는 지도를 펼쳐놓았다. 하카다에서 구로사키를 지나 해변을 따라 가고시마까지 가는 특급열차의 방향을 설명했다.

"터널이 많거나 굴이 깊은 지역은 없냐?"

"없어요."

"그럼 할 수 없다. 피하는 척 다른 칸으로 가자. 따라오면 화장실에 쑤셔 넣거나 던져버리는 수밖에 없다."

병규가 고개를 끄덕거렸다. 우리는 벳푸역이 가까워질 때까지 기다릴 수밖에 없었다. 상대편도 그렇게 쉽게 공격해 올 애들은 아닌 것 같았다. 빈 좌석이 없는 기차 안에서 말썽을 일으킬 수는 없기 때문이었다. 기차는 계속 줄기차게 달려가고 있었다.

"이쯤 시작하자."

내가 먼저 가방을 챙겨 들고 일어서자 병규가 뒤따라 일어섰다. 뒤통수가 간질간질했다. 다음 칸으로 자리를 옮기는 척하다가 승강기 쪽으로 몸을 숨기고 녀석들이 따라오기를 기다렸다. 한참을 기다렸지만 녀석들은 따라 나오지 않았다. 무슨 낌새를 느꼈을지도 모른다.

"이 녀석들 약은데."

"그러게 말예요."

"우리가 너무 과민한 거 아니냐?"

"그렇지 않아요. 두고 보면 알겠지만."

"벳푸에 거의 다 왔지?"

"이 다음 정거장입니다."

"그럼 여기서 버텨보자."

두 녀석이 문을 열고 나왔다. 우리는 담배를 피우는 척하면서 녀석의 눈치를 살폈다. 한쪽 손을 호주머니에 찔러 넣은 채 바로 옆으로 다가와 담뱃불을 빌리자는 시늉을 했다. 나는 담뱃불을 내밀었다.

그 순간 녀석의 오른손이 재빠르게 빠져나오며 잭나이프의 칼날이 튀어나왔다. 나는 몸을 숙이며 정권치기로 녀석의 면상을 후렸다.

윽!

녀석이 축 고꾸라졌다.

옆에 있던 녀석도 동시에 쓰러졌다. 녀석의 손에도 칼날이 쥐어져 있었다. 병규가 등을 한 번씩 더 가격했다.

"화장실에다 쌓아두자."

병규가 먹살을 잡아 화장실에 차례로 넣어버렸다.

"이제 세 놈 남았죠?"

손바닥을 털며 병규가 빙그레 웃었다.

"세 놈과 한 여자다."

"여자도 있어요?"

"여자가 제일 무서운 상대니라."

병규 녀석은 그 일행 가운데 여자가 끼여 있는 걸 무심하게 넘긴 모양이었다.

"형님은 염복도 많습니다."

"저런 염복은 목숨 건 염복이다."

"안 되면 미인계 쓰려고 그러는 모양이죠?"

"그럴지도 모르지."

이번엔 사내 녀석 세 명이 조심스럽게 걸어왔다. 문이 닫히자마자 병규가 뒤통수를 갈겼다. 나도 잽싸게 두 녀석의 복부를 갈겼다. 세 녀석이 길게 누웠다. 우리는 세 녀석을 화장실에 또 처넣었다. 문을 닫고 세면기에 손을 깨끗이 씻고 천천히 들어갔다.

"저 여잡니까?"

눈치채지 않게 병규가 물었다. 계집애는 힐끗 쳐다보고 다소

곳이 앉아 있었다.

"그래."

"어떻게 할까요?"

"사랑해 줘야지. 외로울 테니까."

"호호호……."

병규가 여유 있게 웃었다. 나는 내 자리에 짐을 놓고 계집애가 앉아 있는 자리로 갔다.

"남자 친구들이 기차에서 뛰어내렸다고 말해라."

병규가 계집애 옆에 앉아서 능청스럽게 내가 시키는 대로 말했다.

"건들면 뒤칸의 소대병력이 그냥 두지 않을 거랍니다."

병규는 뒤쪽을 흘끔 쳐다보고 말했다.

"소리쳐서 불러보라고 해라."

계집애가 당황스런 표정을 지었다. 순간적인 방어 심리로 거짓말한 게 분명했다.

"까불면 내던져버린다고 시키는 대로 움직이라고 해."

"그 얘긴 미리 했어요. 남자들 어떻게 했느냐고 묻는데요?"

"천당 가면 만날 거라고 해. 걔들 만나고 싶거든 떠들고 지랄 발광해 보라고 해."

"이제 어쩔 거냐고 하는데요. 계집애가 보통은 넘는데요."

내가 보아도 그랬다. 동료들 모두가 어떤 일이 생겼으며 자신의 처지도 곤경에 처한 여자치고 퍽 대담하게 굴었다. 무엇인지 모르지만 믿는 게 있는 것 같았다. 살아가는 지혜를 터득한 여자이거나 이런 꼴을 당해봤던 여자일 것 같았다. 여자 몸으로 범죄단체와 손을 잡고 일하려면 그만한 배짱은 있어야 할 것 같았다.

"말 잘 들으면 다음 역에서 보내줄 거고 그렇지 않으면 황천 역까지 특급으로 보내줄 거라고 해라."

병규가 말하는 사이에 계집애는 눈을 깜박거리며 웃었다.

"아는 대로는 대답하겠답니다."

바로 그때 열차의 남자 승무원들이 사내 다섯 명을 화장실에서 끌어내어 부축해 가는 모습이 보였다. 웃옷을 벗어부친 남자들이 눈치를 살폈다. 병규도 긴장된 표정을 감추지 못했다.

사내들이 부축되어 옆으로 지나가도 계집애는 침착하게 나만 쳐다보고 있었다. 계집애가 소리를 질러버리면 일은 아주 복잡하게 꼬여버리는 것이었다.

"형님더러 솜씨가 꽤 좋답니다."

"건방진 년."

"그 얘기도 전할까요?"

"허튼소리 말고 누가 시킨 거냐고 물어라."

"이 계집애가 스스로 나선 거랍니다. 장총찬이란 남자가 필요하답니다."

"수작 부리면 정말 보낸다고 해."

"같이 죽기 싫다면 얘기 좀 하잡니다. 손만 까딱하면 이 기차칸 정도는 금방 폭파시킬 수도 있다는 겁니다."

"쌍녀려 계집앨 칵!"

작은 소리로 말을 주고받아서 주위 사람들이 눈치채지 못했지만 내 목소리가 너무 커서 시선이 집중되는 것을 느꼈다.

"형님 잠깐만요."

병규가 나를 말리고 계집애의 말에 귀를 기울였다. 보통 미녀가 아닌 자태며 조금도 굴하지 않는 말솜씨며 표정이 예사 계집애는 분명 아니었다. 병규에게 무엇인가 열심히 설명하는 모습이 진지해 보였다.

"형님, 함부로 대할 여자가 아닙니다. 독자적으로 추적한 것도 확실한 것 같습니다. 나는 소문으로 들었는데 바로 이 여자가 흑장미입니다."

"뭐라구?"

나는 믿어지지 않아 그녀를 찬찬히 뜯어보았다. 흑장미라면 야마구치도 두려워하는 여두목으로서 과감한 작전으로 폭파 사건의 전문가란 칭호를 받고 있었다. 부두의 선박 폭파나 아지트 폭파로 상대편을 한순간에 전멸시켜 버리는 무시무시한 전력을 소유한 집단의 두목이었다. 다른 야쿠자 조직과 다른 것은 여두목 밑에 기라성 같은 여자 대원과 철저하게 비밀에 싸인 남자 대원을 거느리고 있어서 거의 조직의 내부가 알려져 있지 않은 비밀결사대였다. 나는 그녀의 자자한 명성과 사건이 터져도 추적할 수 없게 교묘한 술수로 다른 집단끼리 암

투를 불러일으키게 만들어버려 경찰의 감시망도 없을 정도라
는 소리를 들었다.

"당신 정말요?"

"지금이라도 손가락 한 개만 까딱하면 어여쁜 처녀의 핸드
백 속에서 총알이 튀어나올 거랍니다. 옆자릴 보래요."

나는 무심결에 건너편 옆자리를 쳐다보았다. 다소곳이 앉아
있는 여자의 손바닥 안에 조그맣고 새카만 권총이 보였다. 그
녀는 빙그레 웃었다.

"증거를 보여주쇼."

"그건 헛소문이랍니다. 왼쪽 팔뚝에 장미가 파여져 있다는
건 일부러 만들어 퍼뜨린 거랍니다."

내가 듣기론 흑장미의 왼쪽 팔뚝엔 철인으로 낙인을 찍은
흑장미가 섬세하게 새겨져 있다고 들었었다. 흑장미는 패전 직
후에 항복 당한 일본의 참상 가운데 하나인 진주군들의 횡포
를 무모하지만 지하조직으로 맞서온 조직이었다. 항복당한 서
러움 속에서 억울하게 정조를 유린당한 여성들이 비밀조직을
결사, 못된 미군들에 대항한 그룹이었다. 초창기의 흑장미는
육체를 농락당하는 여자 편에 서서 싸웠지만 세월이 흐르자
남자 중심의 야쿠자들과 충돌을 일으킬 정도로 방대한 조직
력을 갖게 되었다.

흑장미가 유리한 점은 겉보기에 연약하고 예쁜 여자들이
기 때문에 쉽게 구분할 수도 없고 승전국 병사들과 싸워온 처

절한 지하활동에서 얻어진 투쟁력을 바탕으로 야쿠자 조직을 붕괴시키는 무서운 실력을 여러 차례 보여주어 명성을 지니고 있었다.

이미 두 세대쯤은 흘러간 흑장미가 아직도 두려운 존재로 남아 있다는 건 변질되긴 했지만 무시할 수 없는 실력을 보유하고 있기 때문인 것 같았다. 바로 내 앞에 천연덕스럽게 앉아 있는 이 흑장미는 과연 누구일까?

흑장미라는 칭호를 얻으려면 적어도 상부조직의 간부이거나 지방조직의 두목급이어야만 했다. 흑장미란 칭호를 받은 여자가 많은 것은 흑장미 초기에 여러 곳에서 동시에 출몰하기 위해서였고 사건 현장마다 흑장미가 색인된 종이가 남아 있었다고 한다. 흑장미는 사회에 알려지지 않을 수밖에 없었다. 그것은 승전국의 진주군들이 일부러 감추었기 때문이었다. 그런 조직이 일반인에게 알려지면 패전국 국민들에게 영웅처럼 대접받을 게 뻔할 뿐 아니라 유사한 지하조직이 병발하여 괴롭히거나 동조자가 더 나타나 걷잡을 수 없는 상황이 된다는 판단 때문이었다. 소수의 극렬분자들이 조직한 천황구국대나 대일본평화군, 대일본독립단 등이 무참하게 깨어진 것은 이탈자들의 고발 때문이었지만 피해자들로 구성된 흑장미는 여러 차례 위기를 넘겼으나 존속되었다고 한다.

타협하지 않는 무자비한 흑장미가 바로 내 눈앞에 앉아 있고, 어떤 여자가 그의 부하인지도 모르며 기차까지 수틀리면 폭파해 버리겠다는 이 여자 앞에서 나는 곤혹스러움을 겪고 있었다.

"어째서 우리를 미행했는지 물어봐라."

"형님이 필요하답니다."

"왜?"

"그런 건 묻는 게 아니라는데요."

"더럽게 물리는구나."

"어떻게 할까요."

"가능하면 서로 살아남자고 해라. 나는 놀러 온 놈이지 싸우러 온 놈이 아니고 흑장미하곤 아무 감정도 없는 놈이다. 나를 편히 놀다 가게 내버려두지 않는다면 누구든지 없앨 수밖에 없는 놈이다. 이 계집애한테 똑똑하게 일러줘라."

병규는 아까처럼 계집애처럼 거만스럽게 굴지 않았다. 한동안 연인처럼 얘기를 주고받았다.

"형님을 괴롭힐 생각은 없답니다. 다만 인연을 맺고 싶다는 겁니다. 형님을 눈여겨본 것은 한국 여자만 구해낸 게 아니라 일본 소녀까지 구해낸 걸 보고 인연을 생각했답니다. 이념이 같다나요. 아무 조건 없이 그냥 친해두자는 겁니다."

"염복이 아니라 염병할 복이다. 아무튼 친해두자는 건 반대하지 않지만 내가 하고 싶은 대로 하게 내버려두고 간섭하지 않으면 좋겠다고 해라. 그리고 난 체질적으로 혼자 돌아다니는 놈이라 옆에서 도와주는 것도 달갑지 않다고 해라. 내가 죽게 될 때, 그때는 한번 봐주면 천당에 가서라도 갚는다고 해라."

나는 이상하게 내 죽음과 흑장미와 어떤 연관이 있을 것 같은 생각이 들었다.

"안내를 해도 되냐는 얘깁니다. 형님을 결코 불편하게 하진 않겠답니다."

"고맙다고 해라."

"부하들의 치료비는 청구하지 않겠답니다."

"줄 돈도 없다."

우리는 처음으로 마음 놓고 웃었다. 벳푸 역으로 천천히 들어가는 기차의 속도가 줄어들었다.

벳푸 역에 기차가 머물자 흑상미는 조그만 핸드백 한 개만 들고 내렸다. 세련된 용모와 차림새가 사교계의 여인처럼 품위 있어 보였다.

"그냥 따라가는 겁니까?"

병규의 표정 속엔 두려움이 역력하게 노출되었다. 웬만한 일에 두려움을 갖지 않던 병규였지만 흑장미를 따라간다는 사실 앞엔 주눅이 들어버린 것 같았다. 녀석도 말만 들었지 한번도 조우한 적은 없었고 군정시절에 흑장미가 남긴 일화와 몇몇 대형 건물의 폭파 사건과 족적을 남기지 않는 잠적 따위의 치밀성은 수없이 들었다고 했다.

"죽기밖에 더 하겠냐?"

"겁나요. 누가 누군지 알 수 없으니 말입니다. 저렇게 예쁜 여자가 흑장미라니……. 더구나 곱고 순박한 계집애들 속에 날고 긴다는 부하들이 있으니 오므렸다 펼 수도 없잖아요. 이거야 원 생감옥일세."

"그래, 생감옥이란 말은 나도 인정한다. 뒤에서 들고 치는 흑장미를 네가 무서워할 만하다. 그러나 이왕 걸린 거 아니냐? 얘들이 나를 꼬나 집은 건 처음부터 우릴 지켜봤다는 얘기고 계속 추적했다는 얘긴데……. 가는 데까지 가보자."

"형님, 나는 솔직하게 빠지고 싶어요."

"임마, 네가 가면 난 벙어리야."

"저쪽에서도 통역쯤은 있을 겁니다."

"지랄 말고 따라와. 내가 죽더라도 넌 살려줄 테니까."

"차암."

녀석은 입맛을 쩍 다시고 처덕처덕 걸어 나갔다.

벳푸 역전 광장에서 흑장미는 손가락으로 승용차를 가리켰다. 우리는 말없이 올라탔다. 엷은 갈색 선글라스의 여인이 목례를 하고 차를 몰았다.

"아무 말도 하지 마라. 어디로 가냐고 묻거나 하면 쪼다 되니까 이럴 땐 대범하게 그냥 따라가는 거다. 네가 안절부절못하는 거 보니까 여자한테 되게 약한 모양이구나."

"흑장미라는데 겁 안 먹게 생겼어요?"

"이 자식아, 너 그런 식으로 크다간 아무 짓도 못해. 어려서부터 몸 사리면서 큰 자식들이 어떻게 되는지 봤잖아? 한국에 가봐라. 귀한 집 자식처럼 군 자식들이 커서 어떻게 됐는지. 사내라면 무엇이든 승부를 걸어봐야 되는 거다. 신념을 주둥아리로만 가지고 있는 자식들이 어떻게 살고 있는지 빤히 보이잖아. 지랄 그만하고 한번 부딪쳐보란 말이다."

"알았어요."

녀석은 그래도 볼멘소리를 했다.

자동차가 큰길에서 회전하여 골목길로 꺾어 들었다.

"세후[淸風] 호텔인데요."

바닷가를 끼고 우뚝 서 있는 세후 호텔이 눈에 들어왔다. 자동차가 현관에 멈추어 섰다. 여자가 선글라스를 벗고 뛰어 들어가 방 열쇠를 들고 나왔다.

"온천 물이니까 목욕하고 쉬시면 모시러 다시 오겠답니다."

"수고했다고 해줘."

여자는 몇 번이나 일본식으로 허리를 굽히고 나갔다. 세후 호텔 삼백사십 호는 바로 바닷가와 연결된 방이었고, 뒷문의 발코니엔 인조 잔디와 가꾼 나무들이 정돈되어 있는 다다미 방이었다. 바다낚시를 하고 있는 사람들이 방풍석 위에 주욱 앉아 낚시를 드리우고 있었다. 넓게 펼쳐지는 바닷가엔 가지런 하게 시멘트로 만든 방풍석이 깔려 있었고 차지 않은 바닷바람이 몸을 가뿐하게 했다. 탁자 위에 놓인 뜨거운 물에 차를 타 마신 우리는 넓은 욕실로 들어가 뜨겁게 몸을 덥혔다.

바닷가가 훤히 내려다보이는 온천수 사우나탕은 우리 두 사람뿐이었다.

"목욕하고 한숨 자두자. 이틀째 잠을 설친 셈이니까."

"그러죠."

"흑장미를 두려워하지 마라. 내가 보기엔 오히려 야쿠자 놈들보다 믿을 수 있는 애들 같더라."

"그건 모르는 소리예요."

"모를 수밖에 없지. 그러나 느낌이란 게 있다."

"아무튼 형님 말이죠. 난 모르겠어요."

"그래 두고 보자."

목욕을 끝내고 우린 방으로 돌아와 다다미방 위에 이부자리를 깔고 누웠다. 커튼을 모두 내려 어둑한 속에서 나는 흑장미와 어떤 인연이 될지 하나하나 헤아려보았다.

내겐 방패가 없었다. 이곳 일본에서의 움직임은 적지에서 활동하는 셈이었다. 거대한 폭력 조직과 벌써 마찰을 피할 수 없게 진전된 상황이었다. 흑장미도 나를 이용하려는 속셈을 숨기고 있을 것이다. 당장 돌아간다면 모를까 그렇지 않으면 틀림없이 큰일을 치르게 될 게 빤한 이치였다.

한숨 자고 일어나 면도를 하고 있는데 로비에서 연락이 왔다. 로비에서 기다리고 있겠다는 아까 그 운전해 주던 여자의 말이었다.

"가자."

"지옥 온천 구경할 맛 나겠는데요."

병규 녀석이 머리를 긁적이며 말했다. 벳부 온천 지대를 일명 지옥 온천이라고 했다. 그만큼 색색가지의 물과 진기한 자연현상이 땅속에서 솟구쳐 오르기 때문에 붙여진 이름이라고 했다. 지반이 약한 일본 열도엔 온천 지대가 흔했지만 이곳 지옥 온천 지대의 현상이 손꼽히는 풍물로 알려져 있었다.

자동차가 산 쪽으로 거슬러 올라가기 시작했다. 벳푸의 인구는 십사만 명밖에 안 되지만 호텔과 여관 등 관광객 유치 업소는 팔백여 개가 된다고 했다. 산기슭으로 올라서니 산자락마다 하얀 연기가 피어오르는 광경을 볼 수 있었다.

"저게 수증기입니다. 가정 집에서든 수챗구멍에서든 수증기가 솟았다 하면 온천수가 돼버리는 곳이죠."

"저런 곳에 사는 건 정말 위험하겠다. 언제 방바닥 뚫고 뜨거운 물이 솟아오를지 모르잖아."

"여기 사람들은 걱정이 없대요. 그전에 조사 자료를 보니까 여기 주민들은 그냥 대수롭지 않게 여기나 봐요."

"겨울에 난방비는 안 들겠구나."

"가보면 즉석에서 달걀 삶아주는 데도 있어요."

"말은 들었다만."

"벳푸 지옥 조합이란 게 있어요. 그 관련 온천을 구경해 보면 볼만하죠. 산화철 때문에 빨간 온천 물이 솟아오르는 곳도 있고, 파란 물, 회색 구덩이, 지독하게 맑은 물, 펄펄 끓는 물, 이십 분마다 튀어오르는 살아 있는 온천 지대 등 푸짐하니까요."

지옥 온천 지대 앞 넓은 광장에 흑장미가 서 있었다. 청바지와 니트 차림이었다. 테 가는 안경 너머로 번뜩이는 눈매를 뺀다면 관광객이라고 볼 수밖에 없는 차림새였다. 카메라를 멘모습도 그랬고 머플러나 장신구 없는 차림새가 여염집 여자 그대로였다.

"안녕하세요."

흑장미 곁에 선 계집애가 유창한 한국말로 인사를 했다.

"한국인요?"

"아녜요."

"꽤 잘하시는데."

"한국서 공부했어요. K대학에서 국문학 전공했으니까요."

"아무리 그래도 그렇게 잘하긴 어려울 텐데요."

"아버지가 한국서 오래 살아서 저도 어려서부터 그곳에서 자랐어요."

"어쩌다 저런 여자 따라다니게 됐소?"

"우리 언니예요."

"뭐요?"

"그러니 말조심 하세요. 그런 얘기는 안 전할게요."

"전해도 상관없소. 병규야, 넌 따라만 다녀라. 이 여자가 다알아서 한다니까."

흑장미의 가족 사항은 알 수 없었지만 한국과 긴밀한 연결

고리를 가졌다는 걸 의심할 수는 없었다.

"내가 데리고 다니는 녀석하곤 답답했던 모양이죠?"

"그랬겠죠. 언니는 솔직한 걸 좋아하니까요."

"솔직한 거 안 좋아하는 사람 봤소?"

"그런 얘기가 아녜요."

"언니가 누군지 알고 있나요?"

"알아요. 흑장미예요."

"자랑스러운 목소리인데요."

"난 자랑스러워요. 다른 사람은 어떻게 느끼든지 상관없어요. 우리 언니가 흑장미라는 걸 아는 사람도 없으니까 염려하실 것도 없죠. 우리 언니는 좋은 일을 많이 해요. 장총찬 씨를 언니가 관심 갖는 건 바로 그런 이유 때문일 거예요. 장총찬 씨의 실력이나 한 일은 언니한테 얘기 들어서 알고 있어요."

"놀랍소."

"그 정도는 언니한테 아무것도 아니죠. 우리 언니 우습게 봤다간 다칠 겁니다."

"겁주지 마쇼."

"두고 보면 알겠죠."

우리는 아까보다 훨씬 부드러운 감정으로 나란히 걸었다.

피의 지옥은 56년 전에 폭발한 온천수로 보통 78도가 넘는 온도와 산화철 때문에 아주 짙은 빨강 색깔의 물이 고여 있는 곳이었다. 흙도 붉었고 물 빛깔도 짙은 붉음으로 오히려 검붉어 보였다. 바로 온천 둘레엔 무성한 숲과 잔디밭이어서 뜨거운 지열 속에 그런 것들이 어떻게 자라는지 의심이 갈 정도였다.

정말 피의 지옥이라고 이름을 붙일 수밖에 없는 곳이었다. 계속 끓어오르는 용암 덩어리 같은 못 가운데는 78도쯤 되지만 가장자리는 식은 물이라고 했다. 수증기가 바람 부는 대로 피어올라 근처 나무 숲의 잎새들은 습기를 듬뿍 먹고 있었다. 뜨거운 물에 풀과 나무들이 닿은 자리만 누렇게 죽어 있었다.

이십 분마다 한 번씩 폭발하여 뜨거운 온천수가 튀어오르는 용권(龍卷) 지옥과 200여 미터 깊이에 98도나 되는 파란 지옥, 원숭이가 많은 지옥 지대와 횟가루를 진하게 탄 것 같은 귀석방주(鬼石坊主) 지옥 등을 차례로 안내하고 있는 흑장미의 표정은 정말 티 없이 밝은 여염집 규수 같았다. 파란 지옥의 끓는 물에 삶은 달걀을 한 꾸러미나 사서 직접 까주는 손은 귀엽게 자그마했다.

"저 흙탕물에서 나온 걸로 깁스할 때 사용하면 쉽게 낫는답니다."

병규 녀석이 귀석방주 지옥에서 진한 횟가루처럼 나오는 흙을 가리키며 말했다.

"나더러 어디가 부러지라는 거냐?"

"여기서 부러질 사람은 나밖에 없잖아요."

"비루먹은 말처럼 그러지 말고 뭔가 냄새를 맡아봐라."

"상대는 흑장미입니다. 뭘 알아내겠어요. 내가 죽으면 장례나 잘 치러줘요."

"녀석……."

흑장미는 한적한 찻집을 가리켰다.

"차 한잔 하잡니다."

"조오치."

우리는 따라 들어갔다. 텅 빈 찻집엔 곱게 늙은 할머니가 나와 수선스럽게 주문을 받았다.

"아가씨 이름이나 압시다."

"야기미에코[八木美代子]예요."

"언니는?"

"아시려고 할 것 없어요. 어차피 본명은 아니니까요."

"부르는 이름이라도 압시다. 흑장미야 할 순 없잖소?"

야기미에코와 흑장미는 귀엣말처럼 몇 마디 주고받았다. 뻐드렁니 한 개가 퍽 어울리는 웃음을 지었다.

"도모코[祝友子]예요. 그냥 도모코라고 불러달래요."

"어째서 이렇게 아름답고 멋진 여자가 흑장미가 됐는지 모르겠어요. 나이도 많지 않은 것 같은데."

"기구한 사연이 있어요. 아실 필요 없지만."

"알 만한 것만이라도 좀 압시다. 서로를 알아야 통하든 미워하든 할 거 아뇨. 손님 대접치곤 좀 뻑뻑하잖소?"

나는 흑장미에 대해 궁금한 게 많았다. 여염집 규수 같은 이 도모코란 흑장미에게 어떤 사연이 있으며 어떤 한이 서려서 그런 세계에 발을 들여놨는지 알고 싶었다. 이렇게 꾸미고 나서면 어느 누구도 그녀를 흑장미라고 생각할 수가 없었다. 어쩌면 그런 점이 흑장미가 지하활동을 할 수 있는 최대의 강점인지도 모른다.

밤의 황제라고 하는 야쿠자들도 벌벌 떤다는 흑장미. 과연 어떤 여자들일까?

흑장미가 전후 혼란기에 태어나 일본 여자들의 고통을 덜어줬다는 사연을 듣고 미워하기보다는 차라리 그런 양심 세력이 존재했었다는 게 기분 좋았다.

"흑장미가 도모코란 사실을 밝힌 것만도 장총찬 씨는 무지하게 많이 안 거예요. 그 이상은 알려고 하지 마세요. 그냥 친해두셔도 돼요. 언니가 원하는 것도 그런 거니까요."

"그렇다면……."

"왜 친절하고 왜 친해두자는 거냐 이거죠?"

"그렇소."

"언니는 장총찬 씨 같은 사람이 필요하대요. 나쁜 일을 같이 하자는 게 아니라 보람 있는 일을 같이하자는 겁니다. 언니 힘으로는 도저히 안 될 일들이 있대요. 충분한 대가를 드리겠답니다. 물론 쉽지 않은 일이며 때로는 위험할 수도 있고 때로는 아주 손쉬울 수도 있대요."

"말하자면 나더러 흑장미 앞잡이가 되라는 겁니까?"

"그게 아녜요. 언니는 정보를 많이 가지고 있어요. 일테면 한국 여자들이 어디서 어떤 수난을 겪고 어떻게 속아서 흘러 들어 왔으며 어떻게 하면 구할 수 있는지를 알 수도 있고 비슷한 처지의 일본 여자들 경우도 많이 알고 있답니다. 말하자면 그런 일을 같이하자는 거죠. 억지로 붙잡거나 애원하지 않는답니다. 다만 생각이 같으니까 그런 일만이라도 마음을 합치자는 거죠."

나는 짧은 순간이지만 여러 가지 생각을 한꺼번에 하기 시작했다. 흑장미는 많이 변질되어왔고 과격하다고 할 만큼 수단과 방법을 가리지 않아온 모순을 안고 있었다. 초창기의 순수성을 잃어버렸다고 해도 지나친 말이 아닐 정도였다. 더구나 조직이 방대해지자 경영합리화라는 명목 때문에 거침없이 이권에 개입하거나 야쿠자와 대혈투극을 벌여 시끄럽게 구는 집단으로 성장해 오기도 했다.

내가 흑장미와 인연을 쌓게 된다면 그런 일을 동조할 수밖에 없고 내가 일본 땅을 밟을 때의 결심이 무너지는 결과를 피할 수 없게 될 것 같았다.

"내가 거절한다면 어떻게 하죠?"

"언니는 거절하지 않을 거라고 믿는답니다. 이런 일은 누군가 해야 됩니다. 장총찬 씨라면 해낼 수 있을 거예요."

도모코나 야기미에코의 표정은 진지했다. 그들의 부탁엔 명분이 있었다. 내가 우연찮게 일본 땅에 온 이유를 알고 있었고 내 행동을 면밀하게 관찰한 후에 그런 결정을 한 것 같았다.

"나는 찬성할 수가 없습니다. 옳은 일이라는 건 압니다만 어느 특정 단체나 개인을 위해 뛰어본 적도 없고 뛸 생각도 없습니다. 나는 그저 내가 하고 싶은 일을 나 혼자서 하는 걸로 만족하고 싶어요."

"그 말씀은 모순인데요. 옳은 일이란 걸 알면서 어째서 거절하는 거죠? 두려운가요? 아니면 일본 여자들의 아픔은 아픔이 아니라고 생각하시는가요? 사람의 고통은 다 마찬가지 아닐까요?"

"물론 옳은 얘깁니다. 그러나 마음이 내키지 않습니다. 내가 일본 여학생 열두 명을 구하러 간 것을 보면 일본 여자의 고통을 외면하려는 게 아니라는 걸 알 겁니다."

"그건 그렇지 않죠. 나가시마 두목을 잡기 위한 간접 수단이었잖아요."

"부정하지 않겠소. 그러나 나는 어떤 경우든 조직적인 일을 하고 싶은 생각은 없어요."

"나가시마 일당이 벌써 움직이고 있어요. 그건 대일본평화회가 움직이고 있다는 뜻입니다. 무슨 말인가 알겠죠?"

"압니다."

"그런데도 버티실 참인가요?"

"그렇소."

야기미에코와 도모코는 한동안 수근거렸다. 두 여자는 난감한 표정을 지었다. 나도 그들의 진지한 표정 속에 사심이 끼어

들지 않았기를 바라는 마음이었다. 명분을 내세워 나와 손잡은 뒤에 다른 계획이 있는 그런 접근이 아니기를 바랐다.

"그렇다면 더 강요하거나 조르지 않겠답니다. 부탁하고 싶은 건 몸조심을 해달라는 겁니다. 장총찬 씨의 행동은 여러 사람이 주시하고 있어요. 이미 사건을 일으켰고 대화단과의 관계도 의심을 받고 있답니다. 지금 일본의 암흑가는 대혈전을 앞둔 치열한 정보전 중이라고 합니다. 살아남는 지혜가 무엇보다도 중요하겠죠. 언니는 장총찬 씨를 돕고 싶대요. 이 문제를 떠나서 그냥 아무 조건 없이 친해두고 싶다는 겁니다. 아무 요구도 하지 않겠답니다. 그냥 인연이 닿았던 사이로 개인적인 친분을 갖고 싶답니다."

나는 한참 만에 도모코의 손을 잡았다.

"고맙소. 그건 나도 바라는 일입니다."

도모코의 손은 가냘프고 따스했다. 그녀를 흑장미라고 여길 사람은 아무도 없었다.

"나갑시다."

우리는 굳게 악수를 하고 밖으로 나왔다. 어둑해질 때까지 식당에 앉아서 얘길 나누다가 헤어졌다. 오히려 미사코보다 강렬하게 머릿속에 남는 여인이었다.

바래다주겠다는 걸 뿌리치고 택시를 잡았다. 야기미에코와 도모코는 예쁘게 웃음 지으며 손을 흔들어주었다.

"고것들, 귀엽다."

나는 그들이 멀어지자 이렇게 말했다. 병규 녀석이 씨익 웃었다.

"형님, 반한 거 아뉴?"

녀석이 보아도 시원시원한 성격과 고운 자태가 어울린다고 생각한 모양이었다. 곱게 자란 규수이지 흑장미라고 보기엔 아무래도 낯선, 정말 이지적으로 생긴 미녀 자매였다. 그들에게 어떤 한이 서려 있단 말인가?

"반하면 안 되냐?"

"안 될 것까지야 없지만……."

"임마, 사람 사는 게 다 그런 거야."

뭘 아는 것처럼 한마디 하자 병규가 키들거렸다.

다혜 얼굴이 떠올랐다. 다혜와 헤어져 있는 시간이 상당히 오래된 느낌이었다. 다혜가 떠나자마자 나는 터무니없이 파리로 유학을 가겠다는 생각을 품어본 적이 있었다. 불어 한마디 못하면서 파리로 날아갈 생각을 한 것은 오직 다혜가 보고 싶다는 일념 때문이었다. 그녀가 적어 보내는 사연과 그곳 풍물 사진은 나를 더 끌어당겼다. 나는 무슨 짓을 하든 기회를 만들어 다혜한테 쫓아갈 생각이었다. 그런 결심은 이미 굳어 있었다.

시내 쪽으로 들어서기 위해 택시가 산모퉁이 길을 돌았다. 옆 길에서 일직선으로 달려드는 게 있었다. 눈 깜짝할 사이였다.

"브레이크!"

병규가 나보다 먼저 소리 질렀다. 나도 뭐라고 소리 질렀다. 육중한 것이었다.

택시가 순간적으로 튕겨 나갔다. 전진하던 방향으로 무섭게 달려 나가 인도를 건너뛰어 도랑으로 처박혔다. 뒤돌아보았다. 힘 좋게 생긴 트럭이 벌써 모퉁이를 돌아 내달리고 있었다.

문을 열려고 했지만 문짝이 튕겨져 들어와 꼼짝도 안 했고 운전사는 피투성이가 된 채 운전대에 얼굴을 처박고 움직이지 않았다.

"괜찮냐?"

"팔이, 팔이……."

병규가 왼쪽 손을 늘어뜨린 채 비명을 질렀다. 운전사를 잡아채자 피투성이 얼굴에 가볍게 신음 소리를 내고 있었다. 나는 혓바닥을 물려 피가 배어 나오는 입가를 손등으로 닦고 발길질로 병규 쪽의 문짝을 열었다. 병규는 엉금엉금 기어서 뒹굴 듯이 빠져나갔다.

박살난 차창, 움푹 들어간 차체, 전파나 다름없는 참사, 살아났다는 게 기적일 수밖에 없는 현장이었다.

사람들이 멀찍이에서 구경만 하고 있었다. 앞문짝은 열리지 않았다. 의자를 눕히고 운전사를 끌어냈다. 숨은 쉬고 있었지만 차마 손대기 어려울 정도로 큰 부상을 입었다. 병규가 인도로 기어 올리가 일본말로 뭐라고 떠들었다.

"트럭 번호판 봤어요?"

"못 봤다."

"개새끼들!"

병규 녀석이 절규하듯 욕지거리를 했다.

"운전사 죽었죠?"

"아직은 살았다."

"구급차하고 경찰차가 금방 올 겁니다. 이 새끼들 신고는 잘해
주니까."

"괜찮냐?"

"아무래도 팔뚝이 부러졌나 봐요. 형님은요?"

"아직은 멀쩡하다."

"피 나는데요."

"괜찮아."

"흑장미 짓예요."

"아닐 거다. 대일본평화회 애들이거나 다른 애들 짓이다."

"아녜요. 믿지 마세요. 흑장미가 어떻다는 걸 형님이 아직
몰라서 그래요. 형님이 거절했으니 보복하는 겁니다."

"나중에 보면 알겠지."

나는 심호흡을 하고 산모퉁이 쪽을 쳐다보았다.

살았다는 게 환희였다. 더구나 다치지도 않았다. 충격을 받
았겠지만 멀쩡한 몸이었다. 약간 시큰거리는 무릎과 혓바닥만
아니면 다친 곳이 전혀 없었다. 트럭이 충돌하는 순간에 납작
엎드려 의자와 바닥의 공간으로 숨는 자세를 취했기 때문인

것 같았다.

"형님, 이건 기적입니다."

병규도 그 정도로 다치고 살아났다는 게 기쁨으로 남는 모양이었다. 트럭이 그렇게 모질게 달려들었는데 어떻게 되어 택시가 차체에 깔리지 않고 튕겨 나가 개울에 처박혔는지 이해가 되지 않았다.

나는 계속 심호흡을 하면서 그 트럭의 살인 행위가 그렇게 밉지도 않다는 모순을 느끼고 있었다.

"여권 있죠?"

"그래."

경찰차 앞에 구급차가 달려오고 있었다. 하얀 차에 붉은 십자가 달린 구급차가 요란한 소리를 내며 멈추더니 운전사를 실었다.

병규가 경찰관에게 사고 경위를 설명했고 내 여권과 병규의 신상을 확인한 경찰관이 길을 막고 트럭의 방향과 택시의 방향을 검토하며 고개를 끄덕였다.

"이해할 수 없는 사고랍니다. 두 차가 모두 브레이크를 사용하지 않았대요. 받쳐서 튕긴 자국은 있어도 순각적으로 밟게 되는 브레이크 자국은 없대요. 우리더러 살아난 게 기적이랍니다."

"기적이란 건 우리도 안다고 해."

나는 퉁명스럽게 대꾸했다.

"형님은 괜찮겠느냐고 해요."

"쉽게 죽지 않을 놈이라고 해라."

"도주 차량을 수배하는 데 더 도움이 될 게 없냐고 하는데요?"

"없어."

경찰관은 병규가 개인적으로 병원에 가겠다는 말을 듣고 현장 사진과 주위 사람들에게 탐문 조사를 했다. 내가 생각해도 두 자동차가 전혀 브레이크를 사용한 흔적이 없다는 건 이상하게 느껴졌다. 나도 운전을 하고 다니지만 위험한 순간이면 누구나 브레이크로 발길이 가는 게 상식이었다.

달려든 트럭은 의도적으로 우리를 깔아뭉개기 위해 그랬다고 하더라도 우리가 브레이크라고 소리까지 쳤는데 그냥 질주하여 개울에 쳐박혀서야 멎은 택시 운전사는 이해하기 어려웠다. 트럭이 받은 곳은 내가 앉아 있는 운전사 뒤쪽보다 조금 앞이었다. 정확하게 충돌을 시도한 것만은 사실이었다. 운전석의 운전대마저 휘어버린 정도면 우리들이 살아 있는 건 정말 기적에 가까웠다.

조사가 끝나자 경찰관은 사인을 받고 돌아갔다. 목격자들의 증언으로는 트럭의 차량 번호와 차의 형태와 색깔 정도뿐이었다. 나는 자동차의 번호판이나 차체에 그다지 기대를 걸지 않았다. 계획적인 행위가 확실하다면 얼마든지 위장할 수 있는 일이기 때문이었다.

"일단 병원부터 가자."

우리는 다른 택시를 타고 병원으로 달렸다. 고통스러워하면서도 병규는 살아났다는 게 신기한지 충돌 순간을 자꾸 얘기하곤 했다.

"정면에서 받았으면 꼼짝없이 갔을 겁니다."

"이런 일은 정면에서 받지 않는 게 상식일 거다. 사람 새끼라면 운전사를 죽일 이유가 없을 테니까. 그러니까 계획적으로 내가 앉아 있는 뒤쪽을 정공으로 받을 참였어. 그런데 그 운전사가 노련했거나 몹시 당황해서 액셀러레이터를 브레이크 대신 밟은 거야. 만약 멈췄다면 정통으로 나를 받았을 거다. 그런데 순간적으로 자동차가 받치면서 달린 거야. 그래서 개울에 처박힌 거지. 그냥 잠깐이라도 멈추었다면 깔고 지나갔겠지. 두 차가 모두 브레이크를 사용하지 않아서 사고 조사반이 고개를 흔든 이유가 있어. 우리가 산 것은 바로 운전사의 그 속력 때문이다. 속력 때문에 튕기면서도 빠져나간 거야. 그렇잖으면 우린 지금 시체로 실려 가고 있을 거다."

"일리 있는 얘기 같아요. 그나저나 아직도 흑장미를 믿고 있나요?"

"아직은 믿는다. 개들이 흑장미가 아니란 사실은 후속 조치를 하지 않은 점이다. 우리가 살아 있다는 걸 확인한 순간 다시 이단계 조치를 취할 수 있는 게 흑장미이고 충돌사고 자체만으로 해결하려는 단순성은 바로 야쿠자의 수법이다. 그래서 하수인을 사용한 작전이 실패하면 그 하수인만 문책을 받는 우를 범하지. 흑장미라면 재차 폭탄이라도 던질 치밀성이 있는 것이다."

"우리가 여기로 온 것을 아는 사람은 흑장미뿐예요."

"아냐. 대화단 애들도 알고 대일본평화회 애들도 알고 있어."

"우리 대화난도 못 믿나요?"

"의문투성이다."

"우린 믿어봐요."

"내가 너무 쉽게 노출되고 있어. 그건 너랑 움직이기 때문이 아니라 내가 표적이고 정보가 어디론가 새고 있다는 반증이 된다."

"나까지 의심하는 겁니까? 지금 금방 형님 따라 황천 갈 뻔했는데요."

"넌 한 가지 사실을 잊고 있다. 네가 대화단의 멤버이지만 너를 없애서 득이 된다면 네가 사라지는 건 간단한 거다."

"설마⋯⋯."

"하여튼 두고 보자."

병원 문 앞에서 녀석은 찡그리며 내렸다. 통증이 심한 모양이었다.

원숭이 작전

우리가 호텔로 돌아왔을 땐 밤이 익어가고 있을 무렵이었다. 부목을 대고 치료를 받을 정도가 된 병규는 한쪽 손을 당분간 사용할 수 없게 되어버렸다.

자리에 누웠지만 잠이 오지 않았다. 만약 그 사고로 죽었다면…….

개죽음이었다.

다혜는 어머니는 누나는? 모두가 끝장인 것이다. 기적적으로 살아났지만 까딱했으면 지금 시체로 누워 있을 것이다.

눈을 감으면 덩치 큰 트럭이 무섭게 달려드는 그 순간의 모습이 자꾸자꾸 떠올랐다.

어머니는 땅을 치며 통곡하다 못해 일본 땅을 저주할 것이고 다혜는 유학을 포기해 버릴지도 모른다.

아니 그들도 내 한목숨만 죽으면 모두 타인일 뿐이다. 즐거워할 놈도 많을 것이고.

누가 그랬지. 살아 있는 것만도 행복한 거라고.

전화벨 소리가 요란했다. 병규가 날렵하게 일어나 전화기를 잡았다.

"야기미에코예요. 형님 바꿔달래요."

나는 천천히 일어나 전화기를 잡았다. 야기미에코의 목소리가 침울했다.

"사고 난 거 알았어요. 연락이 안 돼서 얼마나 걱정한 줄 아세요."

"고맙소."

"그렇게 태평해요? 큰 사고가 났는데두? 병규 씨도 좀 다쳤다면서요. 장총찬 씨는 괜찮아요?"

"덕분에 괜찮소. 하마터면 천당 가서 만날 뻔했소만."

나는 애써 침착하려고 했다. 마음속으론 갑작스럽게 당한 사고에 가누기 어려운 갈등과 두려움이 남아 있었지만 겉으로 표 나는 건 싫었다.

"언니가 당장 쫓아간다고 했다가 안 계셔서 못 갔어요. 언니 말로는 대일본평화회 애들이 상당수 들어왔다는 거예요. 그 트럭은 훔친 트럭이고 지옥 온천 지대에 버려졌대요. 운전사는 살아났대요. 경찰은 야쿠자의 이동 상황을 체크하고 있다니까 썩 좋지 않은 현상이죠. 언니 생각엔 호텔보다는 언니가 소개해 주는 집이 안전할 것 같대요. 평화회가 심상치 않게 움직이나 봐요."

"고맙소. 그러나 내가 언니의 신세를 질 만큼 궁색하진 않소. 필요하면 그때 도움을 청하리다. 한 가지 묻겠소. 혹시 대일본평화회의 나가시마 시게오 두목도 여기 벳푸로 왔는지 알 수 없겠소?"

"하카다를 비운 것은 확인됐지만 이곳으로 잠입한 건 아직 확인되지 않았대요. 그러나 언니 추측엔 이곳에 도착한 것이 아닌가 생각된대요. 이곳 야쿠자 애들이 흩어졌다는 것만 봐도 짐작할 수 있는 일이지만, 확인되는 대로 연락해 드릴 수 있죠."

"언니한테 얘기 좀 해주쇼. 나가시마 시게오가 어디에 있는지. 어떻게 하면 만날 수 있는지. 그리고 내 목의 상금이 얼마인지 알고 싶다고요."

성질 같아서는 나가시마 녀석을 잡으면 죽지 않을 만큼 뜨거운 온천에다 내던지고 싶었다. 대일본평화회 애들이 벳푸로 비밀 잠입했다니까 이젠 목표가 정해진 것 같았다. 나가시마 두목과 단둘이 결판을 내고 싶은 게 내 심정이지만 그쪽은 그렇게 호락호락 넘어갈 야쿠자가 아니었다.

"그러겠대요. 가능하면 오늘 밤부터라도 언니가 말하는 집으로 옮기는 게 어때요?"

"정말 고맙다고 전해주세요. 오늘 밤은 한번 견디어보겠소."

한동안 나를 다른 곳으로 옮기도록 설득하던 야기미에코는
할 수 없는지 주의할 사항을 몇 개 알려주고 전화를 끊었다.

병규는 눈을 말똥말똥하게 뜨고 나와 야기미에코의 대화를
귀담아 들었다.

"임마, 불안해하지 마. 나도 명이 긴 놈이지만 너는 무슨 짓
을 하더라도 살게 해줄 테니까."

"형님, 아까 같은 상황을 생각해 봐요. 형님이 손쓸 재간이
없는 거잖아요. 만약 여기서 운 좋게 차를 한 대 구해서 내가
운전했다고 생각해 봐요. 꼼짝없이 우린 갔어요."

병규의 말은 맞았다. 병규나 내가 운전을 하고 달리다가 그
런 지경이 되었다면 끔찍하게 당했을 일이다. 그런 경우엔 옆
으로 달려들지 않고 정면으로 달려들어 꼼짝 못하고 당했을
수가 있었다.

"그래서 나하고 같이 다니지 않겠다는 거냐?"

"그건 아녜요. 형님이 무모한 도전은 그만뒀으면 싶어요. 차
라리 우리하고 손을 잡든지, 아니면 흑장미와 손을 잡든지 말
예요. 나가시마가 직접 원정까지 올 정도면 심각한 겁니다."

"심각하다는 건 나도 안다. 일이 이렇게 된 이상 난 무슨 일
이 있어도 나가시마를 잡는다. 넌 언제든지 내 곁을 떠날 수
있다. 말을 모르면 눈치로 먹고사는 게 아니겠냐. 네가 위험하

다고 느끼면 언제든지 떠나라. 지금 당장이라도."

"형님, 그러지 마세요. 난 이미 찍힌 놈예요. 난 형님하고 계속 같이 행동했어요. 걔들이 나라고 그냥 둘 것 같애요?"

"그럼 잔소리 말고 따라다녀!"

"결심은 했지만 죽었다 살아나니까 착잡해서 그럽니다. 형님은 어떤지 모르지만 나는 미치겠어요. 잠도 안 오고 부모님 얼굴만 자꾸 떠오르고 지금도 거대한 것이 나를 덮칠 것만 같애요. 소스라치게 놀라서 눈을 뜨곤 내가 살아온 게 얼마나 엉터리인가를 깨닫고 죄를 받는 것만 같고 쓸데없이 하느님이나 신이 떠오르고 그래요. 내가 이렇게 나약한 줄은 정말 몰랐어요. 밤의 전쟁에 뛰어들어 죽음을 불사하고 덤벼들 때하곤 또 다른 겁니다. 그때는 내가 이 세상에서 제일 강하다고 생각했어요. 그러나 지금 생각해 보니 이건 너무나 약한 나 자신입니다."

병규의 넋두리는 길었다. 나는 병규의 말에 아무 대꾸도 하지 않았다. 할 말이 없었기 때문이었다. 녀석의 이어지는 말은 그 나름대로의 철학이었다. 나도 녀석과 똑같은 생각이었다. 괜한 일을 하고 있다는 생각도 들었다.

그러나 지고 싶진 않았다. 더구나 나가시마 두목쯤에게 손을 들고 싶은 생각은 없었다.

그것은 내 오기였다.

두 가지의 극단적인 생각이 또 떠올랐다. 언제 죽을지 모르는데 악착같이 즐기며 살자는 생각과 다른 한편으로는 치열한 의식과 정도의 삶을 내 가슴속에 끌어당겨 무엇인가 하고 죽었다는 소리를 듣고 싶은 극단적인 신념이 지워지지 않았다.

도대체 잠들 수가 없었다. 나는 병규를 일으켜 세웠다.

"나가자."

"어딜요?"

"어차피 여긴 위험하다고 했잖아."

"난 지금 꼼짝하기도 싫어요."

"빨간 택시 좀 타보자."

"빨간 택시요?"

"헌팅이다. 나도 도저히 잠들 수가 없다. 그리고 언제 죽을지 모르는 판인데 재미라도 좀 보자."

"수면제 털어 넣고 마음껏 자봤으면 좋겠어요."

"오히려 그런 게 수면제일 수도 있다. 가자."

녀석은 엉거주춤 따라나섰다. 빨간 택시는 아르바이트 여자를 안내해 줄 수 있는 루트를 알고 있다고 했다. 우리가 원하는 여자를 만나게 해줄 수 있는 운전사들이 벳푸에는 꽤 많다는 얘기도 있었다.

호텔에서 걸어 나가 큰길가에 섰다. 지나가는 택시를 눈여겨보았다.

"저기 빨간 택시가 와요."

우리는 빨간 색칠 된 택시를 탔다. 병규가 올라타자마자 일본말로 설명하기 시작했다. 운전사도 빤한 통속인지 낄낄거리며 설명했다.

"이만 오천 엔이고 아르바이트 여대생 코스를 알고 있답니다."

나는 고개를 끄덕였다.

"마음에 안 차면 차창으로 보고 있다가 거절하면 그만이랍니다."

"여기도 남 위주구나."

"모텔료도 그쪽에서 지불한대요."

"우린 모텔에서 자는 게 유리해."

"그런 경우엔 모텔료는 별도이고 아르바이트 여대생에게 조금 더 지불해야겠지만 밤샘을 해줄지는 의문이랍니다. 그건 순전히 손님의 실력이라는데요."

병규와 나는 낄낄거리며 웃었다.

"학생이란 걸 뭘로 믿냐?"

나는 여대생의 아르바이트가 몸을 파는 거라고 하니까 갑자기 신빙성이 없어 보여 이렇게 물었다.

"보여달라면 학생증을 보여줄 겁니다. 일본은 그 정도 일도 보통이니까요."

"벼락 맞을 놈의 나라에 와서 나도 벼락 맞을 짓만 하는구나."

병규가 소리 내어 웃었다. 운전사도 영문 모르며 따라 웃었다.

운전사는 택시를 역 근처의 광장에 세워둔 채 공중전화통으로 달려갔다. 자그마한 키에 몸놀림이 빠른 운전사는 한참 만에 싱글거리며 돌아왔다.

"마침 있답니다. 두 명을 맞춰달라고 했지만 마음에 안 들면 또 다른 곳으로 가면 된답니다."

"운전사도 얼마쯤인가는 얻어먹을 거 아니냐. 그렇지 않고야 이런 짓 하겠니?"

"물어보죠, 뭐."

빙규가 운전사와 얘기를 주고받았다.

"한 사람당 이천 엔씩 받는대요."

"그럼 아르바이트하는 여대생은 모텔료 내고 어쩌구 하면 만 오천 엔쯤 버는 거겠구나."

"그 사정이야 알 수 없죠. 우리가 알 필요도 없구요."

"맞다. 우린 괜한 것에 신경을 쓴다니까."

택시가 해변통을 끼고 북쪽으로 계속 달려 나갔다. 나는 가끔 뒤를 돌아다보며 쫓아오는 차나 갑자기 달려들 만한 자동차가 있는지 살펴보았다.

모텔 앞에 택시가 멈추었다. 운전사가 뛰어갔다 오더니 헤드라이트를 현관 쪽으로 비추었다. 계집애가 한 명뿐이었다. 조명을 받은 것처럼 서 있었다.

"아르바이트하는 애들이라 같이 나오는 법이 없답니다. 혼자씩이죠."

우리는 차창으로 계집애를 살펴보고 고개를 저었다.

"거절 신호를 보내겠답니다."

운전사는 클랙슨을 가볍게 두 번 두드렸다. 계집애가 재빨리 사라졌다. 그리고 한 오 분쯤 있으니까 다른 계집애가 나왔다. 헤드라이트 불빛 속에 계집애는 우리를 쳐다보고 있었다. 보일 리 없지만 자신만만한 표정이었다.

"저런 애하고 어떻게 만리장성을 쌓냐?"

"거절해 버리죠."

운전사는 다시 클랙슨을 가볍게 두 번 두드렸다.

"미안하답니다. 다른 곳으로 가잡니다."

"이번에 안 맞으면 그냥 간다고 해라. 길거리에다 돈 뿌리고 이 지랄해야 하는 게 어쩐지 서글프다."

"그러죠."

병규가 또 열심히 설명을 해댔다. 날씬하고 예쁘고 상냥한 애가 필요하고 꼭 여대생이어야 한다고 강조하는 눈치였다.

아까 보았던 애들은 모두 돼지처럼 살찐 애들이었다. 작은 키에 입술은 약간 튀어나왔고 뻐드렁니에다 살이 쪄서 일본 냄새가 너무 짙게 나는 애들이었다. 경제력이 좋아지니까 먹성이 좋아서인지 날씬한 계집애가 드물고 잘생긴 계집애가 드문 게 일본이었다.

택시는 또 한참을 달려서 어떤 모텔 앞에 섰다. 일본은 불경기가 계속되면서 택시 운전사들의 생계도 큰 위협을 받는다고 했다. 그래서 몇 시간이고 대기 시간에 대한 계산을 빼주는 조건으로 관광 안내나 헌팅을 알선하고 있었다. 말을 시키지도 않았는데 운전사가 자청해서 불경기와 관광지의 실태를 주워

섬기고 있었다.

헤드라이트 불빛 아래 모텔에서 나온 계집애 모습이 비추어졌다. 제법 괜찮다 싶은 생각이 들었다.

"형님이 이상해져 가는데요?"

"충격을 받으면 변해야 되는 법이다. 그리고 일본 계집애들 꼬라지를 보고 싶은 것도 솔직한 심정이다."

"어떻게 할까요?"

"됐다고 해라."

병규가 운전사에게 뭐라고 하자 클랙슨을 가볍게 세 번 두드렸다. 계집애가 모텔 안으로 들어갔다. 그리고 오 분쯤 지난 뒤에 또 다른 계집애가 얼굴을 내밀었다.

"괜찮나?"

내가 이렇게 묻자 병규는 고개를 끄덕였다.

"그럼 들어가자."

나는 계산된 택시 요금보다 여유 있게 돈을 내주었다. 몇 번이고 고맙다는 인사를 하고 쏜살같이 사라졌다.

"재미 많이 보시랍니다."

"으 흐흐……"

나는 음흉하게 웃고 모텔로 들어섰다. 주인인 듯한 사내가 나와서 우리를 이층 방으로 안내했다. 우리는 낯선 사람처럼 주뼛거리지 않았다. 낯설게 보여 풋내 나는 사내 취급 받기는 싫었다. 주인은 먼저 계산을 요구했다. 계집애에게 직접 돈을 건네주고 싶었지만 그것이 이 세계의 법칙이라니 따를 수밖에 없었다.

내가 점찍은 계집애가 침대 모서리에 다소곳이 앉아 있었다. 다다미방 가운데엔 커다란 앉은뱅이 상이 놓여 있었고 그 위엔 오차 세트가 갖추어져 있었다. 성냥 두 갑과 만화, 여성지와 주간지, 물수건과 화장지가 가지런히 놓여 있었다. 상 밑엔 백열등 전구가 들어 있어서 발을 따뜻하게 할 수 있는 장치가 되어 있었다. 계집애는 일본말로 인사를 했다. 나는 말이 안 통한다는 것을 알고 주간지의 여백에다 글씨를 썼다.

여대생이냐고 묻자 그렇다고 대답했다. 학생증을 보여줄 수 있느냐고 하자 그녀는 핸드백 속에서 학생증을 꺼내 보여주며 부끄러운 듯이 웃었다.

한자와 서툰 영어와 몇 마디 기억하는 일본어로는 내 의사를 충분히 전달할 수가 없었다. 그러나 필요한 것은 묻고 대답할 수 있었다. 그녀에게 영어를 할 줄 아느냐고 묻지 않은 것은 큰 다행이었다. 웬만한 낱말은 알아듣는 편이었다.

어째서 아르바이트를 하느냐고 물었더니 용돈이 필요하다는 대답이었다. 그 이상의 의문은 풀 수가 없었다. 말이 통하면 거침없이 얘기를 할 수 있는 여자란 생각이 들었다.

애인이 있느냐고 물으니까 아주 간단하게 그렇다는 대답이었고 애인도 대학생이지만 이런 아르바이트 생활은 철저하게 비밀로 하기 때문에 모른다고 대답을 했다.

왠지 한 대 쥐어박고 싶은 생각도 들었다.

우리는 상 밑에 발을 넣고 글씨를 써가며 얘길 나누고 있었다. 빤히 알던 한자도 생각나지 않았고 흔히 사용하던 영어 낱말도 막히곤 했다.

그녀는 담배를 빼어 물었다. 박하 향기가 든 담배였다. 길거리에서 담배 피우는 계집애가 많은 나라이긴 했지만 막상 계집애가 내 앞에서 연기를 뿜어대니까 밉살스러운 생각도 들었다. 나는 성냥갑을 쥐고 쓱 빼었다. 그건 성냥이 아니었다. 다른 한 갑은 성냥이었지만 내가 빼낸 성냥갑은 겉모양만 성냥갑이었고 내용물은 여관 방마다 비치되고 있는 물건이었다.

여성의 생리 주기에 따른 불임 시기를 표시한 원형 눈금표와 콘돔 한 개, 아주 작은 튜브에 든 남성용 젤리와 안내서 그리고 그날의 점괘가 들어 있는 작은 종이쪽이 들어 있었다. 남성용 젤리는 쾌락의 지속 시간을 늘려주고 여성을 행복하게 해주는 용액이란 설명서까지 붙어 있었다. 섹스용품 파는 곳에서 흔하게 구입할 수 있는 것을 여관마다 선전용으로 비치한 것 같았다.

"샤와?"

계집애가 벌떡 일어나 목욕탕을 가리켰다. 목욕탕은 한쪽 벽을 유리창으로 만들어 침대 위에서 안이 환하게 보일 수 있도록 되어 있었다. 나는 간단히 샤워를 하고 나왔다. 계집애도 욕탕의 커튼을 내린 채 샤워를 하고 나왔다. 침침한 불빛 아래 그녀는 가볍게 원피스를 벗었다.

핸드백에서 화장지와 콘돔을 꺼내 침대 머리맡에 놓고 루즈를 아주 진하게 발랐다. 나는 왜 그러느냐고 물었더니 입술만은 허락할 수 없다는 말을 했다. 왜 그러냐고 또 따져 묻자 남자 친구에게만 입술을 허락하고 싶다는 뜻을 더듬더듬 알아듣게 설명했다.

몸을 팔아도 입술만은 내줄 수 없다는 건 한 가닥의 정조를 애인에게 지키겠다는 뜻일 것 같았다. 참으로 가소로운 일이었다.

입술로 정조를, 입술로 정신적 정조를 지키겠다는 이 엉뚱하고 가련한 일본 계집애.

나는 한심한 생각이 들었다.

어쩌면 그런 것이 오늘날 일본의 정조인지 모른다. 중요한 것 빼주고 어느 하나, 아주 버려도 좋을 것 하나만 지키고 있으면 일본답다고 생각하는 일본인들의 생태가 이 여대생에게도 그대로 뿌리박혀 있는 것 같았다.

"일어나!"

내 소리가 너무 컸던지 계집애가 눈을 굴리며 일어났다.

"병규야! 이리 와!"

나는 문을 열고 소리쳤다. 조그만 복도가 쩌렁쩌렁 울렸다. 병규 녀석이 옆방에서 고개를 내밀었다.

"왜 그래요?"

"빨리 와 임마."

"조금만요."

나는 문을 닫고 바지를 주섬주섬 끼어 입었다. 계집애가 놀라서 뭐라고 지껄였지만 하나도 알아들을 수가 없었다. 아마도 내가 화내는 이유를 알기 위해서 따져 묻는 것 같았다.

"왜요? 무슨 일예요?"

병규가 옷을 추스려 입으며 뛰어왔다.

"이거 웃기는 계집애다."

"왜요?"

"홀딱 벗고는 입술만은 미리 안 된대. 용돈이 필요해서 저런 짓 하러 다니는 년이 말이다."

"그럴 수도 있죠, 머. 내가 얘기해 볼게요."

병규가 계집애와 말을 주고받더니 빙그레 웃었다.

"그건 별거 아니래요. 제 애인이 있는데 뭐든 순정을 줘얄 거 아니냐 이겁니다. 그래서 그랬는데 화가 났다면 입술을 지우겠대요."

"이제 와서 루즈 지우고 다 가지라는 거냐?"

"원한다면 그러겠대요."

"차라리 창녀만도 못한 년을 데리고 자란 말이냐?"

"만 엔만 더 주면 아예 자고 갈 수 있대요. 그러니까 적당히 구슬려서 데리고 있어요."

"병규야. 난 도저히 이런 얼빠진 년하곤 못 있겠다. 가난해

326

서 돈 벌려고 나온 계집애라면 내가 돈이나 듬뿍 집어주고 잘 살라고나 하지. 이걸 한 대 올려붙이고 싶지만 참는다고 전해라. 계약한 돈은 그대로 줄 테니까 다음부턴 이런 더러운 짓으로 용돈을 만들지 말라고 해라. 우리나라에서 이런 꼴 봤으면 벌써 내던졌을 거라고, 운이 좋았다고. 가능하면 빨리 도망가라고 해라. 이 더러운 왜년더러. 어서!"

"형님, 왜 이래요?"

"임마, 난 이런 꼴은 못 보겠다. 내가 처량해서. 빨리 끌어내."

병규가 내 말을 그대로 전하는지 알 수가 없었다.

"다시 얘기해. 내가 한 말을 그대로 해주란 말야."

"했어요. 계집애가 겉으론 죄송하다면서 속으론 웃기지 말라고 할 겁니다. 여기 계집애들 의식이 그따위니까요. 정리해 가지고 올게요."

"넌 그 방에서 자. 돈은 다 치렀으니까."

"나도 김샜어요."

계집애는 핸드백을 챙기고 공손하게 절을 하고 나갔다. 병규는 물끄러미 나를 쳐다보고 씨익 웃었다.

"난 형님을 잘 모르겠어요."

"나도 나를 잘 모른다."

"일찍 주무십쇼. 나도 좀 자야겠어요."

녀석이 건너가자 나는 아직도 계집애 체온이 남아 있는 침대에 벌렁 누웠다. 흑장미 도모코의 얼굴이 스쳐가고 있었다.

그리고 트럭의 거대한 동체가 나를 깔아뭉개고 있는 모습도 아련하게 떠올랐다. 그 생각만 하면 온몸에서 땀이 날 것 같았다. 머잖아 트럭으로 나를 없애려던 녀석들이 밝혀질 것이다. 부목을 대는 정도로 살아난 병규 녀석도 이를 갈고 있었다. 나가시마 일당이 잠입해 들어왔다면 이곳에서 쉽게 빠져나가려는 생각보다는 일찍 한판을 붙어버리는 게 나을 것 같았다.

그들은 내가 언제나 혼자라는 점 때문에 취약할 때 공격하는 수법을 쓰지는 않을 것 같았다. 언제든지 무자비한 보복을 하려고 벼를 것이다. 나도 앉아서 당하느니 적극적으로 찾아나설 필요를 느꼈다.

지금은 두 가지 길밖에 없었다. 내가 나가시마 일당에게 항복을 하거나 아니면 내가 나가시마를 먼저 잡아채는 수밖에 없었다. 그것이 유일한 해결 방법이었다.

도모코. 흑장미. 도대체 이해할 수 없는 여자였다. 나이는 스물 대여섯 살쯤밖에 안 먹어 보이는데 야기미에코가 깍듯이 언니라고 할 정도면 이십 대 후반의 나이란 걸 의심할 수 없었다. 한 번도 단 두 사람이 마음을 터놓고 얘기를 나눈 적은 없지만 무엇인가 감전되듯 눈빛의 언어로 통화를 하고 있었다. 그렇게 곱고 순박한 여자가 흑장미라는 사실도 믿어지지 않았다.

전화벨이 울렸다.

"여보세요."

나는 놀라서 전화를 받았다.

"지금 수상한 애들이 올라가요. 조심하세요."

"누구요?"

전화가 탁 끊겼다. 나는 야기미에코 목소리라는 걸 알았다. 창문의 커튼을 열고 밖을 내다보았다. 스몰라이트를 켜고 몇 대의 자동차가 언덕길을 올라오고 있었다. 허리띠를 만져보고 문을 열었다. 병규 녀석이 상기된 얼굴로 달려왔다.

"너도 전화 받았냐?"

"예. 어떡하죠?"

"내려가자."

나는 성큼성큼 복도를 따라 걸으며 흑장미가 내 행동을 감시하고 있다는 게 한편으로는 기분이 나쁘면서도 다른 한편으로는 기분이 좋았다. 계집애를 끌고 모텔의 방으로 들어갔다는 것까지 정확하게 알고 있는 흑장미의 행동이 답답하게 느껴지기도 했다. 계집애나 밝히는 한심한 사내로 비추어질 것이 왠지 싫었다.

마당을 가로질러 정원수 뒤에 숨었다. 스몰라이트 켠 자동차 네 대가 마당에 세워지고 건장하게 생긴 녀석들이 쏟아져 나왔다. 그들 손엔 총신 끝에 소염기가 달린 권총이 들려져 있었다.

주인 사내가 문을 열고 일행을 맞아들였다. 우리는 복도 끝의 물통을 타고 내려오기를 잘했다고 생각했다.

"아직 우리가 이층에 있대요."

주인과 건장한 사내들이 주고받는 말을 엿듣고 병규가 말했다.

"총 들었으니까 좁은 데가 좋다. 넌 자동차 바람을 빼버려라. 내가 따라 들어갈 테니까."

"형님, 위험해요. 우선 피하는 게 좋아요."

"저 중에 나가시마 있냐?"

"없어요."

"그럼 우선 숫자를 줄이자."

"형님!"

"자동차 한 대는 우리가 탈 거니까 바람을 빼지 마라."

나는 성큼 일어나 살금살금 기어갔다. 자동차를 지키고 있는 두 녀석이 차에 기대어 담배를 피우고 있었다. 나는 접근하며 두 녀석의 옆구리를 동시에 가격했다. 그리고 소리를 지르지 못하도록 혈을 짚어 자동차 안으로 밀어 넣었다. 병규가 뛰어와 바람을 빼기 시작했다.

나는 현관 앞으로 갔다. 양쪽 손에 날카로운 표창을 쥐고 문을 열었다. 현관 바로 앞에 서 있던 세 명의 사내가 뒤돌아보는 찰나 덤블링하듯 차례로 걷어찼다. 일격에 해치우지 않으면 내가 간다는 걸 알고 있었다.

계단과 복도가 이어지는 곳에서 이층을 향해 올라서는 두 녀석을 또 가격하여 굴러떨어지게 했다.

이층으로 뛰어오르며 표창을 날렸다.

쉭 쉭 쉭 쉭 쉭.

나는 닥치는 대로 정신없이 표창을 날렸다. 고꾸라지거나 나자빠지는 녀석들 틈을 뛰어넘으며 문을 열고 나서는 녀석들의 손목을 내리쳤다. 권총이 바닥에 떨어졌다.

나는 혈을 한 점씩 눌러주고 표창을 빼냈다. 이 녀석들이 당분간 움직이지 못하면 나가시마가 직접 나설 거라고 생각했다.

주인 사내가 벌벌 떨며 두 손을 싹싹 비비고 있었다.

나는 가볍게 따귀 두 대를 때렸다.

"먹고사는 게 그렇게 힘든 거다."

밖으로 뛰어나갔다. 병규가 손을 번쩍 들었다. 한쪽 손을 잘 쓰지 못해서 운전대를 잡기가 어려운 모양이었다.

"내가 할게."

병규가 씨익 웃었다. 헤드라이트를 켠 채 쏜살같이 내려갔다.

"어디로 가죠?"

"글쎄."

어디로 가야 할지 막막한 심정이었다.

나는 흑장미를 생각했지만 자존심이 허락하지 않았다. 나가시마 일당이 벳푸 지역을 장악하고 있는 상황이라면 마땅하게 숨을 만한 곳이 없다고 판단해야만 했다.

"형님, 이쯤하고 떠나죠. 차라리 도쿄 같은 데 가서 붙더라도 붙는 게 낫잖아요?"

"내가 하카다에서 이곳으로 온 것만도 자존심이 상하는데 여기서 또 떠나란 말이냐?"

"고집 대단하십니다."

"사는 방법이 다 있는 법이다."

자동차가 산비탈 진 곳을 마악 내려서는데 길을 가로막고 서 있는 자동차가 보였다.

"뭐야?"

나는 브레이크를 밟고 한쪽 손으로 표창을 뺐다. 헤드라이트 속으로 흑장미 도모코의 모습이 들어왔다. 야기미에코가 뛰어나와 소리쳤다.

"우릴 따라와요. 여긴 위험해요."

"따라가요, 형님."

"할 수 없지."

나는 차창으로 고개를 내밀고 말했다.

"갑시다."

앞차가 빠지는 대로 우리는 오솔길로 따라갔다. 큰길로 빠지지 않는 것은 나가시마 일당 때문인 것 같았다.

"정보 하나 더럽게 빠르네요."

병규가 말은 그렇게 했지만 기분은 좋은 것 같았다.

"그런 걸 두고 독 안에 든 쥐라고 하는 거다."

"우리 신세가 그런 겁니까?"

"이런 땐 독 안에 든 쥐가 편한 법이다."

앞차를 따라 도착한 곳은 국립공원 다카사키야미[高崎山]

의 자연동물원 근처였다. 해변이 바라다보이는 언덕 아래 별장처럼 보이는 깔끔한 집 한 채가 있었다.

"들어오세요."

우리는 말없이 따라 들어갔다. 그런 별장 같은 집이 몇 채 모여 있는 단지여서 퍽 아늑하게 느껴지는 곳이었다.

"나를 더 이상 감시하지 않았으면 싶어요. 여러 가지로 불쾌하니까요."

"미안해요. 그러나 그러지 않을 수가 없었어요."

얘기를 해놓고 보니 마치 여대생을 끼고 자려다 들킨 것이 겸연쩍어서 그러는 것처럼 느껴졌다.

"여긴 어딥니까?"

"언니가 가끔 묵는 집예요. 그러니 안심하셔도 돼요. 자동차는 다시 그쪽 어디로 가져갔으니까 염려 마세요. 여긴 안심해도 될 곳이니까요."

"흑장미의 아지트에 잡혀온 셈이군요."

"마음대로 생각하세요."

"어떻게 된 겁니까?"

"우리가 주욱 지켜볼 수밖에 없었어요. 나가시마 두목이 전문가들을 데리고 들어왔어요. 그리고 장총찬 씨를 제거하기 위해 무기까지 반입됐어요. 더구나 다른 야쿠자 집단도 관심을 보이기 시작했어요. 여기서 떠나시는 게 현명한 생각일 것 같애요. 가능하면 빨리 말이죠."

"난 안 떠납니다."

"왜요?"

"나가시마는 나를 죽이려고 했습니다. 나는 그냥 떠난 사람
은 안 되겠어요. 호의는 고맙소."

야기미에코는 말이 없었다. 흑장미는 술을 권했다.

"언니가 단둘이 얘길 하고 싶대요. 병규 씨는 저하고 다른
채로 옮기죠."

병규가 내 눈치를 살폈다.

"난 일본말을 못해요."

"제가 해드릴게요."

"좋아요."

병규와 야기미에코가 일어났다. 흑장미 도모코는 술병에서
거푸 술을 따라 마셨다. 도모코는 말없이 앉아서 나를 뚫어지
게 쳐다보았다. 그런 눈빛을 이글이글 탄다고 표현해야 옳을
것 같았다. 금방 올 것처럼 말하고 나간 야기미에코가 오지 않
자 우리는 말없이 술잔만 비웠다. 꽤 입맛에 당기는 술맛이었
다. 일본에 와서 지금까지 술 한잔 제대로 마셔보지 못했다. 왠
지 오늘 밤은 흠뻑 취하고 싶었다.

인터폰 소리가 들렸다.

"두 분 말씀하시면 제가 통역해 드릴게요."

"인터폰으로 말요?"

"그게 훨씬 낫잖아요?"

"좋아요. 도모코가 할 말이 있을 거요."

도모코가 술잔을 들고 말했다. 표정이 진지해서 심각한 얘길 하는 것처럼 보였다.

"언니는 장총찬 씨가 절실하게 필요하지만 여기서 이것저것 휘말리는 걸 보고 싶지 않아서 가능하면 빨리 한국으로 돌아가실 수 있게 해드리고 싶답니다."

"내 발로 왔으니 내 발로 가겠소."

"여긴 정말 위험하답니다."

"알고 있어요. 그러나 나가시마를 잡지 않곤 결코 돌아가지 않겠어요."

"언니는 장총찬 씨를 좋아하고 있대요."

"나도 좋아한다고 전해줘요."

"방법을 연구해 보겠대요. 정말 그게 원이라면 나가시마 두목과 만날 수 있게 하겠대요."

"좋아요. 지금 당장이라도."

"방법은 쉽지 않아요. 나가시마는 눈에 뜨이는 순간 총부터 쏠 사람예요. 내일 밤 장총찬 씨가 페리호를 타는 게 좋겠대요. 일등실에는 여덟 명이 탈 수 있어요. 오사카까지 가는 데 열네 시간쯤 걸려요. 특실은 지켜보는 사람이 많지만 일등실 한 칸을 몽땅 사버리면 눈에 뜨이지 않아요. 승선할 때 우리가 나가시마와 몇 명만 승선시키도록 방해를 해버리면 배가 떠난 뒤에 아주 조촐하게 만날 수 있지요. 우리하고 연결만 잘되면 항상 우리 팀이 지켜드릴 거고 우리도 배로 추적할 테니까 뒤처리는 보다 쉽게 해결될 수 있지요. 뛰어내려도 괜찮고 나가시마 일행에게 눈속임을 시켜도 꼼짝없이 열네 시간 정도는 붙잡아둘 수가 있어요."

"그쪽도 그만한 준비는 하고 있을 겁니다."

"그러니까 미리 예약한 뒤에 갑자기 승선해 버리면 돼요. 그쪽에서 조치를 할 수 없게 시간을 쪼개고 우리가 이쪽에서 방해 공작을 한다면 문제는 쉽게 풀려요."

"고맙지만 나 혼자 하겠소."

"제발 언니 말대로 하세요. 너무 위험해요. 나가시마는 아예 없앨 계획예요. 인정도 사정도 없는 사람예요. 악명 높다는 걸 알잖아요."

"알아요. 그렇다면 그 위험한 일에 왜 끼어드는 겁니까? 나 하나 살린다고 해서 득이 될 게 없을 텐데."

"좋아하니까요. 그걸 논리적으로 설명할 순 없잖아요."

"……."

나는 아무 말도 하지 못했다. 인터폰의 불이 꺼지자 또 나와 도모코 두 사람의 침묵만이 남았다.

술잔을 들었다. 도모코의 얼굴이 상기되어 있었다. 두 사람은 술잔을 주욱 비웠다. 은은한 음악 소리가 방 안을 가득 메우기 시작했다.

도모코는 옷을 벗었다. 대형 커튼을 젖히자 침대가 보였고 침대 주위엔 꽃밭처럼 꾸며져 있었다. 도모코는 나신 위에 수건을 걸쳤다. 내게 손을 내밀었다. 손끝이 뜨거웠다. 그녀의 이글거리며 타는 눈동자 속으로 빨려 들어갈 듯 나는 옷을 벗었다.

무엇에 홀린 것 같았다.

밤은 깊었다. 우리의 육체도 밤처럼 그렇게 깊어만 갔다. 매끄러운 율동이었고 난해한 욕정이었다. 한 줌의 흙으로 돌아가는 이 순간을 놓치고 싶지 않았다. 그녀는 나를 마구 끌어당겼고 나는 그녀에게 깊숙이 끌려들어갔다. 마녀일지 모른다는 생각을 했다.

우린 깨어 있었다. 그것은 탐험이었다. 신비스런 동굴이었고 그 안에 묻혀 있는 값진 것들을 찾느라고 나는 정신을 팔았다.

그녀는 처음부터 뜨거웠다. 어디서 밀려오는 뜨거운 음악인지 알 수 없었지만 나를 뜨겁게 하기에 충분했다. 어두운 밤이었지만 우리는 대낮처럼 서로를 확인하려 들었다.

아침이 스멀스멀 기어오고 있었다. 우리는 그때서야 깊은 잠속으로 빠져들었다.

햇살이 눈부시게 비칠 무렵에야 우리는 눈을 떴다. 커튼을 젖히자 바다가 한눈에 들어왔다. 바다는 평온했지만 내 가슴은 평온하지 않았다. 그녀는 애잔한 눈초리로 나를 쳐다보고 있었다. 어젯밤부터 한마디의 말도 하지 않았지만 우리는 서로의 마음을 읽고 있었다.

아침 식사를 하고 밖으로 나오자 야기미에코와 병규가 기다리고 있었다.

"밤배를 타야 하니까 구경이나 해두지요. 다카사키야마하고 수족관이 볼만해요."

야기미에코가 차문을 열어주었다. 나와 도모코가 뒷자리에 탔고 병규와 야기미에코가 앞자리를 잡았다.

"형님, 무슨 일 있었어요?"

"아무 일도 없었다. 그저 실컷 잤다."

"아무리 기다려도 안 나오길래 무슨 일 났나 했어요. 야기미에코는 방에다 처넣고 술과 안주를 디밀어놓고 부를 때까지 결코 나오지 말라며 밖에서 잠가버렸어요."

"그건 병규 씨와 장총찬 씨를 보호해 드리려고 그런 거예요."

야기미에코가 이렇게 말했다.

"나도 그 꼴이었다."

내 말에 병규 녀석만 웃었다. 야기미에코의 눈빛이 백미러로 의미 있게 빛나고 있었다.

수족관 마당에 차를 세우고 이천여 마리의 각종 물고기가 전시된 수족관으로 들어섰다. 시간 맞춰 먹이 주는 장면도 보았고 진열된 물고기들의 쇼도 보았다. 배구 시합하는 물고기나 축구나 탁구하는 모습의 물고기들을 보며 돈 벌 만큼 만들어놓았다는 생각이 들었다. 4센티미터 두께의 유리벽 속에서 대이동을 하는 온갖 물고기들과 표본 어항에 들어 있는 수많은 물고기들은 일본의 경제력을 과시하는 것 같았다.

수족관을 나와 육교를 건너자 원숭이로 유명한 다카사키야마 공원이 시작되었다. 작은 원숭이 새끼들이 입구까지 내려와 있었다.

"현재 천육백스물일곱 마리가 있는데 그것도 세 마리의 두목 밑에 세 파로 갈라져 치열한 싸움을 하루에도 세 차례씩 합니다. 먹이를 일정한 시간에 공급하는 본부를 점령하기 위해서죠. 보시면 알겠지만 두목과 간부급들의 위세가 대단합니다. 그리고 어떤 원숭이든지 눈을 똑바로 보지 마세요. 달려드니까요. 중요한 물건은 조심하고요. 빼가거나 채가니까요."

야기미에코가 주의부터 주었다. 도모코는 내 팔짱을 자연스럽게 끼고 걸었다. 말은 통하지 않았지만 우리들의 정은 참으로 깊숙하게 통하고 있었다.

원숭이 본부엔 수백 마리의 원숭이들이 점령하고 있었다. 망을 보는 원숭이와 새끼들을 감시하는 원숭이들이 나누어져 있었고 전투력을 가진 수컷들이 주위를 지키고 있다는 설명이었다.

"저게 바로 두목입니다."

야기미에코가 가리킨 두목 원숭이는 아주 늙었지만 생김새에 기품이 넘쳤다. 어슬렁거리며 자리를 옮기면 모든 원숭이가 길을 비켜주었고 그의 주변엔 얼씬거리지도 않았다. 싸움을 하고 있는 원숭이들의 날렵한 모습과 유연한 움직임을 눈여겨보았다.

"여기 오면 인생을 배운대요."

도모코의 말을 받아 야기미에코가 설명했다.

"또 여기서 작전을 배운대요. 원숭이들이지만 그 전법이 무궁무진하대요. 싸움도 치열하면서 사상자 없이 퇴각하고 배가 부르면 다른 파에게 양보하는 미덕까지도요. 어쩌면 치졸한 사람들보다 낫다는 생각도 든대요."

"나도 지금 그런 생각을 했소. 나도 여기서 뭔가를 배우고 있는 중이오."

나는 수백 마리가 엉키면서도 질서와 조화가 있는 원숭이들과 두목의 몸놀림이나 싸움질 하는 새끼들의 율동에서 무엇인지 모르지만 배우는 게 있었다. 아마 그것은 전술일 수도 있었고 내가 구사할 수 있는 주먹일 수도 있었다.

"일곱 시 이십 분에 떠납니다. 언니는 더 잡고 싶대요. 그러나 나중을 기약하기로 할 거예요."

"나도 꼭 만나겠어요. 난 살아 있을 거요. 이젠 당신들의 충고를 듣기로 했어요. 떠나는 일만은. 그리고 나가시마 잡는 일만은."

"무서운 분예요. 아무튼 뒷일은 우리가 알아서 할 테니 마음 놓고 떠나세요. 여섯 시 사십 분부터 승선하는데 장총찬 씨는 일곱 시 십 분쯤에 타세요. 병규 씨는 미리 타시고요. 저녁 식사는 배에서 하세요. 그러는 편이 나을 거예요. 페리호의 구조와 비상계단과 구명대 사용법은 이따가 미리 알려드릴게요. 언니가 직접 승선하고 싶지만 눈치채게 될지 몰라서 다른 방법으로 자리를 마련하겠대요."

"고마워요. 내 고집을 꺾겠어요."

"그러시는 게 좋아요. 여긴 한국 여자들도 별로 없는 곳이고 하니까요."

나를 원숭이 공원으로 데리고 온 것도 바로 그런 점을 노린 것 같았다. 원숭이들의 혈전을 구경하면서 내가 깨달은 것은 무모한 대전보다는 한 발쯤 뒤로 빼는 유연성이었다. 원숭이들은 결코 무모한 고집으로 공격하지 않았다. 한 발을 빼내어 도망치듯 하다가 갑자기 기습하는 식으로 유연성을 가지고 공격했다. 또 상대가 아무리 약하더라도 악착같이 뒤쫓지 않았다. 더군다나 강자에게 덤빌 때는 정면 공격보다는 측면에서 공격하거나 도주로를 확인한 뒤에 공격을 감행하고 있었다.

내가 지금 벳푸 바닥에서 하카다의 야쿠자 두목 나가시마와 정면으로 맞선다는 건 내 자존심 문제일 뿐 승산이 희박한 일이었다. 그들은 집단이며 총으로 무장하여 무차별 쏘아댈 계획이었고 나는 표창과 내 주먹 실력만 믿고 있던 터였다.

도모코가 제안한 한 발 물러서듯 페리호를 타버리면 보다 쉽게 승부를 가릴 수 있을 것 같았다. 여기서 아무리 버텨보았자 나가시마와 정면으로 만나기는 어려웠다. 그러나 페리호로 뛰어들면 나가시마와 맞상대를 할 수 있는 기회를 얻을지도 모른다.

"나를 왜 이곳으로 데리고 왔는지 이제 알았어요."

내 말에 야기미에코가 아주 환하게 웃었다. 도모코는 힘주어 팔짱을 끼기만 했다.

아쉬운 작별이었다. 도모코가 문간에 서서 내 입술에 가볍게 키스를 해주었다. 병규가 고개를 돌린 채 먼 산을 바라보았다.

"잊지 마세요."

야기미에코가 몇 번이나 다짐을 했다.

"안 잊어요."

나와 병규는 일부러 큰길로 해서 수족관 쪽으로 갔다. 그 앞에서 택시를 타고 시내로 들어갈 생각이었다.

우리는 세후 호텔이 바라다보이는 중심가에 내려 파친코 클럽으로 들어갔다. 이것은 순전히 야기미에코가 일러준 작전이었다. 병규와 나는 두 개의 기계에 앉아 정신없이 쇠구슬을 챙겼다. 오색 쇠구슬이 큰 상자로 가득 모여질 무렵에 병규가 시계를 가리켰다.

"나가자."

우리는 환전을 한 뒤에 계산이 틀리다는 시비로 구슬로 유리창을 깨어버리는 실력을 보여주고 밖으로 나왔다.

택시를 잡았다. 그만하면 충분히 소문이 나리라는 계산이었다. 나가시마 일당이 우리의 잠적에 혈안이 되어 있고 흑장미가 소문을 자연스럽게 흘려버릴 것을 알았다. 병규는 먼저 떠나면서 모퉁이를 돌아 지하도 근처에서 택시를 타라고 일러주었다.

나는 200여 미터쯤 되는 거리를 천천히 걸어가 택시를 잡았다.

페리호가 정박해 있는 부두에 도착한 시간은 내 계산보다 빠른 일곱 시 오 분이었다. 나는 검표를 한 뒤에 뛰어나갔다. 병규 녀석이 초조한지 몸을 드러낸 채 손을 흔들었다.

나는 숨듯이 페리호로 뛰어 들어갔다. 우리가 예약한 선실은 선수의 오른쪽 편 복도를 끼고 있었다. 가운데 이등실과 앞쪽의 특등실 사이엔 전자오락실과 각종 판매대가 늘어서 있었다.

"신호가 와요."

나가시마와 그의 일당 여섯 명이 승선한다는 신호가 왔다. 어둠 속으로 약정한 신호가 섬광처럼 깜박거리고 있었다. 병규는 선미 쪽으로 다가가 플래시로 신호를 보내고 있었다.

나는 계단이 보이는 곳으로 가서 급하게 올라오는 녀석들을 살펴보았다. 성큼성큼 앞서 올라오는 녀석은 짧은 머리에 키가 별로 크지 않은 중년 사내였다.

"맞아요. 나가시마예요."

병규가 부르르 떨면서 말했다.

"합해서 일곱 명이다. 넌 선실을 확인해 두고 목욕탕의 위치를 알아놔라."

병규가 잽싸게 뛰어나갔다. 나는 머리칼을 쥐고 이를 앙다물었다. 머리가 길어서 대번에 눈에 뜨일 수 있었다. 조심스럽게 선실로 들어와 문을 걸어 잠갔다. 가슴이 부르르 떨렸다.

하느님, 당신은 내 편이어야 합니다.

〈6권에 계속〉

작가 후기

일본이란 나라를 혼자라도 쳐들어가고 싶은 내 욕심은 일
본 구석구석을 훑고 돌아다니면서 더 진하게 느꼈습니다. 그러
나 나 혼자서 쳐들어가기엔 너무 여유가 많은 땅이었습니다.

현대판 정신대라고 표현하고 싶을 만큼 한국 여인들은 일본
에서 갖가지 수모를 당하고 있으며 일본의 사람 값에 비해 너
무나 초라한 값이 매겨져 있다는 걸 알았습니다. 일본의 암흑
가 조직은 동남아 일대에서 값싸게 여인을 데려다가 일본인들
의 쾌락의 도구로 진열해 놓고 있었고 공창제도가 없다고 큰
소리치면서 일본 천황의 시종장이 쾌락의 늪, 도로고후로에서
변사하는 이승성을 드러내고 있었습니다.

일본의 치부를 들여다보면서 나는 자꾸 과학지상주의와 경제지상주의가 인류를 파괴할지 모른다는 생각을 했습니다. 조금쯤 후퇴했으면 좋겠다고 생각합니다.

일본에서 『인간시장』을 번역해 판매하겠다는 뜻을 여러 차례 밝혔지만 왠지 내 부끄러운 부분을 노출시키는 것 같아 거부했었습니다. 일본인들은 일본의 치부를 드러내는 걸 좋아하는 괴벽을 지니고 있는 것을 발견했습니다. 일어판 출판을 허락하고 돌아서면서도 뒤통수가 왠지 뜨뜻한 걸 감출 수 없었습니다.

내게도 귀와 입이 있습니다.

주인공 장총찬에게 일다운 일거리를 할 수 있게 만들어주고 싶지만 내 가슴에 앙금처럼 쌓여 있는 작가의 상상력 한계를 내 여린 가슴으로 어쩔 수가 없습니다.

주인공 장총찬이를 속 시원하도록 때려주고 싶은 마음은 아직도 지울 수 없습니다.

비판과 비난은 구분되어야 합니다. 애정 없는 비판은 비난에 불과하다고 생각합니다. 나 자신도 소갈머리가 좁아서 비판과 비난을 구분하지 못한 채 지내왔습니다.

그런 가슴이 작고 눈이 작은 사람들이 아직도 이 땅에 너무 많이 살고 있다는 생각을 해봤습니다.

거듭 밝히지만 『인간시장』이 팔리지 않는 시대는 빠를수록 좋다고 생각해 봤습니다.

인간시장 5

초판 1쇄 1983년 4월 15일
제2판 1쇄 2004년 3월 10일
제3판 1쇄 2015년 5월 25일
제3판 2쇄 2019년 1월 20일

지은이 | 김홍신
펴낸이 | 송영석

주간 | 이진숙 · 이혜진
기획편집 | 박신애 · 김단비 · 정다움 · 심슬기
디자인 | 박윤정 · 김현철
마케팅 | 이종우 · 김유종 · 한승민
관리 | 송우석 · 황규성 · 전지연 · 채경민

펴낸곳 | (株)해냄출판사
등록번호 | 제10-229호
등록일자 | 1988년 5월 11일(설립일자 | 1983년 6월 24일)

121-893 서울시 마포구 잔다리로 30 해냄빌딩 5 · 6층
대표전화 | 326-1600 **팩스** | 326-1624
홈페이지 | www.hainaim.com

ISBN 978-89-6574-495-5
ISBN 978-89-6574-490-0(세트)